DANÇA DA ESCURIDÃO

MARCUS BARCELOS

DANÇA DA ESCURIDÃO

COPYRIGHT © FARO EDITORIAL, 2018

Todos os direitos reservados.
Nenhuma parte deste livro pode ser reproduzida sob quaisquer meios existentes sem autorização por escrito do editor.

Diretor editorial PEDRO ALMEIDA
Preparação de textos TUCA FARIA
Revisão GABRIELA DE AVILA
Capa e projeto gráfico OSMANE GARCIA FILHO
Imagens de capa DMITRIJS BINDEMANIS E BAIMIENG | SHUTTERSTOCK
Ilustrações internas © THOMAZ MAGNO

Dados Internacionais de Catalogação na Publicação (CIP)
(Câmara Brasileira do Livro, SP, Brasil)

Barcelos, Marcus
  Dança da escuridão / Marcus Barcelos. — 1. ed. —
Barueri, SP : Faro Editorial, 2016.

  ISBN 978-85-9581-019-8

  1. Ficção brasileira 2. Ficção de suspense I. Título.

18-13624   CDD-869.3

Índice para catálogo sistemático:
1. Ficção de suspense : Literatura brasileira 869.93

1ª edição brasileira: 2018
Direitos de edição em língua portuguesa, para o Brasil, adquiridos por FARO EDITORIAL

Avenida Andrômeda, 885 - Sala 310
Alphaville – Barueri – SP – Brasil
CEP: 06473-000
www.faroeditorial.com.br

Para Bianca,
minha mais importante
fonte de luz.
Em qualquer escuridão.

INTRODUÇÃO

Quando eu tinha mais ou menos dez anos de idade, decidi que queria ser escritor. Foi uma daquelas coisas que a gente decide antes mesmo de descobrir se leva jeito.

Eu poderia ter decidido que queria ser astronauta, por exemplo. Ou pintor. Hoje sei que não teria a inteligência necessária para a primeira profissão e, valha-me Deus, muito menos a habilidade necessária para a segunda. Mas na época eu não sabia de nada disso. Só o que eu sabia era o quanto gostava de ler todos aqueles livros e, cara, como deve ter sido incrível criar todas aquelas histórias. Eu costumava pensar: se ler já é essa viagem toda, imagine escrever?

Acho que você já consegue imaginar o que aconteceu depois.

Os cadernos que antes serviam exclusivamente para atividades escolares e desenhos (feios) começaram a ficar cada vez mais abarrotados de histórias do meu cotidiano infantil com meus amigos. E assim nasciam meus primeiros originais. O problema é que eles eram mais relatórios que histórias, e os nossos dias não eram nem de longe interessantes para que eu pudesse despertar a curiosidade de alguém. Então eu sabia que, se um dia quisesse que as pessoas viajassem por aquelas páginas igual eu fazia com as aventuras dos *Karas*, do Pedro Bandeira, precisaria de alguma coisa a mais...

E aí, pouco tempo depois, eu descobri o que era: um pouquinho de mentira.

"Mentira!?", você deve ter se perguntado, "Que coisa feia, pequeno Marcus..."

Ora, não me julgue...

Não eram mentiras maldosas que eu tinha em mente, apenas algumas... situações inventadas, como a visita à uma casa abandonada e misteriosa que tinha na minha rua, por exemplo. O Paulo Victor, ou PV, um amigo meu desde essa época, era magro e ágil como um gato e conseguiria pular o muro para o outro lado sem dificuldades. Eu, no entanto, era gordinho e, ainda que corajoso, dificilmente conseguiria acompanhá-lo...

Então, resolvi fazer o que todo bom aspirante a escritor faz: imaginei como teria sido. Escrevi todo o episódio, detalhe por detalhe, desde a nossa escalada até as coisas que encontramos lá dentro e quando enfim pousei o lápis, havia um excelente dia de aventuras no caderno que, eu pensei, valia a leitura. Minha primeira história, criada antes até que eu soubesse que a "mentira" a que me referia se chamava, na verdade, ficção.

Essa foi parar na gaveta, pois só o prazer em criá-la já me bastou naquele momento, mas muitas outras vieram depois, quando a paixão pela escrita me dominou de vez. Passar minhas ideias para o papel foi se tornando mais frequente; a leitura, mais voraz; e o *feedback*, mais promissor. E aí, somente algum tempo depois de descobrir que eu queria ser escritor, foi que me dei conta de que talvez, de fato, levasse jeito para a coisa. Ainda não descobri, confesso. Mas o fato de sempre esperar que a minha próxima história supere a anterior funciona como uma espécie de combustível que me leva cada vez mais adiante.

E foi exatamente com essa vontade de me superar que nasceu o *Dança da Escuridão*. Saiba, amigo ou amiga, que este livro em suas mãos contém a história mais desafiadora que já escrevi.

Quando coloquei o ponto final em *Horror na Colina de Darrington*, publicado pela Faro Editorial em 2016, eu já sabia como queria que a história de Benjamin Francis Simons terminasse. A questão era como eu chegaria lá.

A ideia era contar em *Dança da Escuridão* tudo o que me levou a tomar as decisões do primeiro livro, desde as soluções de conflito até as motivações dos personagens (antigos e novos) e seus passados, e eu queria muito entregar a você uma história que fosse completamente diferente, mas que mantivesse o mesmo ritmo que fez com que *Horror na Colina de Darrington* tivesse a recepção maravilhosa que teve. Como, então, encaixar muito mais explicação em uma narrativa acelerada?

O resultado foi um bloqueio criativo que durou quase oito meses. Durante todo esse tempo batalhei contra o medo de não conseguir exceder as suas expectativas e de não conseguir superar o primeiro livro, de escrever uma história que ficasse aquém do esperado... mesmo sabendo que o eu que tinha para te contar era incrível e que, muito provavelmente, você gostaria de saber, eu não estava sabendo *como* fazer isso. E acabei me esquecendo do que fez com que eu começasse a escrever, lá atrás.

O Pequeno Marcus, creio eu, ficaria bem puto comigo... Ele me diria que antigamente eu não me preocupava com nada disso e que escrevia simplesmente porque gostava, sem nem ao menos ter a certeza se um dia alguém leria aquelas folhas de caderno rasgadas.

E ele teria razão...

Foi então que eu decidi ouvir o meu passado e esquecer o resultado final só por alguns dias para, simplesmente, fazer o que eu sempre fiz: contar a porra da história. E eu não poderia ter ficado mais orgulhoso com o que segue por estas páginas.

É engraçado como, às vezes, por nos cobrarmos tanto ao fazer alguma coisa, acabamos nos esquecendo do que nos levou a querer fazer aquilo no início. O que aconteceu comigo apenas serviu para me mostrar que, ainda mais importante que o resultado final, é o processo. Um processo que eu faço porque gosto desde que me entendo por gente, que farei para sempre e que certamente continuaria fazendo, mesmo que optasse por deixar tudo que escrevo guardado na gaveta. É um caso de amor, não tem jeito. É até difícil explicar.

Mas o amor, você sabe, existe para ser sentido, não explicado...

Então, caro amigo ou amiga, agora que terminei o meu pequeno desabafo, peço que prepare-se para embarcar no *Dança da Escuridão*, uma história de suspense e terror sobrenatural que fala, principalmente, sobre o passado inapagável que nos faz quem somos, os horrores que encontramos ao enfrentá-lo cara a cara e o perigo que existe em não ter o controle das nossas próprias ações. Têm personagens antigos que estão ansiosos para te reencontrar, alguns novos que acho que você vai gostar de conhecer e outros que, bem, talvez nem tanto... Você entenderá nas próximas páginas.

Mas antes de virá-las, lembre-se: assim como Benjamin Francis Simons também descobriu, só que da pior forma possível, não podemos nos esconder do nosso passado. Podemos até tentar, mas dificilmente nos manteremos afastados dele para sempre... Seja isso algo bom ou não.

É legal demais ter você por aqui outra vez.

Espero que goste desta nova viagem.

– Marcus Barcelos.

A ÁGUA FRIA QUE FOI ARREMESSADA EM MEU ROSTO sem qualquer cerimônia me trouxe de volta à realidade e me fez perceber que o inferno, afinal, não precisava de chamas ou demônios; bastava um homem com técnicas bem peculiares e um local escuro e congelante onde ninguém poderia ouvir minhas súplicas.

— Bem-vindo, garoto! — Apesar da simpática frase, a voz nas sombras não transmitia nenhum calor humano e o tom de ameaça dificultou ainda mais minha compreensão. Cada célula do meu corpo estava ciente de que o anfitrião tinha conceitos grotescos de hospitalidade. — Olha, vou te contar uma coisa... O tempo realmente não te fez bem.

Minha tosse disputava espaço com a voz nas sombras e um sol artificial me cegava, provavelmente uma lâmpada nua apontada para mim, como se eu fosse o astro principal de algum monólogo de mau gosto.

Era uma pena que, no roteiro da peça, todas as minhas falas fossem gritos...

Meus pensamentos rodavam num turbilhão entre passado e presente e uma forte enxaqueca amassava meu crânio.

— Eu disse *bem-vindo*!

O golpe que veio em seguida poderia ter sido desferido por um punho ou uma marreta. A dor que se espalhou pelo meu rosto quando meu nariz foi arrebentado me privou de qualquer precisão. Sentindo o amargo gosto de ferro e a cabeça latejando, fechei os olhos e tentei me agarrar a alguma lembrança, qualquer retalho de passado que pudesse haver em algum canto do meu cérebro defeituoso.

— Opa, melhor eu segurar minha animação. Não queremos o nosso convidado desmaiado — disse a misteriosa voz masculina de algum lugar do ambiente desconhecido onde eu me encontrava, ainda me recuperando do meu despertar pouco gentil. — Você sabe por que está aqui, não sabe?

Não, eu não sabia.

Ou melhor, não lembrava. A dor trouxe de volta a minha consciência corporal e então eu percebi que me encontrava com os braços presos às costas, completamente imobilizado. Quando meus olhos resolveram voltar a funcionar, olhei para baixo com dificuldade e vi cordas, correntes e cadeados me atando a uma cadeira de metal.

Ben Simons amarrado em uma cadeira...

Um grande e escroto clichê da minha vida.

— Nem adianta tentar se soltar daí, senhor Simons. Não sou o incompetente do seu tio. Fiz questão de te amarrar bem apertado desta vez.

— Aquele filho da puta não era meu tio — falei cuspindo sangue, e cerrei os dentes como se mordesse o próprio Romeo Johnson, sentindo a onda quente de ódio circular pelas minhas veias e me aquecer pouco a pouco da água gelada que ainda escorria pelas extremidades dos meus cotovelos.

Ultimamente essa onda vinha com bastante frequência, quase sempre incontrolável.

Sempre muito perigosa.

— Quem é você?

— Bom, não é o que dizem por aí, não é mesmo? — questionou Voz Misteriosa, sem responder à minha pergunta. — Ben Simons, o Monstro da Colina. O Assassino. Cruel, impiedoso, sem escrúpulos. Uma mente demoníaca que despertou para a maldade aos dezessete anos de idade e não parou mais. Quanto tempo faz mesmo, hein, Benny? Dez? Onze anos? Você definitivamente não é mais um...

— Não me chame assim — sussurrei.

— E por que não? — Ele parecia estar se divertindo. — Não era assim que aquela sua... — pigarreou. — ... priminha querida te chamava?

Era clara a intenção do Voz Misteriosa naquele momento e ele a estava alcançando. Com os punhos cerrados, eu lutava para manter a calma e evitar que as coisas fugissem do controle dessa vez. Eu precisava descobrir onde estava, como viera parar ali e o que acontecera com os outros. Principalmente com o Jacob. Seria minha culpa se ele estivesse morto. E eu não suportaria mais nenhuma morte nas minhas costas.

— Vamos, Benny... mostre pra mim no que você se transformou. Quero ver com meus próprios olhos.

— Não me chame...

Voz Misteriosa me interrompeu, e entoou, gargalhando, como se anunciasse um espetáculo:

— Senhoras e senhores, eu lhes apresento nosso astro da noite, Benjamin Francis Simons! Acertei? Esse é o seu nome verdadeiro? O jovem e solitário órfão de Rochester, que, num belo dia, resolveu assassinar os únicos membros que restavam de sua pobre família...

— Cala a boca.

— Benny, o demônio! Com um coração tão negro, tão sórdido e cruel, que não hesitou em arrancar, sem misericórdia, a vida dos seus tios, e em explodir o crânio de sua prima de apenas cinco anos com um revólver. Cinco anos, senhoras e senhores. Um tiro certeiro... — ele baixou a voz — ... bem no meio da testa.

Todos os músculos do meu corpo protestavam. Era cada vez mais difícil controlar a respiração e meu coração parecia querer romper as paredes do peito a cada frase do Voz Misteriosa. Eu tentava comandar minha mente, como o Jacob me ensinara, mas não conseguia...

— As crianças de New Hampshire já conhecem a música de cor, senhoras e senhores! Vamos, cantem conosco: *"Não ande pela noite, ele pode ver. Seja um bom menino, não tente se esconder..."*

— Chega... cala a boca... — eu supliquei, tremendo.

— *"... A escuridão irá te encontrar, Benny está chegando pra te matar!"*

— Chega... CHEGA!

As últimas palavras rasgaram minha garganta em um rugido e, por alguns instantes, toda a sala estremeceu. Eu não conseguia mais me conter. Estava acontecendo.

— Isso... estamos fazendo algum progresso.

Permaneci em silêncio, respirando fundo. Eu não enxergava nada além de um grande ponto branco em minha frente, já completamente cego pela luz, mas percebia que Voz Misteriosa me rodeava e ele próprio parecia ofegante. Fechei os olhos e me forcei a pensar na Carlinha, exatamente como o Jacob me aconselhara. Uma espécie de roteiro para tentar me acalmar.

Carlinha. O sorriso da Carlinha...

— Vamos logo, Benny — ele apressava, com seu tom grave. — Quanto do menino bom ainda resta aí nessa carcaça acabada? Nem a barba você se deu ao trabalho de fazer. Vai ver é a nova moda. As garotas gostam, é, Benny?

Minha audição ficou abafada.

A Carlinha desenhando em seu quarto...

— Sabe, Benny... a Amanda ficou mesmo bem gostosa, né? — Voz Misteriosa estava ainda mais perto, e zombava de mim. — E aí, vocês chegaram a transar? Ela deu pra você, Benny?

O ódio explodia em meu peito. Uma vontade incontrolável de matar se apoderava de mim, e uma conclusão se tornava clara como a luz que vinha do refletor: *ele* estava ficando cada vez mais forte.

A Carlinha correndo pelo gramado atrás de borboletas...

— Aposto que já... Aposto que ela era uma putinha.

Os gramados verdes de Darrington... Não, Darrington não, por favor... Eles morreram lá também...

— Você já era, Benny. — Ele riu. — Você está fodido desde o início.

A Carlinha, não...

De novo, não...

— Você perdeu, Benny.

Sem que eu conseguisse mais controlar, minha mente irrompeu em imagens desconexas e violentas de pessoas mutiladas, umas sobre as outras em montes infinitos, debatendo-se em profunda agonia. Homens e mulheres sendo torturados por criaturas sombrias, que observavam seu sofrimento e me convidavam a juntar-me a elas. Ele, que cumpria a promessa de me assombrar para sempre com muita eficácia, penetrava novamente minha consciência com a sua voz ao mesmo tempo grave e aguda, sedento por tomar o controle:

Venha, minha criança... você quer...

E eu realmente queria. Eu sempre acabava sentindo prazer em todo aquele sofrimento. Mesmo assim, gritei até quase sentir os pulmões estourarem e tudo girou ao meu redor.

Concentre-se, Benjamin..., a voz do Jacob veio até mim de algum lugar.

Espumando, eu me debatia com brutalidade. Eu só queria sair dali e destruir alguma coisa. Sentir o gosto da morte. Eu salivava, sedento de vontade de matar alguém, de rasgar a carne de alguém com meus dentes. Qualquer um.

Benjamin, por favor, mantenha a calma...

Era fácil para o Jacob me pedir calma; ele não estava ali... Que merda, Jacob! Como posso controlar isso?

Eu consigo te ver, Benjamin, não dê a ele o que ele quer! Mantenha a calma!

Foi uma batalha mental desumana, como sempre era... As sombras me queriam e eu sabia que não podia ceder. Não podia desistir. Algo dentro de mim estava fora do lugar e me fazia querer ceder à escuridão, deliciar-me com o que ela proporcionava. O problema era quando a escuridão ia embora... O que restava à minha volta era apenas morte.

E, dessa vez, parecia que *ele* queria vir para ficar.

Foi justamente nesse pensamento que eu me agarrei para tentar me libertar mais uma vez da escuridão que desejava, de qualquer jeito, me transformar naquele monstro.

Porra, Ben. Nós não somos isso...

Desista, criança..., ele sibilou.

— Não! — eu berrava. — Não! NÃO!

Entre gritos, rosnados e risadas, aos poucos fui recobrando a consciência. O cheiro de morte que eu farejava no ar como um cão raivoso perdeu a intensidade. Eu tossia com violência, arranhando a garganta, e o cheiro de água de esgoto voltou com tudo, substituindo o odor do inferno.

Arfante, sentindo a saliva escorrer com gosto de sangue pelo meu queixo, abri os olhos, mas rapidamente tornei a fechá-los, incomodado com a claridade.

— Ótimo — disse Voz Misteriosa, sério. — Muito bom, mesmo.

Permaneci em silêncio, de olhos fechados e com o coração aos solavancos.

— Ele vai gostar de saber disso.

Voz Misteriosa desligou a luz e a escuridão tomou conta do ambiente. O som de seus passos apressados correndo e pisando em poças d'água pelo chão se afastaram, subindo por alguma escada, e depois só ouvi o barulho de uma porta sendo fechada com estrondo.

Eu estava sozinho.

Não fazia ideia de onde me encontrava, nem como havia ido parar ali, mas eu estava só. E era quando eu ficava sozinho que a minha mente funcionava de maneira mais torturante...

Eu jamais poderia imaginar o que me aguardava depois que saí daquele maldito sanatório. A escuridão sempre foi muito maior. Como o motor falho de um carro antigo, meu cérebro pareceu pegar no tranco e as memórias começaram a entrar em ordem, uma de cada vez, então eu decidi recapitular desde a hora em que achei que as coisas dariam certo. Não fazia muito tempo, disso eu tinha certeza, então as lembranças eram nítidas e passavam como um filme em minha mente.

E o momento em questão começa comigo deitado em uma maca, coberto por um lençol branco, numa perfeita imitação de cadáver... Ao me ver acorrentado àquela cadeira, penso que talvez tivesse sido muito melhor se minha morte não houvesse tratado-se apenas de um disfarce...

Pelo menos muita gente teria sido poupada...

PARTE UM
LEMBRANÇAS INDESEJADAS

Meu nome é Alice Walker, eles nunca me
   disseram o porquê.
Não fui nomeado em homenagem a ninguém,
   é apenas um nome inventado.
Eles achavam que era bonito, eu imagino,
   muito tempo atrás.
Vou mudá-lo algum dia.
Eu gosto de fingir que sou apenas um
   visitante aqui.
Como em um daqueles shows
Em um lugar cheio de pessoas que eu quase
   não conheço.
Mas todos iremos para casa em uma semana
   ou duas
De volta à vida real.
— JAMES MCMURTRY

Há uma casa em Nova Orleans
Eles a chamam de 'Sol Nascente'
E tem sido a ruína de muitos outros pobres
   garotos.
E Deus, eu sei, eu sou um deles.
— THE ANIMALS

EXTRAÍDO DO JORNAL THE NEW HAMPTON UNION
SOUTH HAMPTON, NEW HAMPSHIRE

SEGUNDA-FEIRA, 28 DE JUNHO DE 2004
(CADERNO ESPECIAL)

O HORROR NA COLINA DE DARRINGTON

por Merrick Boyd

Quanto de maldade pode existir em um ser humano? O quão cruéis podem ser algumas pessoas? O laço familiar é mesmo inquebrável?

Ultimamente, essas perguntas têm visitado muitos de nós. Quando somos surpreendidos por um acontecimento tão terrível como o massacre na velha casa da Colina de Darrington, no último dia 24, nossa tranquilidade é arrancada à força e somos banhados pela mais dura realidade possível.

Benjamin Francis Simons, de dezessete anos, levava uma vida comum e sem peculiaridades no tradicional e religioso orfanato St. Charles Children's Home, em Rochester, onde cresceu. Considerado por muitos um menino calado e introspectivo, chegou ainda bebê ao local e conheceu o seu tio Romeo e a família Johnson aos oito anos de idade.

A família, na época constituída pelos tios Romeo e Julia Marie, e pela filha do casal, a jovem Amanda, logo se tornou muito próxima do rapaz, e o reverendo John. J. Malloway, diretor do orfanato, sentindo que todos se davam muito bem, sugeriu que adotassem Benjamin. Só que as coisas nunca são tão simples quando se trata da história de Simons.

"Romeo Johnson era um homem de poucas palavras, mas tinha um bom coração", contou-nos o reverendo John. "Ele apareceu no orfanato em uma noite de janeiro de 1995, sozinho, e perguntou se um garoto com as características de Benjamin morava lá. Curiosos, perguntamos quem ele era. Foi quando o homem se apresentou como o irmão mais velho do pai de Benjamin, que havia falecido de causas misteriosas pouco depois do nascimento do menino..."

Até o presente momento, não existem informações comprovadas sobre os pais biológicos de Benjamin, nem mesmo se ele tem algum outro registro.

"Ora, tudo o que envolve o passado de Benjamin sempre foi misterioso", afirma o reverendo. "O menino foi encontrado na soleira do orfanato, dentro de um cesto e enrolado em um lençol, numa noite fria e chuvosa de 1987. Eu lembro como se fosse hoje. A gente acha que essas coisas só acontecem nos filmes, até vermos uma criança que não devia ter nem um ano de idade chorar desconsolada, tremendo de frio, totalmente encharcada pela água da chuva. Ele estava acompanhado de uma carta sem assinatura, mas que indicava ser da mãe do menino. Nela, pedia que acolhêssemos o pequenino e que não fôssemos até a polícia. E dizia que a segurança dela e da criança dependiam exclusivamente disso. Obviamente eu o acolhi, mas guardei a carta comigo e batalhei durante um bom tempo com o dilema do que deveria fazer. Perguntei para Deus, e Ele, com toda sua grande sabedoria, me mostrou que eu deveria poupar o garoto, e assim o fiz. Demos a ele o nome de Benjamin Francis Simons em homenagem ao fundador do orfanato, o finado e querido reverendo Benjamin, que Deus o tenha."

Após ter sido acolhido no orfanato St. Charles, o pequeno Benjamin cresceu sob os cuidados das irmãs e sob o olhar atento do reverendo John, que afirma ter sugerido logo no primeiro ano de convivência com os Johnson que eles adotassem o menino. Mas Romeo Johnson nunca apareceu com os papéis para a adoção.

"Romeo nos disse que o pai de Benjamin era um sujeito problemático e que se afastou da família quando se casou. Desse dia em diante, ninguém soube mais do paradeiro dele e da esposa. Até que a notícia de que ele havia falecido chegou e, alguns anos depois, a informação de que deixara um filho. Romeo afirmou que, após uma pesquisa nos orfanatos da região, encontrou o único que se encaixava na descrição e, assim, veio até nós. De início, ficamos bem desconfiados, mas depois percebemos que eles se davam muito bem e que não existia nenhum interesse da família Johnson que não fosse fazer parte da vida do garoto."

Benjamin cresceu, inteligente e sempre introspectivo, segundo o reverendo, e a interação com a família Johnson parecia fazer muito bem ao rapaz. A partir do nascimento de Carla Johnson, em 1999, o contato se tornou ainda maior. Dizem que Benjamin logo se afeiçoou à prima mais nova e as visitas à residência dos tios se tornaram mais frequentes. Só que a situação na casa da família Johnson atingiu um nível crítico quando sua tia sofreu um derrame.

"Benjamin não era muito de falar sobre a sua vida, mas logo percebemos que alguma coisa estava errada pelo semblante entristecido que ele passou a carregar. Entramos em contato com Romeo Johnson e descobrimos o que acontecera. Foi de partir o coração...", conta, com pesar, o reverendo John. "Então, um dia, Benjamin nos disse, já com dezessete anos, que tiraria uma licença no bar em que trabalhava em Manchester para passar uma temporada na casa dos tios. Ele falou que sua prima Carla estava doente e precisava dele... Obviamente, concordamos de imediato."

No início de junho de 2004, Benjamin Francis Simons mudou-se para a casa dos seus tios, que na época já moravam na residência antiga e colonial na Colina de Darrington (saiba mais sobre a história da propriedade nas páginas 5-6). E foi exatamente nesse mês que o massacre mais brutal da história de South Hampton aconteceu.

"Nunca poderíamos imaginar... nunca...", comenta o reverendo John, ainda muito abalado. "O rapaz jamais apresentou qualquer sinal de violência. Nunca fez mal a nenhum dos outros órfãos. Sempre foi muito calado, sim, mas jamais se envolveu em confusão alguma. É difícil demais entender o que aconteceu. Demais."

Na madrugada do dia 24 de junho de 2004, Benjamin Francis Simons assassinou três pessoas na casa da Colina de Darrington. Segundo informações da polícia, Julia Marie Johnson foi a primeira a vir a óbito. Benjamin desligou os aparelhos que a mantinham viva e ela morreu logo depois. Em seguida, com um revólver Smith & Wesson calibre .38, matou Romeo Johnson com um tiro à queima-roupa na testa. Por fim, levou sua prima Carla, de apenas cinco anos, para a floresta que existe ao redor da residência e, com a mesma arma, atirou em sua cabeça. Uma unidade da polícia de South Hampton chegou no momento do último disparo e prendeu o rapaz em flagrante. A filha mais velha do casal, Amanda Johnson, está desaparecida, e a polícia acredita que Benjamin também possa ter algo a ver com isso.

O chefe de polícia de New Hampshire, Alastor Kingsman, que cuida pessoalmente do caso, também conversou conosco:

"O rapaz estava completamente fora de si. Na ocasião de sua captura, quando foi contido pelos cinco oficiais com armas de choque, não ofereceu nenhuma resistência. Contudo, quando acordou a caminho do hospital, gritava sem parar sobre rituais, demônios e vários outros absurdos sem sentido. Claramente perturbado. Sugeri que fosse encaminhado diretamente para o sanatório de custódia do Condado de Borough, que possui uma das equipes mais qualificadas do nordeste dos Estados Unidos, para que fosse analisada sua condição enquanto aguarda julgamento. O garoto não tem estrutura mental para ser preso e eu tenho certeza de que é do interesse de todos que esta história seja esclarecida."

Até o fechamento desta reportagem, nenhuma informação adicional foi divulgada. Tudo o que envolve o terrível massacre conhecido como "Horror na Colina de Darrington", desde a motivação de Benjamin até as consequências para ele, ainda é um mistério.

Leia nas páginas 3-10 deste caderno especial mais informações a respeito do caso, do orfanato St. Charles e da antiga casa colonial na Colina de Darrington.

CONTROLEI A RESPIRAÇÃO O MÁXIMO QUE PUDE E ME mantive praticamente imóvel em cima da maca enquanto o Andrew e a Amanda me empurravam, em silêncio, pelos corredores do sanatório.

Sem muita noção do quanto seria suficiente, eu sugava o ar com cuidado, prendia-o durante alguns segundos e, quando não aguentava mais, soltava-o devagar, sentindo o lençol branco dançar perigosamente sobre a minha boca. Algo que, conforme constatei sem nenhuma dificuldade, ninguém poderia notar, pois tratava-se de um cadáver embaixo dele.

E cadáveres não respiram.

Um pensamento me ocorreu quando senti que fazíamos uma curva, e logo ele se transformou em dúvida quando paramos com um pequeno solavanco. Para onde, afinal, iam os corpos quando os pacientes morriam no Sanatório Louise Martha? Existia um necrotério lá dentro?

Ouvi de repente o som característico do elevador sendo acionado. Durante todos os anos em que passei apodrecendo naquele lugar, vi alguns pacientes partirem em macas parecidas, mas nunca pensei em mais nada sobre o assunto que não fosse me perguntar quando seria a minha vez em cima de uma daquelas. E ela parecia finalmente ter chegado, com uma única diferença, apenas, para os demais: eu ainda estava vivo.

Quando o elevador chegou e eles empurraram a maca para dentro, Andrew falou, num sussurro:

— Acho que estamos com sorte, os corredores estão praticamente desertos.

— Vamos torcer pra essa sorte continuar, então — Amanda sussurrou em resposta. — Está com as luvas, né? Ótimo. Não esqueça, temos que dar a volta pelo piso térreo até a baia de carga e descarga, e isso significa passar pela recepção novamente — ela suspirou. — Você viu que ela não está tão deserta assim... O que Jones disse quando te ligou da última vez?

Jones?

As perguntas que eu queria fazer surgiram em fila na minha mente. Uma fila lotada e desorganizada, como pessoas famintas em algum refeitório de caridade, acotovelando-se em desespero por um prato de comida. No entanto, antes que eu pudesse começar a falar para alimentá-las com respostas, Andrew prosseguiu:

— Ele disse que a nossa janela de tempo seria de uma hora. — Sua fala era apressada. — Depois, quando for até a solitária e não encontrar o Ben, vai ter que acionar o alarme do prédio. Calculo que já gastamos uns quinze minutos.

— E os seguranças do térreo? — Amanda perguntou, tensa. — Eles estão realmente armados? Jones conseguiu tirá-los do caminho?

A resposta do Andrew não veio de imediato. O elevador chegou ao seu destino e eles voltaram a empurrar a maca. Num volume quase inaudível, então, seu único comentário foi:

— Vamos descobrir agora.

O silêncio nos corredores pelos quais havíamos passado foi substituído pela sinfonia incômoda do bater de teclas, de passos apressados e de diversas vozes falando ao mesmo tempo. Meu coração parou por alguns segundos. O local de fato não estava deserto e eu não tinha nenhuma noção do que acontecia ao meu redor.

Quantos estariam olhando para o doutor e a enfermeira carregando um cadáver? Será que alguém estranharia a cena e perguntaria alguma coisa? E se o alarme tocasse e eles estivessem ali, à vista de todos?

— Doutor! — uma voz feminina, próxima demais para o meu gosto, soou agitada. — Doutor, um paciente está se sentindo mal! O senhor é o doutor Friedrich? É o meu primeiro dia aqui, doutor, meu nome é Daisy...

— F-Friedrich? Sim, sou eu — Andrew respondeu, e limpou a garganta. — Estou ocupado, enfermeira Daisy. Sei que a senhorita pode dar conta.

— Ah, doutor, não sei se... não sei se consigo! E o senhor é o único de plantão além do doutor Jones...

A maca parou abruptamente e eu pude ver a sombra de uma mão se aproximar do lençol.

— Nossa... qual foi o paciente que morreu?

— Chega de perguntas, Daisy — Andrew falou, firme, e a mão se afastou. — Se quiser manter o seu emprego, não seja tão curiosa.

— Tudo bem, me desculpe — ela respondeu, constrangida. — E muito obrigada, doutor! Por favor, deixe que eu acompanho a enfermeira...

— Angela — Amanda falou entre os dentes.

— Ah, sim! Prazer! Deixe que eu acompanho a enfermeira Angela até o necrotério. Ei, Douglas, avise que o doutor Friedrich está indo para a enfermaria!

Uma voz masculina assumiu o sistema de som do sanatório:

— Atenção, enfermaria. Doutor Friedrich a caminho.

Meu coração batia tão forte que eu tinha certeza que a maldita e intrometida enfermeira Daisy acabaria ouvindo. Era exatamente do que precisávamos: bastante atenção.

— Bom... — Andrew improvisou, a voz tensa. — Enfermeira Angela, enfermeira Daisy, levem o... paciente até o... até o necrotério, então. Aguardem instruções.

— Sim, doutor! — Daisy respondeu prontamente. A proatividade daquela mulher me dava nojo. Eu já a odiava sem nunca sequer ter olhado em seus olhos.

A maca voltou a ser empurrada, agora com mais velocidade, e eu pude sentir a respiração tensa da Amanda bem acima de mim. Num determinado momento, viramos para a direita. Em seguida, bruscamente para a esquerda. Mais um longo corredor. Eu sentia que a maca era conduzida com urgência, o que era compreensível. Estávamos fora do escopo do plano e tudo por causa da maldita enfermeira repleta de boa vontade. Um elevador foi acionado. Quando ele chegou, Amanda me empurrou para dentro sem muita gentileza.

— O necrotério fica no subsolo — Daisy informou, gratuitamente. — Você trabalha há quanto tempo aqui?

— Tempo suficiente pra querer dar no pé.

O silêncio durou pouco tempo.

— Todo mundo ficou preso aqui hoje... Estão falando que essa nevasca vai ser tão forte quanto a da semana passada. — Daisy insistia em manter um diálogo. — Será que é verdade?

— Espero que seja.

— Eles me dão calafrios, em você não? — Daisy mudou completamente o rumo da conversa, parecendo nem notar os cortes da Amanda. — Deitados, assim... nessas macas.

— Não tenho medo dos mortos — Amanda respondeu, seca, quando o elevador abriu as portas. — Tenho medo dos vivos.

Fui empurrado de novo e senti que o ar à minha volta ficara ainda mais gelado. Existia um necrotério, afinal. *Merda*. Deveríamos estar a caminho das baias de carga e descarga, nos afastando daquele lugar desgraçado, não nos embrenhando ainda mais em seu subsolo...

E era uma sensação horrível ser empurrado daquela forma, em cima de uma maca, sem poder me mover e sem enxergar nada do que acontecia, apenas esperando pelo pior. Meus músculos, contraídos com o nervosismo, doíam e formigavam depois do longo período na mesma posição. Cãibras já davam sinais de que viriam com tudo.

— Pronto. Muito obrigada, Daisy, já pode voltar aos seus afazeres. Eu assumo daqui.

— O legista deve estar descansando na sala dos médicos. Quer que eu o...

— Não precisa, Daisy! — Amanda falou em um tom que não incentivava mais conversas. — Muito obrigada.

Minha única vontade era levantar da maca e estrangular a Intrometida Daisy até a morte.

— Você não vai colocá-lo em uma das gavetas?

Filha da...

— Como...?

— O cadáver. Coloque logo em uma das gavetas. Veja, tem uma livre logo ali. É só posicionar a maca e empurrar. Deixa que eu faço.

— Não precisa, eu mesma...

Mas já era tarde demais. A maca voltou a ser empurrada e o frio se tornou ainda mais intenso. A extremidade onde estavam meus pés chocou-se contra algo metálico e meus dedos iniciaram um rápido e desconfortável processo de congelamento. Daisy inclinou-se para mexer nas alavancas abaixo de mim e eu senti a sua respiração em meu ouvido. A maca foi elevada alguns centímetros e posicionada mais uma vez em sua extremidade, e algo aos meus pés fez *clic*. Sem aviso, deslizei de uma só vez para dentro da gaveta e todo o meu corpo foi consumido pelo frio e pela escuridão.

— Viu? É fácil. Mas estou bem curiosa, sabia...? — A voz da Daisy soava abafada enquanto eu começava a experimentar os primeiros indícios de hipotermia. — Você não vai contar ao doutor Friedrich, vai, Angela?

— O que você pensa que vai... — Amanda ainda tentou, em vão.

Fechei os olhos e prendi a respiração no exato instante em que Daisy puxou a maca para fora novamente, afastou o lençol branco de cima do meu rosto e conteve um gritinho.

— Mas esse é... esse é o... ele...

O alarme de segurança do sanatório interrompeu a epifania da enfermeira como se anunciasse o apocalipse.

Puta que pariu.

A merda já estava feita, então não havia mais tempo nem motivo para bancar o morto. Abri os olhos e encarei a Daisy, tomado de ódio pelo transtorno que ela causara no que poderia ter sido um plano excelente. Ela sustentou o meu olhar, incrédula, paralisada pelo medo.

— Sou eu mesmo, sua piranha intrometida. — E ergui a mão, agarrando-a pelo pescoço com força e puxando seu rosto para bem perto do meu. — O que foi? Nunca viu um cadáver antes?

Empurrei para o lado a enfermeira em choque e me arrastei da maneira que pude para fora da gaveta. Tossindo e tremendo da cabeça aos pés, Daisy me encarou com uma expressão de puro horror quando desci da maca, um olhar de desespero que chegou a aquecer meu coração e meu corpo. Estalei todas as juntas que pude ao pisar no chão, como se tivesse acabado de despertar de um cochilo nada confortável, e observei a mulher que tanto nos atrapalhara prestes a gritar, tão logo reencontrasse a voz. Vi, de relance, minha imagem refletida nas gavetas metálicas do necrotério e, verdade seja dita, eu não estava muito diferente de qualquer um que estivesse dentro de alguma delas.

Magro, abatido e com o rosto ossudo coberto pela barba, minha aparência por si só justificaria um grito, mas antes que ela pudesse sequer abrir a boca, a Amanda acertou sua nuca com um golpe violento de uma bandeja de instrumentos que a derrubou de uma só vez.

— Nossa, como eu queria fazer isso! — Ela falou e, por alguns instantes, vi a sombra de um sorriso em seu rosto que trouxe a Amanda da minha adolescência de volta. Mas a Amanda do presente tinha pressa ao largar a bandeja, retirar um par de calçados de hospital dos bolsos e os jogar no chão. — Rápido, calce isso, temos que encontrar o Andrew.

Calcei as sapatilhas de qualquer jeito e corremos desabalados pelo corredor do subsolo, ouvindo o alarme que ainda berrava no último volume.

Amanda nos guiou até as escadas. Ao subirmos o primeiro lance, escutamos correria e desespero vindos do térreo e nos encolhemos perto da porta num silêncio rígido. Foi quando ouvimos a voz do Andrew:

— Saiam daqui! Rápido! — ele gritava. — Ben Simons está fugindo! Ele está armado!

No segundo seguinte, a porta foi escancarada e eu puxei a Amanda para junto de mim, na tentativa de ficarmos completamente escondidos atrás dela. Funcionários do sanatório passaram aos tropeços e subiram os degraus sem nem olhar para trás. Aproveitamos a brecha e saímos para o corredor do primeiro andar.

Avistamos o Andrew parado próximo à recepção; ele virou o rosto quando ouviu nossos passos.

— Temos que ir embora agora, Jones não conseguiu atrasar os seguranças por muito tempo! — Agitado, ele acenou para que o acompanhássemos. — Eles estão descendo!

Corremos até o Andrew e seguimos na direção da placa onde lia-se "Carga e Descarga". Durante os onze anos da minha sentença, se eu pisei naquele pavimento três vezes foi muito. Os pacientes raramente tinham acesso ao térreo, a não ser quando recebiam permissão para sair. E esse não era o meu caso.

Fora isso, aquela era uma área restrita, onde ficavam as pessoas normais, como alguns enfermeiros mais sádicos gostavam de nos lembrar, como se achassem que todos nós vivíamos com os cérebros desligados ou que não éramos dignos de compaixão.

Sem aviso, um disparo de arma de fogo nos fez derrapar próximo a uma curva no corredor que levava à saída.

— Eles estão aqui! — um dos seguranças gritou.

— Não se mexam! — berrou outro, e apontou sua arma para gente. — Não se mexam ou eu atiro!

Em questão de segundos o pavimento foi tomado por, pelo menos, mais cinco seguranças, que sacavam pistolas e falavam em rádios, gritando recomendações enquanto nos mantinham em suas miras. Mas Andrew, sem calcular as consequências nem pensar sobre o assunto, sacou uma pistola do jaleco e disparou na direção do segurança mais próximo, acertando sua perna.

— Rápido, vão! — ele gritou, e se jogou atrás de um vaso de plantas no exato momento em que os seguranças responderam com tiros.

Agarrei Amanda, que gritava em desespero, e segui com ela pelo corredor deserto, escapando por pouco de ser atingido. Mas nós ficamos sozinhos por pouco tempo. Um segurança particularmente truculento brotou como mágica de uma escada ao nosso lado e chegou a destravar o coldre para puxar seu revólver. Larguei o braço da Amanda e continuei correndo com tudo para cima dele, sem pensar em nada. Com um encontrão violento, nos embolamos em uma confusão de pele, roupas e dor, e eu enterrei o punho fechado em todos os pontos do seu corpo que pude alcançar.

A arma que ele segurava disparou por acidente, destroçando o vitral de uma porta ao nosso lado. O brutamontes resistiu o quanto pôde, e até conseguiu acertar o lado esquerdo do meu rosto com um golpe às cegas que fez um sino ecoar em minha cabeça, mas eu estava tão descontrolado que nem assim parei de atacá-lo.

— Já chega, Ben! — Amanda me puxou pelas roupas. — Ele apagou! Vamos!

Com dificuldade, cessei os golpes, arfante. Quando me levantei do chão, vi meus punhos cobertos de sangue e o rosto do segurança desconhecido, que não era nada além de uma feia massa avermelhada.

Excelente, bom menino!

— Vamos!

Amanda me puxou de novo pela camisa e nós continuamos a correr. Fomos recebidos por uma tempestade congelante que nos açoitou como um chicote quando atravessamos a porta dupla da área de carga e descarga, ainda ouvindo o tiroteio que acontecia do lado de dentro.

Berrando o nome do Andrew e fazendo menção de voltar para dentro do sanatório, Amanda tentou se desvencilhar de mim; eu a contive, tremendo de frio. Tentei identificar um lugar seguro para nos escondermos, mas logo o Andrew apareceu tropeçando, segurando o revólver com uma das mãos e, com a que estava livre, tapando um buraco em seu ombro por onde sangue escorria, manchando seu jaleco branco.

— Vai! VAI! — ele gritou. —É aquela ali. — E apontou com o revólver para uma ambulância estacionada próximo de onde estávamos.

— Você está bem? — Amanda perguntou, assustada. — Eles te acertaram?

— De raspão. Vamos!

Lutando contra a tempestade de neve e a grande quantidade dela que já encobria o chão e dificultava nossos passos, corremos da maneira que conseguimos até o veículo e ouvimos sirenes se aproximarem. Os seguranças irromperam pela porta e dispararam em nossa direção. Entramos de qualquer jeito na ambulância e um dos tiros estourou o retrovisor ao lado da Amanda quando ela sentou no banco do motorista e assumiu a direção.

— A chave! — Amanda gritou, encolhendo-se de frio e medo. — Cadê a chave?

Com dificuldade, Andrew pegou um chaveiro em seu bolso, separou a chave correta e o entregou para ela, que a colocou de uma só vez na ignição e deu partida. A sirene ligou automaticamente quando Amanda acelerou.

— Cuidado! — eu gritei ao avistar viaturas policiais cercarem uma das saídas.

Amanda freou, derrapando, e girou o volante para o outro lado, onde, para nosso desespero, havia apenas um grande muro. E foi exatamente na direção dele que ela acelerou com tudo.

— Segurem-se! — gritou.

A ambulância colidiu de frente com ignorância e os tijolos não ofereceram muita resistência. Alguns chocaram-se contra o para-brisa e o racharam em vários pontos, mesmo assim nós não paramos. Depois da dificuldade inicial em passar por cima dos escombros com todo o gelo que já se acumulava pelo estacionamento e da sorte de não sermos atingidos pelos disparos, saímos para as ruas de Borough. Mas as sirenes policiais ainda pareciam próximas, e nós não estávamos sendo nem um pouco discretos.

— Amanda — comecei, e percebi que aquela seria a primeira pergunta que eu faria desde que deitara na maca, horas atrás; o que me fez lembrar da centena de outras que eu ainda queria fazer. — Como vocês pretendem escapar da polícia nisso aqui?

— Vamos usá-la só até chegarmos ao nosso carro. — Ela desligou as sirenes e fez uma curva particularmente fechada para a direita. — Ele está estacionado aqui perto.

— À esquerda agora! — Andrew falou, gemendo de dor, e Amanda virou bruscamente, fazendo com que eu espremesse o Andrew contra a porta.

Em alta velocidade, continuamos trafegando por ruas escuras e desertas, desbravando a nevasca que transformava a ambulância em uma grande geladeira com rodas. Chegamos a um beco apertado que não parecia ter espaço para nada além do nosso veículo, e Amanda reduziu a marcha. Ainda podíamos ouvir as sirenes enquanto seguíamos, lentamente, toda a extensão da viela.

De frente para um pequeno estacionamento, ela acionou um botão no chaveiro que balançava na ignição e nós entramos de uma só vez em uma garagem. Com pressa, Amanda tornou a clicar para fechar o portão, desligou o motor e fez sinal para que ficássemos quietos. Só o que escutávamos, além da cacofonia das sirenes, era nossa respiração ofegante. A polícia parecia estar bem perto e meu queixo batia silenciosamente. Então, o volume começou a diminuir. Foi ficando cada vez mais distante, até quase virar um eco vindo de algum lugar. Por fim, desapareceu.

Como se tivéssemos nos lembrado de voltar a respirar, soltamos o ar ao mesmo tempo, cobrindo toda a cabine de vapor. Amanda desabou em cima do volante da ambulância, esgotada, e Andrew recostou a cabeça no encosto do banco, ainda pressionando o ferimento em seu ombro. Eu respirei fundo e passei as mãos pelo rosto e pelo corpo, tentando me aquecer e absorver a ideia de que estava fora do sanatório.

Você conseguiu, bom menino, parabéns!, ouvi a velha voz esganiçada em minha mente. *Você agora é um menino livre! O-Oh, aí vem problema! Escondam suas crianças, hahaha...*

Procurei não dar atenção, como já estava acostumado a fazer no sanatório, mas algo despencou em meu estômago. O que me aguardava nessa falsa liberdade? Eu não tinha sido inocentado. Agora, além de maníaco e homicida, eu era um fugitivo. Ocorreu-me que seria apenas uma questão de tempo até minha foto começar a aparecer em todos os jornais da região, quem sabe até do país. Ainda assim, não era medo o que eu sentia. Pensando melhor, parecia quase... excitação.

— Obrigado, Amanda — falei de súbito, apertando os nós dos dedos, ainda doloridos pelo encontro surpresa, e limpando as mãos na roupa. — E obrigado, Andrew. Não sei o que vocês tinham planejado, mas parece que deu certo.

— Bom, eu não esperava levar um tiro — Andrew esboçou uma risada que o fez gemer de dor. — Mas não se preocupe. O importante é que conseguimos te tirar de lá. — Ele se levantou com dificuldade e foi até a parte de trás da ambulância. — Vamos aguardar um pouco mais antes de pegarmos o carro, ok? Por segurança. Vou ver se tem algo por aqui que eu possa usar pra fazer um curativo.

— Benny... por favor, me perdoa. — Amanda ergueu a cabeça, os olhos marejados, e olhou para mim assim que Andrew saiu da cabine. Ao ouvi-la me chamar por aquele nome, senti minha respiração vacilar.

— Demoramos tempo demais... você poderia ter...

— Poderia — suspirei, e devolvi o seu olhar. — Mas você apareceu, Amanda. Pra mim, isso basta.

— Não consigo nem imaginar o quão horrível foi pra você...

Fiquei em silêncio.

Mal ela sabe, bom menino! Mal ela sabe...

— Sinceramente, eu já tinha até me acostumado com a ideia de que apodreceria lá — falei, olhando para baixo, e o desabafo veio de uma só vez. — Quando resolvi me abrir com o doutor Lincoln no último exame de rotina, foi só porque minha ideia era arranjar alguma forma de me matar assim que voltasse para o quarto...

— Meu Deus! — Amanda levou as mãos à boca.

— Eu já não tinha mais pelo que viver, Amanda, estava cansado de batalhar contra as vozes em minha cabeça... sem forças mesmo. — continuei, e respirei fundo. — Mas aí o Lincoln se mostrou envolvido em tudo e aquilo meio que reacendeu alguma coisa em mim... Voei por cima da mesa, cego de ódio, e acho que teria acabado com ele ali mesmo, se não tivessem me sedado e me jogado naquele buraco. Quando acordei, já estava confuso quanto a ideia do suicídio. E aí você apareceu.

— Mas eu demorei tanto...

Levantei o rosto para ela.

— Tenho certeza que você teve os seus motivos.

Amanda continuava olhando para mim, e eu vi que ela estava prestes a se debulhar em lágrimas. Só então pude apreciar inteiramente o fato de que estava de frente para minha prima, onze anos depois. O cabelo estava mais curto e com a cor diferente, as feições estavam contornadas pelo passar do tempo, mas ainda era a mesma Amanda Johnson por quem eu guardei, durante grande parte da adolescência, uma paixão platônica e secreta que procurava não alimentar. Ela era minha prima, inteligente e cheia de vida e eu era apenas um órfão esquisito e solitário.

Senti um leve constrangimento ao continuar sustentando seu olhar, lembrando da minha aparência de morto-vivo, e decidi desviar os pensamentos para questões mais urgentes. Eu ainda tinha muito o que descobrir. E Amanda pareceu ter lido a minha mente.

— Tenho tanta coisa para te contar... temos, na verdade — acrescentou, e acenou com a cabeça para os fundos da ambulância.

— Quero saber tudo, Amanda, mas por enquanto já ficaria satisfeito em descobrir os nossos próximos passos.

— Bom, estamos no Condado de Borough, que fica em Tewksbury. — Ela se ajeitou no banco ao meu lado. — Nossa casa fica em Derry, a mais ou menos cinquenta quilômetros daqui. Se pegarmos a Interestadual 495 e depois a 93 N, chegaremos lá relativamente rápido, mesmo com essa nevasca. O único problema é que essa é a principal saída de Tewksbury, e é óbvio que as vias principais estão sendo vigiadas... Então não podemos pegar a estrada agora.

35

Percebi que ela disse *nossa* casa em vez de *minha* casa, mas no momento não dei tanta importância. A surpresa ainda estava por vir.

— Tem um motel aqui perto onde podemos passar a noite — Amanda falou, passando o dedo pela tela de seu celular. — Um tal de Crusaders Inn.

Fiquei impressionado com a aparência tecnológica do aparelho que ela segurava e me dei conta de como eu estava desatualizado sobre o mundo. Nos primeiros anos no sanatório, eu até me mantive a par do que acontecia lá fora lendo jornais e assistindo à televisão, quando permitiam, na esperança de ver minha inocência sendo comprovada, mas as vozes começaram a ficar mais frequentes e eu me tornei muito instável. As crises vinham quase toda semana e me faziam perder o interesse em tudo.

Constantemente dopado, cada vez menos eu achava que o apresentador do telejornal anunciaria, em alguma noite, que o mistério da Colina de Darrington tinha sido finalmente desvendado e que Benjamin Francis Simons era inocente. Porra, na minha primeira semana internado no sanatório, o *The New Hampton Union* publicou um caderno especial de dez páginas sobre o que eles passaram a chamar de "Horror na Colina de Darrington", com detalhes que julgavam verídicos de todos os meus passos para assassinar a família Johnson, num exagerado tom sensacionalista. Hora nenhuma citaram o McNamara ou qualquer um dos outros capangas. E absolutamente não havia nada sobre rituais satânicos lá.

Isso parecia bastar para a sociedade, e eu não poderia culpá-la. Era muito mais fácil de digerir. Todos estavam confortáveis com a minha imagem de monstro assassino e, algum tempo depois, a polícia também parou de se preocupar. Eu era o culpado, fim de papo. Melhor assim. Por muito tempo, meu coração se preencheu com ódio reprimido e eu só conseguia pensar em vingança.

Agora que eu estava livre, haveria tempo para ela.

— Talvez você tenha que passar a noite no carro, Ben — Andrew disse, voltando para o banco do carona com um enorme curativo em seu ombro. — Ainda estamos muito próximos do sanatório, alguém pode te reconhecer no motel.

— Não tem problema.

— Mas está tão frio... — Amanda protestou, em tom de defesa. — Tem certeza de que...

— É sério, Amanda, não tem problema — eu a interrompi. — Garanto que vai ser melhor que aquela gaveta.

Ficamos um tempo em silêncio, Amanda ainda me olhando com profunda tristeza. Ela estava visivelmente arrependida, mas aquele olhar de piedade me incomodou. E eu senti que ela ainda queria me contar alguma coisa. Alguma coisa ruim.

— Acho que já podemos ir, querida — Andrew falou, distraído.

Querida. *Querida.* Era isso, então? *Nossa casa fica em Derry. Já podemos ir, querida.*

Eles estavam juntos?!

Tentei não transparecer, e tampouco entendi o motivo, mas aquela percepção explodiu como uma granada dentro da minha cabeça. O que exatamente me fez tão mal eu não saberia dizer, mas o ódio veio com força total. Cerrei os punhos com as mãos sobre as coxas.

— Sim, claro... vamos. Benny, nós precisamos...

Sem me conter, desferi um soco tão violento no painel da ambulância que pegou Amanda e Andrew de surpresa. A força do golpe ativou o limpador do para-brisa e causou uma rachadura no encaixe de plástico onde ficava um porta-copo. Durante milésimos de segundos, minha visão ficou turva e meu cérebro ardeu em brasas.

— Amanda, eu... — gaguejei, confuso com a raiva que me invadiu de repente. — Desculpe, não sei o que deu em mim.

Foi sinceridade pura. Eu realmente não sabia. Ainda. A Amanda se endireitou no assento e o Andrew me fitou em silêncio.

— N-não tem problema, Ben... — ela respondeu, cautelosa. — É tudo muito recente. Há algumas horas você estava internado e agora está aqui fora. É muito para absorver...

Andrew me observava, apreensivo.

— Ela teria dezesseis anos hoje, Amanda — falei. — Quase dezessete. A idade que eu tinha quando... quando...

Mas não precisei terminar a frase, nem dizer para Amanda de quem eu estava falando. Ela compreendeu e me abraçou em silêncio.

* * *

Um estrondo metálico me arrancou da cabine da ambulância e eu me vi novamente acorrentado à cadeira na escuridão. Apurei a audição para ouvir se alguém se aproximava, mas parecia que eu continuava sozinho. Não saberia dizer quanto tempo fiquei imerso nas lembranças do passado, mas pensei que talvez fosse melhor começar a estudar o que eu tinha à minha disposição naquele momento para sair dali.

A resposta veio imediatamente: nada.

Tentei mover meu corpo com mais vigor, mas as correntes não apresentaram nenhum sinal de fraqueza. Com uma balançada particularmente brusca, quase consegui mexer o braço esquerdo, mas o equilíbrio das pernas da cadeira ficou comprometido e eu acabei tombando para o lado com um baque surdo bem em cima de uma poça d'água fedorenta. Cuspindo o que entrara na minha boca por acidente, cheguei à conclusão de que eu era bem idiota. Como eu não tinha percebido quando dei o soco no painel da ambulância? Devia estar preocupado demais com a revelação de que Andrew e Amanda estavam juntos para dar atenção ao fato que seria crucial nos eventos seguintes.

Cacete, como eu fui imbecil...

Você passou tempo demais internado, menino!, a voz gargalhou em minha cabeça. *E faltam parafusos aí, não é mesmo? Talvez as coisas desencaixadas nessa cabecinha tenham te impedido de enxergar...*

— Exatamente, seu filho da puta espertinho — sussurrei para a escuridão.

Se ao menos eu tivesse descoberto a tempo...

Fechei os olhos e deixei minha memória voltar a trabalhar.

Não havia mais nada a fazer naquele breu, preso àquela cadeira tombada no chão, com o lado esquerdo do rosto parcialmente imerso na poça com cheiro de merda, que não fosse, pelo menos, tentar lembrar de como cheguei àquela situação igualmente de merda.

EXTRAÍDO DO JORNAL THE BOSTON HERALD

BOSTON, MASSACHUSETTS
QUINTA-FEIRA, 19 DE FEVEREIRO DE 2015

MONSTRO DA COLINA À SOLTA

da Redação

O assassino Benjamin Francis Simons, vinte e oito anos, escapou do Sanatório Louise Martha, em Tewksbury (também conhecido como sanatório do Condado de Borough, onde estava internado desde 2004, após ter sua insanidade comprovada ao final de longo julgamento), na madrugada do último dia 18, debaixo de uma forte nevasca. Testemunhas afirmam que ele foi auxiliado por outras duas pessoas, um homem e uma mulher, ainda não identificados. Os dois suspeitos trajavam vestes próprias da unidade, o que leva a polícia a acreditar que possam ter recebido ajuda de alguém de dentro do sanatório.

"O elemento foi retirado da solitária durante a madrugada e conduzido pelos corredores em cima de uma maca, como se fosse um cadáver", conta o policial Albert Hank, da primeira viatura da Polícia Estadual de Massachusetts (MSP) a chegar no local. "As câmeras de segurança chegaram a captar os movimentos do trio dentro do sanatório, mas grande parte do material foi deletado de dentro do servidor. Sabemos apenas que trata-se de uma mulher de cabelo curto e loiro e um homem de cabelo castanho, ambos na casa dos trinta anos. Eles estavam armados e trocaram tiros com os agentes da Patriot, a empresa responsável pela segurança do sanatório. Quando chegamos ao local, eles estavam escapando em uma ambulância da unidade. Até chegamos a perseguir o veículo durante um tempo, mas, devido à tempestade de neve e por eles terem saído por um lado do sanatório de difícil acesso, atravessando o muro da área de Carga e Descarga, acabamos por perdê-los de vista. Mas estamos com nossas forças concentradas em encontrar Benjamin e seus comparsas."

A fuga turbulenta do assassino conhecido como Monstro da Colina também deixou sua marca em uma enfermeira, que preferiu não ser identificada, no seu primeiro dia de trabalho.

"Era o meu primeiro dia no sanatório e eu queria muito mostrar serviço. O homem que o ajudou a fugir se passou pelo doutor Friedrich, e eu acreditei... E ainda ajudei a mulher a empurrar a maca que carregava o Benjamin. Cheguei até a colocá-lo em uma das gavetas do necrotério. Meu Deus, quando o alarme soou, ele abriu os olhos como se fosse uma assombração e tentou me enforcar! Em seguida, levei um golpe violento na nuca, que eu nem vi de onde veio, e desmaiei... Foi horrível."

O dr. Liam Jones, que trabalha há mais de dez anos no sanatório, é o responsável pela ala médica e, na ocasião da fuga de Benjamin, estava em sua sala, como de costume. Ele mantinha vigilância constante sobre o rapaz, considerado o paciente o mais perigoso de todos, e quando chegou à solitária para retirá-lo no horário estipulado, surpreendeu-se com a ausência. Aterrorizado, acionou o alarme imediatamente. Liam Jones foi interrogado pela polícia e liberado em seguida.

O atual diretor-adjunto do FBI, Alastor Kingsman, que cuidava do caso desde a captura de Benjamin em 2004, enquanto ainda era chefe de polícia do estado de New Hampshire, apareceu muito irritado no sanatório na manhã de ontem, e fez uma revista minuciosa no local com uma grande equipe de agentes. Ele, que não quis ser entrevistado, deu apenas o seguinte pronunciamento: "O FBI assumirá total responsabilidade pela investigação. Nossa agência atuará em conjunto com as polícias estaduais de todo o país, sem medir esforços para capturar o assassino."

O Departamento Federal de Investigação pede para quem tiver quaisquer informações que levem a Benjamin ou a um de seus comparsas que ligue imediatamente para o 911 ou entre em contato com o Departamento de Polícia local. Não tentem se aproximar do elemento, pois ele é instável e extremamente perigoso.

AMANDA E ANDREW TROCARAM DE ROUPA NA PARTE de trás da ambulância e limparam o interior da cabine como profissionais. Ao perceberem que suas luvas cirúrgicas haviam rasgado em diversos pontos, não quiseram correr o risco de deixar impressões digitais pelo painel. Pensei, achando até certa graça, que se encontrassem as minhas não haveria nenhum problema. Àquela altura eu não era exatamente desconhecido, mas eles não poderiam se dar ao luxo de entregar informações valiosas de tão bom grado. Andrew também fez questão de verificar o que tinha utilizado da ambulância e colocou tudo que continha o menor resquício de seu sangue numa sacola, que carregou consigo para fora do veículo.

Eles vestiram grossos agasalhos ao descerem para a garagem.

— Aqui, Ben, este é pra você. — Amanda estendeu um pesado casaco de couro marrom, que eu vesti por cima do uniforme verde do sanatório. — Estão dizendo que essa nevasca ainda pode piorar.

Trancamos a garagem e atravessamos a rua do beco até o pequeno estacionamento do outro lado, lutando contra o vento congelante e afundando o pé na neve fofa que já encobria grande parte da pista.

— Como vocês se esconderam durante todos esses anos, Amanda? — perguntei, os olhos cerrados por conta do vento e agradecido pelo casaco de couro. — Quero dizer, eles sabem muito bem quem você é.

— Digamos que a gente não seja exatamente conhecido, em Derry, como Andrew e Amanda — ela respondeu com o queixo batendo e abriu o portão de ferro que dava acesso a um pequeno pátio escuro com meia dúzia de carros estacionados. — Lá, somos apenas Victor e Helen... mas te explico tudo com mais calma quando chegarmos em casa, prometo.

Caminhamos até um veículo sedã cinza parado ao lado de um poste, cuja luz vacilante piscava em intervalos quase síncronos. As letras cromadas na parte de trás do carro me informaram que se tratava de um Volvo. Nunca fui muito ligado em carros, mas até eu pude constatar que era um modelo luxuoso. Amanda consultou as horas em seu celular — 2h35 da manhã —, enquanto o Andrew, com uma careta de dor, destravava as portas do carro com um simples *bip* de sua chave.

Impressionante. Pude notar que o casalzinho, muito provavelmente, estava bem de vida. Desde os celulares modernos até o carro de alto padrão, as coisas pareciam ter dado certo para eles de alguma forma. Era isso, então? Enquanto eu apodrecia no sanatório por onze malditos anos, o Andrew comia a Amanda e andava em carros de luxo? Eu até acreditava nas palavras dela. De verdade. Se ela não tinha conseguido se revelar para mim ou me ajudar de alguma forma até agora, foi porque realmente não teve como. Tudo bem. Mas os meus sentimentos em relação ao Andrew, incluindo a gratidão por ele ter ajudado a me tirar do sanatório, começavam a mudar drasticamente. E para pior.

— Ben? — Amanda me chamou, já dentro do carro, e eu me dei conta de que tinha parado de caminhar e estava em pé no estacionamento, encolhido de frio.

Pigarreei e voltei a andar, forçando a mente a evitar aqueles pensamentos. Eles só atrapalhariam tudo e não havia motivo para alimentá-los.

Entrei no banco de trás todo desajeitado, e sentei em cima de algo rígido. Quando retirei debaixo das minhas pernas, notei que era um exemplar surrado do livro *Símbolos e seus mitos*, escrito por Henry Paul Benzinger.

— O motel fica a uns cinco minutos daqui — Amanda informou, assim que Andrew deu a partida no carro e ligou o aquecedor. — Olhe, é fácil de chegar.

Ela entregou seu celular para o Andrew, que olhou para a tela e deslizou o dedo por ela.

— Ótimo — ele disse, e devolveu-lhe o aparelho. — São quase três da madrugada. A rua deve estar bem deserta por causa da nevasca, mas talvez você precise se esconder aí atrás, Ben, ainda podem haver policiais por perto.

— Não tem problema — respondi mecanicamente.

— Perfeito, então.

Saímos do estacionamento e viramos à direita. Logo estávamos na rua principal pela qual passáramos minutos antes com a ambulância. Andrew, ansioso, dirigia olhando para todos os espelhos, e Amanda teclava com dedos ágeis em seu celular sem dizer uma palavra.

Folheei o livro, distraído, mas logo me arrependi. Deparei-me com um familiar pentagrama invertido desenhado em uma das folhas, cercado por figuras bizarras. Quando o encarei, meus ouvidos foram preenchidos por um chiado incômodo, que aumentava gradativamente. Pressionei uma das orelhas com a ponta dos dedos, como quem tenta desentupir o ouvido, mas não adiantou. Num flash, vi a imagem de uma imensa sombra de olhos amarelos cintilando diante de mim.

Como se o que eu segurasse fosse um carvão em brasa, senti as mãos arderem e imediatamente larguei o livro no chão do carro.

Assim como a imagem veio, ela se foi, e meus sentidos, de súbito, voltaram ao normal. Em estado de quase devaneio, passei as mãos pelos cabelos e os senti emplastrados de suor gelado. Eu estava em frangalhos. Sempre duvidei que um dia pudesse voltar a viver normalmente, como o Andrew e a Amanda decerto viviam, sem que fosse assombrado pelas lembranças de Darrington, e cada vez mais esse pensamento parecia correto. Só eu tinha vivenciado, de verdade, o horror daquela casa. Só a minha consciência estava destruída.

— Aquele vírus que eu levei e o doutor Jones implantou no servidor das câmeras do sanatório limpou quase todos os registros — Amanda comentou, ainda concentrada na tela do seu celular. — Com sorte, não sobrarão mais que dois ou três clipes de vídeo com as imagens do que fizemos hoje...

— Excelente, querida.

Excelente, querida!
Muito bom, querida!
Quer me chupar, querida?
Querida!
QUERIDA!

Amanda olhou para Andrew e depois se virou para mim.

— Acho que ainda não te contei, Ben, mas eu e o Andrew estamos... juntos.

— Sério? Que bom — respondi, tentando transparecer surpresa e displicência, mas querendo dizer, na verdade: *Caralho, jura? Se você não me falasse, nunca iria perceber.* — Bom pra vocês. Fico feliz.

Porra nenhuma. O que eu queria, mesmo, era colocar as mãos por trás do banco do motorista e quebrar o pescoço do Andrew. Acho até que o faria sem nenhuma dificuldade. Era só segurar da maneira correta e virar para o lado com toda a força que eu conseguisse. Com sorte, quebraria igual a um cabo de vassoura.

Mas ainda restava em mim uma certa resistência a esse sentimento...

No fundo, em algum lugar, eu não queria pensar daquele jeito, nem agir daquela forma. Eu poderia não ser mais o garoto inocente de dezessete anos que viajou para Darrington nas férias, onze anos atrás, mas isso não significava que precisava me transformar no monstro que desenhavam por aí. Não, eu não lhes daria esse prazer.

Amanda abriu um sorriso constrangido para mim e eu me senti um merda. Não era culpa dela eu ter vivido tanto tempo com aquele dilema interno. Nós éramos primos. Ou, até aquela época, achei que fôssemos.

— Amanda sempre falou muito de você, Ben — Andrew disse, olhando pra mim pelo retrovisor. — Estou feliz por termos conseguido te tirar de lá. Quando tudo isso acabar, daremos um jeito de você voltar a viver decentemente.

Não respondi, apenas balancei a cabeça numa afirmativa. Não precisava da piedade do Andrew e não conseguia, de modo algum, me imaginar vivendo decentemente depois de tudo o que havia acontecido...

* * *

O Volvo viajava solitário pelas ruas de Tewksbury, Massachusetts. Nos dois lados da pista pintada de branco que seguia para longe do sanatório, nada havia além de galpões onde funcionavam, de acordo com os grandes letreiros, fábricas de aparelhos eletrodomésticos e indústrias químicas. De fato, a cidade estava bem deserta. Aos poucos, conforme passamos a percorrer as vias internas, a civilização começou a dar as caras na forma de lojas e postos de gasolina. Tão logo o motel que procurávamos ficou visível em meio à tempestade, uma viatura passou veloz por nós, suas sirenes transformando a escuridão da madrugada em uma grande festa azul e vermelha.

— Acho melhor você deitar aí atrás, Ben — Andrew sugeriu, e esticou o braço ferido com dificuldade para pegar algo aos pés de Amanda. — Toma, use esse cobertor pra se esconder.

Assim, obedientemente, e pela segunda vez naquela madrugada, deitei imóvel e me fingi de morto.

Chegamos ao motel pouco depois. Senti o carro desacelerar e logo o Andrew estacionava. Com uma recomendação para que eu permanecesse escondido, ele desceu para fazer o check-in e o silêncio reinou absoluto dentro do automóvel, até Amanda quebrá-lo:

—Ben, eu sei que já disse, mas... eu lamento de verdade ter demorado tanto, tá?

— Amanda, isso é passado agora — respondi, os olhos fechados por baixo da coberta. — Não se preocupe, está tudo bem.

O problema era que, no fundo, não estava tudo bem. Nem perto disso. O momento representava exatamente o contrário.

Tirando o fato que mais ferrava com a minha sanidade, que era ter acabado com a vida da minha prima nas condições mais horrendas que se possa imaginar, ainda existia tudo o que havia me levado a fazer aquilo. Sim, eu fiz o que precisava para salvar a sua alma, mas, porra, pensa no quanto isso fode com a cabeça de alguém...

Rituais demoníacos, organizações secretas, assombrações... Minha vida parecia ter virado um livro de terror recheado de clichês baratos. Só que eu fui mais esperto. Posso ter ficado com a cabeça fodida, mas em 24 horas também fodi com eles. Foi extremamente prazeroso matar o McNamara e aquele lacaio dele, eu confesso, mas foi legítima defesa. A tia Julia e o tio Romeo não tinham sido minha culpa.

Na verdade, quando consigo parar e pensar com um pouco mais de clareza, percebo que nada foi minha culpa. Tudo se mostrou parte de um grande e bizarro plano, cujos idealizadores fizeram um excelente trabalho em esconder as evidências e jogar toda a culpa em cima de mim. Eram como uma grande rede de filhos da puta, e estavam em todos os lugares. Inclusive, como a própria Amanda me disse assim que irrompeu pela porta da solitária, antes de fugirmos do sanatório, eles já estavam com outra carta na manga.

Então, não, não estava tudo bem.

E eu nem poderia dizer se algum dia ficaria. Tudo o que eu sabia era que a minha paciência em esperar para descobrir o que eles tinham para me contar estava acabando.

— Alô? Oi, Jacob, como você está? — ouvi a voz da Amanda e notei que ela falava ao celular. — Tudo bem também. Escute, já estamos com o Benjamin e logo logo chegaremos em casa, tá? Toma cuidado.

Jacob? E quem seria esse, agora?

— Cacete, que frio! — o Andrew exclamou assim que entrou no carro. — Tudo certo com a nossa estada. Já tem uma foto sua impressa no mural de recados do motel, Ben, parece que a notícia já se espalhou. Mas não há nada sobre nós, Amanda. Ainda — acrescentou em voz baixa.

Permaneci em silêncio enquanto ele manobrava o carro, imaginando o que aconteceria se eu aparecesse na recepção do motel. Consegui até visualizar a cena de alguma senhora de aparência rechonchuda, sentada atrás do balcão, levando as mãos à boca em um surto de horror quando o Monstro da Colina irrompesse pela porta. Nunca pensei que um dia eu seria um assassino procurado, tratado como maníaco e condenado por crimes que eu não havia cometido, mas essa é a grande beleza da vida, não é?

Não ter certeza de porra nenhuma sobre o nosso destino.

Quando senti que o veículo parava de novo, retirei o cobertor de cima de mim e ergui a cabeça para olhar pela janela embaçada. Estávamos próximos ao muro de saída do motel e havia apenas mais dois outros carros estacionados ali.

— Bom, são 3h15 — Andrew falou, desligando o motor. — Vamos descansar até, no máximo, seis horas, pra deixar a poeira baixar um pouco. Depois, pegamos estrada.

— Não podemos mesmo levá-lo até o quarto com a gente, Andy? — a Amanda perguntou, observando a neve que ainda caía. — Está tão frio...

— Melhor não, Amanda — respondi antes do Andrew. — Vou ficar bem aqui. São apenas algumas horas.

— Tem barras de chocolate no porta-luvas e água nessa bolsa. — Andrew puxou uma sacola dos pés de Amanda. — Aí embaixo do banco tem mais um cobertor. Vou deixar uma brechinha da janela aberta para você poder respirar. Amanhã seguiremos direto pra casa e você poderá dormir melhor.

— Perfeito.

— Então vamos, Amanda, temos poucas horas pra descansar. Falei com a moça da recepção que queríamos apenas tirar um cochilo antes de seguir viagem.

Com uma última troca de olhares entre eu e Amanda, ela e Andrew saíram do carro e, pela primeira vez naquelas últimas horas, me vi completamente sozinho. Com frio, cansado, mas sem nenhuma gota de sono, descalcei as sapatilhas, deitei no banco traseiro de olhos abertos, joguei os cobertores de qualquer jeito por cima de mim e tentei recapitular os últimos acontecimentos.

Na manhã do dia anterior eu tinha acordado decidido a dar um fim na minha vida; e ali estava agora, deitado em um Volvo cinza de último modelo no meio de uma tempestade, no estacionamento de um motel barato no coração de Tewksbury, Massachussets.

Dei uma risada solitária que ecoou como um rosnado no interior do veículo.

Eu contei ao dr. Lincoln tudo o que vivenciei na Colina de Darrington na esperança de que algo ficasse registrado antes de partir, apenas para descobrir que ele também estava envolvido. E junto com o maldito Alastor Kingsman, meu grande carrasco nos anos que passei internado, com seus interrogatórios intermináveis que mais pareciam sessões de tortura e quase sempre culminavam no meu despertar na solitária, amarrado em uma camisa de força. Ele bem que tentou parecer imparcial durante o longo julgamento, alegando pensar apenas no meu bem estar. Mas eu nunca engoli. Ele ficou famoso, ganhou promoções, mudou de emprego... E eu fui condenado a uma eternidade trancafiado no sanatório. Kingsman ainda esfregou na minha cara que seu novo cargo no FBI foi graças a mim. Que grande filho da puta.

A memória de uma Carlinha intacta se acendeu em minha memória, mais viva do que nunca. Parecia que o contato com a Amanda, depois de tanto tempo, reativava algo no meu íntimo, e minha mente viajou até os gramados verdes de Darrington, onde eu e Carla brincávamos nas tardes que antecederam o dia em que tudo aconteceu. Cara, eu sentia muita saudade dela... E um remorso imensurável por tê-la matado, mesmo sabendo que não havia escolha.

Cacete, essas lembranças eram sempre torturantes...

Sem aviso, o rádio do carro ligou, arrancando-me de um passado bom na Colina de Darrington e me arrastando de volta para o presente, e uma música que já era velha conhecida começou a tocar. Neil Young iniciou os primeiros versos de *For What It's Worth*, do Buffalo Springfield, acompanhado por uma voz rascante e familiar que cantarolava junto com ele.

— Que vida de merda, hein, Benny? — A voz veio do banco do carona, e ergui o corpo de uma só vez com o susto. O cheiro de carne putrefata invadiu minhas narinas quando o vi sentado onde Amanda outrora estivera, observando a escuridão que se estendia para além do para-brisa.

Romeo Johnson virou o corpo para trás e me encarou. Sua pele, ferida e descascada, estava branca como cera e suja de terra. Entre os seus olhos, negros e sem expressão, um grande buraco, tão profundo que eu conseguia ver a janela do outro lado. O sangue em excesso emplastrara seu cabelo, manchando de vermelho-escuro o loiro desbotado. Ele ficou apenas me olhando durante alguns instantes.

E sorriu.

— Você está lutando uma batalha perdida, criança...

Devolvi o olhar do tio Romeo, ou do que sobrara dele, e pensei em muitas coisas para dizer. Eu não sentia medo daquela aparição bizarra; sentia raiva. Minha vontade era partir para cima dele e acabar com o que restava sentado ali. Só que não adiantaria.

Ele já estava bem morto.

— Se você veio até aqui das profundezas do inferno para me fazer desistir de caçar os seus amiguinhos, Romeo, perdeu seu tempo — falei entredentes.

— Ah, Ben, Benny, Ben... — Ele gargalhou, exalando um bafo pestilento, e vermes caíram de sua boca. — Vocês se acham muito espertos, não é mesmo? Pensam que tomaram a dianteira. Quando descobrirem que os dois passos que acham que estão à frente significam três passos atrás, já será muito tarde.

A assombração do tio Romeo continuou me encarando e o sangue começou a correr rápido nas minhas veias, trazendo o ódio quente consigo. Ele continuou:

— Você não faz ideia do que te aguarda, Benny...
— Não me chame assim, seu merda.
— Você não gosta, né? Dói quando eu te chamo de Benny. Você lembra dela.

Respirei fundo no interior do Volvo, que agora era puro gelo e cheiro ruim. O ódio era quase incontrolável.

— Você se arrepende, Benny...

Agarrei o pescoço do tio Romeo e ele gargalhou ainda mais forte, o que fez com que os vermes se espalhassem pelo meu braço.

— Só me arrependo de uma coisa, Romeo. — Eu fitava seus olhos negros e vazios. — De não ter sido eu a colocar esse buraco na sua testa.

Ele gargalhou ainda mais alto e eu desferi um soco com minha mão livre na direção do seu rosto, mas não encontrei nada. O rádio estava desligado e o tio Romeo desaparecera. Senti uma forte dor de cabeça e recostei no banco, confuso, sentindo o mundo girar. Eu tinha enlouquecido, essa era a verdade. Fechei os olhos e a enxaqueca se intensificou ainda mais. Aí as vozes fizeram a festa:

Ei, Benny! Posso te chamar assim, né?
Sentiu falta do seu tio, Benny? Quanta grosseria, menino.
Tadinho... o bom menino não gosta que o chamem de Benny!

Meus ouvidos zumbiram em meio ao vozerio e ao chiado infernal, e eu senti como se minha cabeça fosse rachar ao meio. Sem que me desse conta, eu já não estava mais no carro. Quando abri os olhos, com a cabeça ainda em completa ebulição, me vi em um longo e escuro corredor. Tremendo de frio, caminhei com passos vacilantes, experimentando a familiar sensação do desconhecido. Olhei a minha volta, numa tentativa febril de me situar no ambiente, e senti as pernas bambearem quando reconheci a disposição das portas, a viga no teto e a escada que descia para o nada. Não podia ser verdade... não podia ser aquele lugar. Concentrei-me como pude em acordar daquele pesadelo, mas meu juízo fraquejou. Naquela hora, sim, eu senti medo.

Aquela casa era o único local que ainda parecia ter esse poder sobre mim...

A viga começou a ranger, no velho ritmo coordenado.

Nheeec... Nheeec...

E então eu ouvi uma voz feminina e sofrida, que lamentava, em algum lugar a minha frente.

— Perdoe-nos, Edward... por favor, perdoe-nos...

Hesitante, arrisquei mais alguns passos e logo enxerguei a sombra de um homem e de uma mulher, parados de frente para a escada, recortados por uma luz sobrenatural. Senti o pesar e o sofrimento deles fundo no coração e senti que precisava ajudá-los. Eu queria ajudá-los, e ajudar o Edward, fosse ele quem fosse. Mas, antes que eu pudesse fazer qualquer coisa além de experimentar todo aquele sentimento ruim, o corredor desapareceu. Eu estava de volta ao sanatório, na mesma sala em que acordei no primeiro dia. No entanto, em meu lugar, preso a uma grande maca, achava-se Alastor Kingsman.

— Mate-o, criança — ouvi a familiar voz demoníaca bem perto de mim. — É isso o que você quer, não é?

Virei-me para o lado e vi apenas uma grande sombra escura.

Uma grande sombra escura que tinha razão.

Matá-lo era tudo o que eu queria. Kingsman me olhou com olhos arregalados, amordaçado e envolto pelas amarras da cama. Tomado por um prazer inebriante, fui na direção dele e pus as duas mãos em seu pescoço. Onze anos de tortura. Onze anos de injustiça que acabariam ali, de uma vez por todas. Então eu apertei, com toda a força que consegui reunir, sentindo sua traqueia protestar e assistindo-o se debater descontroladamente.

— Ben! — Uma voz feminina me chamou do lugar onde a sombra estivera, mas eu não queria largar o Kingsman. Era a minha chance de acabar com a raça dele. E eu só iria largar quando ele estivesse morto.

— BEN! — Tornei a ouvir, e tive quase convicção de que conhecia a voz. — BEN, SOLTA ELE!

Abri os olhos, respirando acelerado, e o mundo freou o carrossel. Ao olhar para baixo, vi o Andrew, com o rosto vermelho e os olhos arregalados, babando pelos cantos da boca, lutando para respirar e tentando soltar as minhas mãos. A Amanda me puxava pelo braço. Não era o Kingsman quem eu estava enforcando no sanatório.

Eu estava dentro do quarto do motel enforcando o Andrew.

EXTRAÍDO DO DIÁRIO PESSOAL DE LINDA BOWELL,

ENCONTRADO POR LIAM JONES EM AGOSTO DE 2007

Segunda-feira, 10 de março de 1986

    Eu me lembro bem do motivo pelo qual comecei este diário, mas está cada vez mais difícil continuar sem ver nenhuma mudança.

    O dr. Santiago disse que eu precisava externar meus sentimentos e opiniões e, com o Brad, não tenho mais conseguido isso. O diário é o único local onde exponho meus pensamentos. Não tenho mais paz, nem dentro de casa, nem fora dela. Ele está a cada dia mais mudado. Mais estranho e obcecado com a tal "ideia". E sempre que eu pergunto o que está havendo, ele fica agressivo.

    Hoje não foi diferente. Brad chegou em casa apressado e correu direto para o quarto. Nem parou para me cumprimentar. Eu tenho até evitado falar com ele nesses momentos, mas hoje não aguentei. Fui atrás dele e o vi mexendo com diversos papéis, fazendo algum tipo de cálculo matemático e murmurando datas, falando sozinho.

    "Tem que ser na data certa...", ele dizia. "Eles querem na data certa..."

    Mas quando ele percebeu que eu estava lá, não tive nem tempo de falar alguma coisa. Ele gritou e me mandou cair fora.

    Não sei quem são "eles", muito menos o que "eles" querem, mas estou muito preocupada com o Brad. Desde que arranjou aquele empréstimo, ele nunca mais foi o mesmo. Nossa situação financeira conseguiu se estabilizar, quitamos os aluguéis atrasados e conseguimos voltar a comer comida de verdade. Mas o preço a pagar por isso está sendo muito alto... Bem mais caro que nossas antigas dívidas. E eu não confio naquele velho, independente da aparência imponente que tenha.

Esta noite o Brad pareceu relaxar um pouco. Acho que ele encontrou a resposta que queria naqueles números. Parecia até feliz e puxou assunto sobre filhos. Agora que penso no assunto com mais calma, creio até que poderia ser bom. Quem sabe ele não se acalmaria se nós tivéssemos um bebê?

Torço muito por dias melhores. Só quero uma coisa além de uma vida feliz com o meu marido: quero o Brad com quem me casei de volta...

Linda.

AQUELE PARECIA O FIM DA MINHA CURTA AMIZADE COM o Andrew.

Eu não soube explicar o que tinha acontecido e ele também não parecia muito disposto a entender. Talvez até compreendesse a minha situação: debilitado, internado por um longo tempo depois de ter vivenciado horrores que ele jamais sonharia vivenciar, injustamente sentenciado... Mas o Andrew não tinha nenhuma ligação afetiva comigo. Na certa se dispôs a me ajudar só por causa da Amanda, com quem, eu descobrira pouco antes, ele mantinha um relacionamento.

Quando soltei o seu pescoço, confuso, com a cabeça latejando e a boca seca, Amanda avançou com um grito para cima de Andrew, para ver como ele estava. Eu recuei alguns passos, afastando-me da cama, e olhei para minhas mãos e ao redor, desnorteado. Era um quarto pequeno, com papel de parede verde descascado em vários pontos. Móveis simples e TV pequena. Um típico motel de beira de estrada. Mas não foi isso o que me surpreendeu. A pergunta que comecei a repetir mentalmente foi: *Como diabos eu cheguei aqui?!*

— O que houve, Ben? — Amanda perguntou com a voz trêmula, ajudando o Andrew a se sentar na cama. Ele respirava, ofegante, massageando o pescoço, e olhava para mim com grande desconfiança. — Por que você fez isso?

— Eu... não sei.

— Como não sabe? O que deu em você?

Tentei recapitular os últimos acontecimentos, mas nem imaginava por onde começar. O que eu contaria? Que tive uma alucinação com o falecido pai dela, seguido por um pesadelo horrível e então acordei ali, enforcando o Andrew? Não, se fosse para contar aquilo, era melhor não contar nada.

— Não sei, Amanda. Eu estava no carro e comecei a passar mal. Acho que desmaiei... eu não lembro.

— Mas por que você viria aqui no quarto? — Ela estava assustada.

— Por que enforcaria o Andrew?

Não respondi. Não havia resposta. Não fazia sentido. Nada do que tinha acontecido fazia. Uma coisa era eu não gostar do Andrew, outra era invadir o quarto deles à noite para estrangulá-lo. A ideia de quebrar o seu pescoço, eu achava, eram apenas pensamentos de uma mente instável. Mas talvez o instável estivesse começando a ficar perigoso de verdade...

Depois que se recompôs, Andrew olhou para mim e todos ficamos em silêncio. Então ele falou, com um pigarro, sem desgrudar os olhos dos meus, e a sua expressão demonstrou certo desprezo.

— Deixa isso pra lá, Amanda. — Ele deu uma tossida forte. — Tenho certeza de que o Ben não quis me enforcar. Certo, Ben?

— Certo.

Certo mesmo, bom menino?

— Pois bem. — Ele massageou o pescoço uma última vez, ainda me encarando, e consultou o relógio. — Acordamos um pouco mais cedo... Eu não sei se alguém viu o Benjamin fora do carro, então é melhor irmos andando.

Amanda, ainda aturdida com o acontecido, demorou um pouco para compreender o que ele tinha dito e olhava de Andrew para mim,

53

e de novo para ele. Por fim, se levantou, aos tropeços, e se pôs a arrumar suas coisas de um jeito estabanado.

Fui até a janela e olhei para o estacionamento, avistando o Volvo cinza de onde eu havia, de alguma forma, saído e caminhado pela neve, descalço, até o quarto deles numa espécie de torpor. Minhas roupas estavam molhadas, e meus pés, quase congelados. Não despertei nem com o frio? Tentando forçar minha memória a lembrar de mais alguma coisa, continuei mirando toda a extensão do estacionamento.

Foi com um susto que a vi empoleirada no alto de um poste, ao lado do carro, apontada para os veículos como um rifle prestes a atirar.

— Amanda, Andrew — sussurrei —, tem uma... uma câmera ali.

Os dois correram até a janela e eu apontei. Amanda tapou a boca com as mãos e Andrew continuou impassível. Ele segurava a pistola com uma das mãos e esfregava o ombro onde a bala acertara com a outra.

— Só nos resta torcer... — ele falou, e deu as costas para a janela, guardando a arma na parte de trás da cintura.

Somando a preocupação com a câmera ao sentimento ruim que já pairava no quarto, o ar ficou extremamente pesado. Permanecemos calados enquanto eles terminavam de juntar o pouco que haviam espalhado. Encostado na parede, olhei para a cama e imaginei, sem me conter, se eles teriam transado nela. Sacudi de leve a cabeça, desapontado. Novamente me dei conta do quão decadentes estavam as minhas condições mentais e do quanto tudo era tão estranho.

Eu podia não ser um maníaco de verdade quando fui internado, mas já não estava mais tão certo de que não havia saído como um.

E aquilo só fez alimentar ainda mais a minha sede de vingança. Encontrar Alastor Kingsman e quem mais se mostrasse envolvido era a única coisa que importava agora. E eu acabaria com a raça deles. De todos eles. Nem que isso custasse o que ainda me restava para chamar de vida. E, se eles iam de fato tentar alguma coisa no St. Charles, então eu estaria lá.

Ah, sim, podem acreditar, seus merdas. Eu estarei lá...

* * *

O clima entre nós não era dos melhores quando olhamos para todos os lados do estacionamento deserto e seguimos, num passo rápido e com as cabeças baixas, para longe do quarto. Eu caminhava com certa dificuldade por causa dos sapatos de Andrew que peguei emprestado, um número maior. A neve ainda caía com insistência e a madrugada começava a dar indícios de que logo viraria dia.

Um detalhe chamou a minha atenção quando chegamos ao carro: a porta estava fechada. Eu não lembrava de ter sequer deixado o veículo, mas pelo jeito ainda tive tempo de fechá-la.

Nos acomodamos no interior e eu fui de novo para o espaço entre os bancos, cobrindo-me com o cobertor num movimento quase coreografado. Andrew dirigiu até a recepção para encerrar a nossa breve estada e tentar descobrir se alguém havia notado alguma coisa. Eu e Amanda não trocamos nenhuma palavra nesse meio-tempo.

— Falei pra recepcionista que preferimos sair um pouco mais cedo — Andrew informou assim que retornou para dentro do carro e colocou o cinto de segurança, dando uma rápida verificada em seu curativo e aquecendo as mãos a baforadas. — Disfarcei e perguntei também se ela viu alguém ou ouviu algum barulho durante a madrugada, porque eu falei que tinha ouvido uma gritaria. A moça disse que a noite nunca foi tão fria e silenciosa...

— E a câmera? — Amanda perguntou, ansiosa.

— Ao que tudo indica, não temos com o que nos preocupar. Eu falei que alguém havia arranhado o meu carro e perguntei se as câmeras captavam todo o estacionamento. Ela estranhou a quantidade de perguntas a essa hora da manhã, mas falou que as câmeras do motel não funcionam desde que George W. Bush era o presidente dos EUA.

— Bom, então acho que continuamos com sorte.

— Pois é, mas estamos contando demais com a sorte e eu não estou gostando disso. — Andrew escondeu a arma entre as pernas. — A sorte tem um problema muito grave...

Eu já sabia o que Andrew diria antes que ele terminasse a frase. E concordava.

— Qual...? — Amanda perguntou.

Andrew colocou a chave na ignição e ajeitou o retrovisor.

— Uma hora ela acaba — finalizou, e deu a partida no carro.

***

Algum tempo depois, quando os primeiros raios de sol lutavam contra as espessas nuvens na tentativa de iluminar o dia, Andrew julgou seguro e eu retirei o cobertor de cima de mim, voltando a me sentar no banco traseiro. Pensei por alguns instantes na minha condição e na situação que eu havia causado, e cheguei à conclusão de que, para que o plano pudesse continuar dando certo, eu teria que cooperar. Isso significava tentar controlar as minhas instabilidades, sobretudo se isso pudesse, de alguma forma, fazer mal à Amanda.

A neve já caía em menor quantidade, indicando que logo encerraria seu expediente, quando nos afastamos da pequena cidade de Tewksbury e acessamos a autoestrada, cuja indicação em uma placa, suspensa alguns metros acima de nós, dizia: *Interestadual-495*. Resolvi que já era hora de quebrar o silêncio:

— Preciso contar uma coisa.

Amanda virou o corpo para trás e Andrew me olhou pelo retrovisor. Percebi que aquela era a minha deixa:

— Tive uma alucinação enquanto estava sozinho no carro — falei, antes que pudesse mudar de ideia. — Pouco antes de acordar no quarto de vocês.

— Como assim, Ben? — Amanda perguntou, confusa. — Que tipo de alucinação?

Encarei a janela por onde a paisagem verde do nordeste dos Estados Unidos, agora salpicada de branco, se desenrolava. Fazia onze anos que eu não via o lado de fora do sanatório e tudo estava acontecendo tão depressa e de maneira tão bizarra que eu ainda não tinha tido sequer tempo de saborear a liberdade.

Não que eu tivesse muito me esperando do lado de fora. Não era exatamente como voltar para casa depois de uma longa viagem... Mas era uma boa chance de conseguir, pelo menos, alguma redenção por tudo o que eu havia passado.

Minha mente não estava confiável, mas ainda funcionava.

— Seu pai — continuei, e olhei para Amanda. — Ele apareceu no carro.

Ela arregalou os olhos.

— M-meu pai?

— Sim. E falou comigo.

A expressão de Amanda agora era um misto de confusão e terror.

— Falou com você?! — ela repetiu. — Mas o que ele... o que ele falou?

Poupei os detalhes sobre a sua imagem cadavérica e, ainda observando as árvores cobertas de neve da autoestrada, contei tudo o que havíamos conversado e como a alucinação me levou a enforcar o Andrew. Eles apenas ouviram, em silêncio, Amanda com a boca pendendo entreaberta, visivelmente assustada.

Independente de duvidar ou não da minha sanidade, ela sabia que aquelas eram coisas que o seu pai, de fato, diria. Afinal, ela havia sido a primeira pessoa a vê-lo como ele realmente era, e isso quase custou sua vida.

— Preciso saber o que vocês descobriram, Amanda — Eu a encarei, assim que terminei o relato. — E como. Quando você apareceu no sanatório, falou que não tínhamos muito tempo. Disse que eles planejavam atacar o St. Charles.

Amanda respirou fundo, passou as mãos pelo rosto, ajeitou os cabelos, agora curtos e loiros, atrás das orelhas, e abriu o jogo:

— Temos um contato infiltrado. Uma pessoa que está dentro do que eles chamam de "Organização", mas que já não suporta mais fazer parte. Ele tem nos passado informações valiosas. Reunimos um bom material nesses últimos anos...

— E quem é esse contato?

A autoestrada I-495 seguia livre de tráfego e o sol já havia desistido da batalha pelo céu da Nova Inglaterra, transformando aquela manhã em uma das mais cinzentas e geladas que eu já havia visto na vida. Andrew dirigia calado.

— Liam Jones — Amanda respondeu. — O doutor Jones. Você o conhece, não? Lá do sanatório.

Então esse era o Jones de quem eles estavam falando... Claro que eu o conhecia.

Promete ser um bom rapaz se eu te soltar, Ben?

O dr. Jones foi a primeira pessoa que vi quando acordei no sanatório, após ter sido preso em Darrington, e sempre foi o único a me tratar com certa decência durante minha estada por lá. Era um homem que não devia ter mais que quarenta anos, com cabelos loiros e olhos verdes bem expressivos, daqueles que parecem ver através de nós. Era o chefe da ala médica e responsável pelas minhas avaliações físicas. Se eu precisasse eleger um único nome que prestasse lá dentro daquele lugar, esse nome certamente seria o dele.

Descobrir que o cara estava envolvido foi uma grande decepção...

— Sim, eu sei quem é — respondi. — Como sabem que podem confiar nele?

— Foi o doutor Jones quem me ajudou a sair do buraco quando fui enterrada viva. Você lembra? Ele sabia até o meu nome.

— Mas você disse que não tinha conseguido ver o seu rosto...

— E não tinha mesmo, estava muito fraca. — Amanda voltou a olhar para além do para-brisa. — Mas aí ele apareceu. Disse que sempre manteve as esperanças de que eu tivesse conseguido escapar da casa, mas que nunca descobriu mais detalhes do que aconteceu naquele dia.

— Ele participou do que aconteceu em Darrington?

— Na retaguarda, pelo que ele conta. Mais no planejamento do que na execução.

Mais um nome para acrescentar à minha lista, pensei.

Houve dias, durante os anos que passei trancado em Borough, em que o dr. Jones serviu quase como um amigo. Ele parecia se importar mesmo comigo. Perguntava como eu estava, cedia os jornais que acabava de ler, que eu utilizava para recortar e reunir informações, contava piadas... As sessões com ele eram bem diferentes das entrevistas com Alastor Kingsman. Eram leves, tranquilas. Jones aparentava ser um homem decente.

Bom, palmas para ele. Se realmente fosse um filho da puta, o cara tinha feito um excelente trabalho em esconder de mim...

Amanda pareceu ver o conflito que acontecia nas minhas lembranças.

— Jones não é como os outros, Ben — ela falou num tom calmo. — Ele descobriu muito sobre o seu passado, muito mesmo. Pesquisou por conta própria durante anos, vasculhando documentos da Organização, correndo imenso perigo. Kingsman ficou tão furioso quando Darrington deu errado que muitas cabeças rolaram. E ele não gostava nem que tocassem no assunto.

— Se o Jones não é como os outros, por que os ajudou, então? Vai me dizer que ele não sabia que uma criança teria que morrer naquele ritual de merda?

— Ele sabia do objetivo, mas não de todos os detalhes. Como muitos dentro da Organização, ele tinha um propósito específico e era orientado a não fazer perguntas. Foi seduzido pelas imensas quantias em dinheiro e pela promessa de ganhos ainda maiores.

— Como todos eles sempre são... — complementei, pensando em Jack McNamara e Romeo Johnson. Respirei fundo. — E como ele te encontrou, afinal?

— Pesquisando sobre o meu passado em Derry. Descobriu sobre o Andrew nos meus tempos de faculdade e, assim que o encontrou, começou a nos seguir. Ele me abordou enquanto eu fazia compras, perto de onde moramos. Andy, temos que pegar a I-93 N agora.

— Certo — respondeu Andrew, fazendo uma curva e pegando a pista de acesso para a Interestadual 93.

— Na hora em que ele me chamou pelo nome, meu primeiro instinto foi correr — Amanda continuou. — Larguei todas as sacolas que carregava e corri, desesperada. Ele me perseguiu, gritou para eu ter calma, mas eu só parei quando tropecei. Achei que morreria ali mesmo, mas ele me ajudou a levantar e explicou tudo. Contou que foi ele que me salvou no dia em que fui enterrada viva. Falou sobre o meu pai e sobre o McNamara. Falou sobre você... e eu acreditei. Tudo o que ele dizia se encaixava perfeitamente ao que tinha acontecido.

Eu ouvia com atenção as palavras de Amanda, mas elas eram bem difíceis de serem digeridas. Afinal, se o dr. Jones estava realmente envolvido na tal Organização, não fazia sentido ele ter sido gentil comigo durante tanto tempo. Nenhum dos outros funcionários do sanatório era. O modo como ele me tratou poderia de fato indicar que ele era diferente dos demais, mas eu havia desenvolvido uma grande desconfiança de todos ao meu redor depois desses onze anos, então não aceitaria fácil que o dr. Jones fosse um vira-casaca...

— E se ele estiver mentindo? — questionei. — E se, na verdade, ele for um traidor e estiver nos guiando exatamente para onde eles querem? Você sabe do que eles são capazes, Amanda. Você também viveu na pele.

— Eu sei, Ben... Tanto que já suspeitava antes até de tudo se desenrolar em Darrington. Vi que estávamos lidando com gente muito perigosa. — Amanda se virou para mim novamente. — Mas o Jones já poderia ter me matado há muito tempo, sabe? Matado a mim, ao Andrew e ao... bom, em suma, já poderia ter dado um fim nessa "ponta solta", que é como eles nos chamam.

Durante todo o período em que estive internado, sempre me perguntei por que não haviam simplesmente me matado. Essa era uma questão que me atormentava sem cessar. De todas as pontas, eu sem dúvida era a mais solta.

— Só que ele jamais tentou nada além de cuidar de nós e vazar informações de pessoas envolvidas, dados sobre a movimentação da Organização, fotos, documentos sobre o seu passado... — ela prosseguiu. — E ele também nos ajudou a apagar os últimos registros da nossa existência como Amanda e Andrew nos Estados Unidos, ou seja, agora é como se nunca tivéssemos existido.

— Então vocês agora são apenas Helen e...?

— Victor — Amanda completou. — Somos Helen e Victor Walls.

— E ninguém nunca mais tentou matar vocês?

— Nunca mais.

O carregamento de respostas, enfim, começava a chegar. Fiquei aturdido durante algum tempo, enquanto meu cérebro trabalhava para processar aquelas informações e preencher algumas lacunas do passado. Senti-me como um garoto descobrindo que havia uma grande festa acontecendo enquanto ele estava trancado em casa. Inclusive, era até injusto o fato de que eu, quem mais havia sofrido com todo o episódio, fosse o único a ter ficado sem respostas durante tantos anos.

— Você disse que ele descobriu coisas sobre o meu passado?

Eu perguntei, mas não sabia se queria ouvir... Não àquela altura, em que eu me encontrava bem distante da vida que levava em

Rochester antes de viajar para a Colina de Darrington. Minha realidade agora se dividia entre o momento antes de eu ter tirado a vida da minha prima e o momento depois. E a vida antes do episódio naquela casa parecia a vida de outra pessoa.

— Sim — ela confirmou. — Muitas coisas.

— De que tipo?

— Vamos te contar tudo assim que chegarmos.

— E já estamos chegando — Andrew afirmou, e eu notei que já tínhamos saído da autoestrada e passávamos pela entrada de Derry. Pude ler "Bem-vindo a Derry. O melhor lugar de New Hampshire para se estar!" na placa de entrada e lembrei do velho lema do estado:

"Viva Livre ou Morra."

Não poderia ter sido numa hora mais oportuna...

* * *

Pouco tempo depois, trafegávamos por uma rua ladeada por casas que iam de modestas a luxuosas, com grandes varandas cobertas de neve e árvores por todos os lados. Algumas pessoas, corajosas em desbravar aquele gelo tão cedo, iniciavam seus afazeres retirando a neve das entradas e de cima dos carros, aparentemente tranquilas, mesmo com toda a tempestade da noite anterior.

No pequeno centro comercial mais adiante, poucos indivíduos caminhavam pelas calçadas, protegendo-se da neve e do frio com camadas e mais camadas de casacos. Observei as diversas lojas, muitas delas fechadas, que vendiam desde carros a artigos de jardinagem — *"Dougman's: o seu jardim mais verde do que nunca!"* —, passando por postos de gasolina e bistrôs dos mais variados tipos.

Um grupo de adolescentes pouco agasalhados, alheios ao clima, ria e cambaleava perto de uma loja de conveniências, provavelmente voltando bêbados de alguma festa que se esticou por conta da tempestade. Chutavam a neve que se acumulava pelo meio-fio e mexiam com as pessoas que passavam. Não pareciam ter a metade da pressa e da urgência que tínhamos. Para eles, era apenas mais um dia como outro qualquer, só um pouco mais frio.

Dei-me conta, então, de algo que tinha perdido a importância havia algum tempo e perguntei de maneira repentina, pegando todos no carro de surpresa:

— Que dia é hoje?

Amanda deu uma rápida olhada na tela do celular e respondeu, com o primeiro sorriso verdadeiro desde que me libertara do sanatório.

— Quarta-feira, dia 18 de fevereiro de 2015 — disse. — Bem-vindo de volta.

Os músculos do meu rosto pareceram fazer um imenso esforço para retribuir o sorriso, como se eles tivessem se esquecido de como se fazia. Não posso sequer garantir que o que saiu foi um sorriso normal; é mais provável que eu tenha reproduzido algum tipo de esgar assustador devido ao tamanho da minha barba, do meu cabelo e das minhas feições abatidas.

Na verdade, em toda minha aparência, apenas os olhos azuis continuavam os mesmos.

Percebi que o Andrew me estudava pelo retrovisor, sem sorrir. Devolvi o seu olhar, impassível, e ele voltou a mirar o asfalto que se estendia para além do pára-brisas. Entramos em uma rua chamada Magnólia e reduzimos a velocidade. As casas ali conseguiam ser ainda melhores. Sem portões ou cercas, com imensos quintais na parte da frente, as residências de madeira possuíam o mesmo estilo tradicional em suas pinturas brancas. Algumas tinham árvores e arbustos decorativos em seus quintais, agora completamente revestidos de neve, e bandeiras do país em suas fachadas.

Duas crianças, com os movimentos comprometidos pelas várias camadas de agasalhos, brincavam em uma pequena montanha de neve à frente de uma das casas que passavam pela janela. Lembrei da Carlinha, que tinha mais ou menos a idade deles quando tudo aconteceu, e senti um aperto no coração.

O bom menino está triste? Buá, buá! Quer matar aquelas ali também pra ver se você se sente melhor?

Andrew girou o volante e mirou a garagem de uma casa particularmente grande. A *residência dos Walls* tinha uma varanda aconchegante, onde cadeiras e espreguiçadeiras de madeira faziam as vezes de decoração, e aparentava ser muito bem cuidada. Mesmo com todo o gelo acumulado, dava para ver que o gramado verde e aparado, talvez obra do *Dougman's*, era bem diferente do amarelado da antiga casa colonial de Amanda.

— Chegamos, Ben — ela falou, ansiosa, mexendo no celular. — Temos muito pra te contar, muito pra te mostrar... e uma surpresa. Acabei de avisar o Jacob que chegamos, Andy.

Mais uma vez me perguntei quem diabos seria esse tal de Jacob. Imaginei, por algum motivo, um careca barrigudo de meia-idade. Talvez algum familiar de Amanda que eu não tivesse conhecido? Talvez mais algum parente para tentar acabar com a minha raça? Não seria bem uma novidade...

Pensei também em qual seria a tal surpresa e senti minha barriga roncar com entusiasmo. Para mim, poucas surpresas seriam tão boas quanto um grande prato de comida. Comida de verdade, não aquela merda gosmenta e sem sabor do sanatório. Pensando bem, um banho, um prato de comida... quem sabe uma bela e revigorante cagada. Essas, sim, seriam excelentes surpresas. Talvez eu até conseguisse voltar a raciocinar com mais clareza.

Entramos na garagem e a porta automática fechou atrás de nós. Andrew desligou o motor do Volvo e desatou o cinto de segurança. Amanda fez o mesmo e desceu logo em seguida, chamando por mim. Sentindo-me pouco à vontade, cansado, faminto, com frio e com a mente ainda atordoada, desci do carro meio sem jeito e deixei o exemplar de *Símbolos e seus mitos* cair no chão.

Já do lado de fora, fiquei olhando para o livro pensando se arriscaria encostar nele novamente, mas o Andrew me poupou o trabalho.

— Deixa que eu pego. — Ele guardou na parte de trás das calças a pistola que ainda carregava e se abaixou para apanhar a estranha obra de capa vermelha e surrada que jazia inerte aos nossos pés. Quando se ergueu, olhou para mim e deu um suspiro. — Acho que começamos com o pé esquerdo. Sabe, eu não tenho nada contra você, mas...

— Mas você não sabe se pode confiar totalmente em mim.

Andrew continuou sustentando o meu olhar, talvez estudando qual seria a melhor forma de me dizer que eu estava certo.

— Acredito que isso mudará com o tempo. Espero que entenda a minha situação.

— Fique tranquilo — respondi, achando melhor evitar a parte em que eu dizia que também não confiava nem um pouco nele. Ainda era cedo para animosidades.

Andrew fez que sim e, em silêncio, entrou pela porta que dava acesso ao interior da residência. Lá de dentro, ouvi Amanda me chamar mais uma vez.

Um passo depois do outro, cruzei a porta de madeira e me deparei com uma cozinha aquecida e muito bem-arrumada, repleta de eletrodomésticos novos e mobília de primeira qualidade. O brilho fraco da parca luz solar que conseguia resistir às nuvens cinzentas entrava pela janela acima da pia, refletindo na grande geladeira prateada, e meus olhos foram levemente ofuscados quando olhei para onde Amanda estava, ao lado de alguém bem mais baixo que ela.

— Jacob, este é o Benjamin — ela disse.

Quando me afastei da claridade, vi que ela sorria, as mãos apoiadas nos ombros de um garoto.

Confuso, fitei o menino de suéter vinho que me estudava com certa apreensão e cheguei à conclusão de que Jacob não se tratava de um barrigudo de meia-idade, afinal, e sim uma versão masculina e um pouco mais velha da Carlinha.

— Ben, este é o Jacob. — Ela sorriu. — Meu filho.

Oh-oh!

Tornei a encarar a criança e vi que seus olhos castanhos eram quase idênticos aos de Amanda. Uau. Então, ela já era mãe... Olhei para o Andrew, que assistia a essa introdução encostado na bancada, inexpressivo. Não precisava ser nenhum gênio para adivinhar quem era o pai.

Onze anos realmente tinha sido muito tempo.

4

EXTRAÍDO DO DIÁRIO PESSOAL DE LINDA BOWELL,

ENCONTRADO POR LIAM JONES EM AGOSTO DE 2007

Quarta-feira, 23 de abril de 1986

Desta vez eu venho, graças a Deus, com uma boa notícia: estou grávida!

O teste deu positivo hoje pela manhã e eu não poderia estar mais feliz! Esse bebê com certeza será o início de muitas mudanças positivas em nossas vidas. A começar por hoje!

Lembra quando contei da noite esquisita e especial que tivemos? Quando o Brad me levou para aquela casa maravilhosa, que ficava bem no topo de uma colina verde como o paraíso? Devo ter bebido vinho demais, só que eu estava tão maravilhada com todo o esforço do Brad para que passássemos um aniversário de casamento inesquecível que pus todas as minhas resistências de lado. Isso deve ter me deixado descuidada na hora em que fizemos sexo. E que sexo, eu diria! No dia seguinte, acordei esgotada. Uma pena eu não lembrar direito de como foi... Brad diz que foi diferente de tudo o que já havíamos feito, e as marcas no meu corpo acho que comprovam. Isso deve significar uma coisa boa, não?

Pois bem, venho me sentindo esquisita desde então. Tontura, enjoos, dor de cabeça; o pacote completo... com direito até a alguns pesadelos. Comecei a pensar na hipótese de gravidez e resolvi tirar a dúvida com um teste de farmácia. Não paro de sorrir desde que os dois tracinhos apareceram!

Fiz um jantar especial para dar as boas novas ao Brad. Preparei costeletas de porco, o prato preferido dele. Fazia tempo que eu não cozinhava algo tão elaborado, faltava a animação, tinha o cuidado extra com as despesas, e eu andava muito preocupada com ele... Mas hoje não consegui resistir, e ele até melhorou o comportamento nas últimas semanas. Claro, ainda anda bem misterioso com certas coisas, mas eu estou aos poucos quebrando as defesas dele. Hoje, com a novidade do bebê, foi quase como se o Brad de antigamente estivesse ali, de frente pra mim!

    Ele chegou em casa cansado e abatido, e comentou que a cobrança em cima dele estava quase insustentável. Desabafou durante alguns minutos e eu tentei captar algumas coisas: Brad disse que estava fazendo tudo o que podia, mas que "eles" sempre queriam mais, e mais, e mais; falou também que muito do que "eles" pediam era difícil pra ele. Infelizmente, quando se deu conta de que poderia acabar falando demais, mudou de assunto. Perguntou como eu estava, como tinha sido o meu dia etc.

    Começo a achar que essa mudança do Brad tem a ver com aquele velho. Ou com mais pessoas daquela escola. Acho que estão chantageando o Brad por causa do empréstimo. É a única explicação plausível, visto que toda a mudança dele aconteceu logo depois de recebermos o dinheiro.

    Mas hoje é dia de boas notícias! Brad ficou surpreso com o jantar e aparentava estar faminto. Enquanto comíamos, ele perguntou o porquê de tudo aquilo, então eu contei. Falei para ele que o teste havia dado positivo e que estava feliz demais em ter um filho com ele. Foi lindo! Brad largou os talheres, levantou da mesa e correu na minha direção. Ele me deu um abraço tão forte, tão emocionado, que me levou às lágrimas. Ele também chorou bastante. Ficamos abraçados em silêncio durante um bom tempo e eu senti que as coisas poderiam finalmente dar certo.

    Brad segurou meu rosto, com lágrimas nos olhos, e pediu perdão pelo modo como vinha agindo. Acariciou minha barriga e *disse que faria qualquer coisa para consertar tudo. Que faria o possível e o impossível pela gente. Cheguei até a ficar com pena dele. Quase supliquei para que dividisse o que o afligia comigo, mas ele pediu para eu não me preocupar e me abraçou de novo, debulhando-se em lágrimas.*

Pouco depois, enquanto eu lavava as louças, escutei meu marido discutir em voz alta com alguém pelo telefone, mas não consegui entender do que se tratava. Agora à noite, eu o ouvi chorar em silêncio deitado na cama... torço para que sejam lágrimas de felicidade.

Só Deus sabe o que o Brad tem passado, e eu espero que as coisas fiquem bem. Merecemos isso. Eu, ele e nosso bebê.

- Linda.

P.S.: Já estou animada com os nomes! Se for menina, estava pensando em Mary! E, se for menino... talvez Edward. É um nome lindo... nossa pequena Mary Bowell ou nosso pequeno Edward Bowell. Ou os dois, quem sabe? Seja como for, estou certa de que seremos uma família muito feliz.

EU AINDA NÃO CONHECIA O JACOB, MAS ELE PROVAVELMENTE sabia muito sobre mim.

O garoto sustentou meu olhar por mais alguns instantes e, sem aviso, desvencilhou-se das mãos da mãe e correu para fora da cozinha. Andrew foi atrás dele. Não pude deixar de sorrir com a situação.

— Será que ele andou ouvindo muitas histórias sobre o Monstro da Colina? — perguntei, e dei a primeira risada sincera que me recordo de ter dado em muito tempo. A semelhança com a Carlinha era incrível.

Amanda pareceu um pouco constrangida.

— O Jacob é um pouco fechado, sabe, não é de falar muito. É bastante tímido, também...

— Não posso culpá-lo — falei, olhando novamente para o meu reflexo no moderno forno de micro-ondas sobre a bancada. — Mas parabéns pelo filho, Amanda... quero dizer, ele parece ser um garoto bem... saudável.

— Obrigada —Amanda agradeceu, de maneira singela. — Ele é bem inteligente. — Desviando os seus olhos dos meus, ela abriu a geladeira. — Você deve estar faminto. Quer que eu...?

— Como isso aconteceu? — perguntei antes que pudesse evitar.

— O quê?

— Você, Andrew, o garoto...

Amanda encarou o interior da geladeira e eu quase pude enxergar as pequenas engrenagens funcionando em sua cabeça enquanto ela buscava as palavras certas e a melhor maneira de falar.

— Foi tudo muito... rápido — ela começou, ainda sem olhar para mim, e pegou uma caixa de ovos. — Sempre fui bem próxima do Andy, ele foi um bom amigo na faculdade. E eu já tinha ficado com ele uma vez, depois que nos aproximamos ainda mais durante minhas investigações sobre o que meu pai vinha fazendo naquela época.

Um sentimento estranho me invadiu. Parecia raiva, mas de algum tipo diferente. Tentei não pensar na possibilidade, mas seria...

Ciúme da Amanda, Ben? É isso mesmo? Opa, que menino safadinho!

— Enfim, depois do que aconteceu na antiga casa dos meus pais, ele se tornou muito importante pra mim. — Agora ela separava panelas e frigideiras em cima do fogão. — O Andrew caiu de paraquedas na situação e arriscou a própria vida pra me manter escondida. Ainda fez tudo o que pôde pra que tivéssemos, nem que fosse mínima, alguma chance de tirar você de lá — ela completou, na defensiva.

Era um ponto a favor do Andrew, eu não podia negar. Mas aquilo não me fez gostar mais dele. Aquele maxilar quadrado e a expressão superior ainda não me desciam.

— Passamos quase dois anos com a situação ainda pegando fogo, tentando juntar as peças do episódio. Não podíamos fazer muito, sabe, éramos apenas dois garotos contra uma organização sobre a qual pouco sabíamos...

— Entendo... — comentei, tentando não deixar minha mente montar as cenas que queria com Amanda e Andrew como protagonistas.

Chegava a ser até levemente cômico o quanto a vida podia dar voltas e mais voltas, e parar exatamente no mesmo lugar. Lá estava eu mais uma vez descobrindo o que Amanda havia feito para sobreviver, numa conversa que prometia o mesmo teor de revelações daquela que tivéramos em um casebre de madeira caindo aos pedaços sob a chuva torrencial da Colina de Darrington.

Só que muito havia mudado, tanto em nossas vidas quanto em nós mesmos.

— Eu me envolvi com o Andrew antes que pudesse notar o que estava acontecendo. — Amanda serviu ovos mexidos em um prato na bancada ao lado do fogão e começou a fritar bacon. O cheiro que invadiu a cozinha fez meu estômago roncar, ansioso por alguma comida de verdade. — Ele sempre foi muito carinhoso, sabe, e eu estava bem carente...

— Você o ama?

— Se eu o...? Como...? — A Amanda perguntou, distraída, virando as várias tiras de bacon que chiavam na frigideira.

— O Andrew — repeti, prestando atenção ao volume da minha voz. — Você o ama?

Se não fosse pelo som da gordura que estalava deliciosamente ao calor do fogo, o silêncio que preencheu o ambiente após a minha pergunta teria sido ainda mais incômodo. Percebi imediatamente que havia tocado em um ponto sensível. Amanda continuou virada para o fogão, e eu, absorto em minhas próprias divagações embaçadas e confusas, acabei lembrando da imensa quantidade de vezes em que o meu pensamento foi dominado por ela durante os anos que passei internado no sanatório. Meu olhar viajou pelas suas costas até a cintura de suas calças jeans e, sem que eu me desse conta, para abaixo dela.

Amanda se virou de repente, e eu, num movimento furtivo, voltei a encarar seus olhos castanhos.

— O Andy é muito bom para mim.

— Você já disse isso.

— Ele é o pai do meu filho.

— Não foi o que eu perguntei.

Ela franziu a testa em uma expressão irritada.

— E isso é pergunta que se faça, Ben? — ela protestou, como quem grita em silêncio. Era óbvio que ela não queria que o Andrew ouvisse.

— É uma pergunta simples, Amanda.

— Que não te diz respeito!

— Então já tenho a minha resposta.

A irritação dela se transformou em incredulidade.

— É claro que eu o amo!

— Viu? — Sorri. — Não foi tão difícil.

A cozinha mergulhou na quietude novamente. Não poderia ter ficado mais claro que toda a hesitação talvez significasse que a resposta verdadeira não era bem aquela. No entanto, o assunto de fato não me dizia respeito. Assim, por mais que aquilo tivesse meio que iluminado meu interior, preferi cessar o tom debochado, dar-me por satisfeito e mudar o rumo do bate-papo:

— E o Jacob? Quantos anos ele tem? — perguntei, como se a conversa anterior nunca tivesse acontecido.

— Fez oito no mês passado — Amanda respondeu, visivelmente agradecida pela mudança de assunto. — Apesar da timidez, é um garoto muito especial. Muito, muito inteligente...

— Então ele nasceu... — A matemática parecia um parente muito distante. — Três anos depois de Darrington?

— Isso. Eu tinha 21 na época — ela confirmou, e colocou em um prato uma quantidade generosa de bacon e ovos recém-preparados. A espera para devorá-los era torturante. — O Andrew foi o meu... foi o meu primeiro.

A cadeira onde eu estava sentado ficou estranhamente desconfortável.

— E, com tudo acontecendo tão rápido, fiquei desesperada com a possibilidade de ter um filho. Mas o Andrew é bem centrado e... — Amanda hesitou — ... apesar de tudo, sabe, manteve os pés no chão.

— Que bom. Fico feliz por vocês. — Eu estava ficando muito bom em repetir aquela frase.

— Obrigada — Amanda respondeu timidamente, e serviu o prato, de onde se desprendia um vapor com aroma delicioso, junto com um grande copo de suco de laranja. — Espero que estejam bons. Assim que terminar de comer, pode tomar um banho e trocar essas roupas. Imagino que você deva estar esgotado. Se quiser descansar...

— Já estou bem descansado — respondi com a boca cheia, sem ligar para a aparência voraz e pouco elegante com a qual eu, muito provavelmente, devorava a comida. — Descansei durante onze anos.

O que eu menos queria era deitar em uma cama. Agora que estava fora do sanatório, a cada minuto eu me sentia mais revigorado. Não sei se foi a gordura do bacon ou o sal dos ovos, mas, assim que terminei de comer, senti uma energia que havia muito não sentia. E uma sede que o suco de laranja não conseguiria saciar. A sede por informações.

Tão logo terminei de comer, o Andrew voltou para a cozinha, já com outra roupa e o curativo em seu ombro renovado.

— Jacob não quis descer — disse, cansado, e largou-se em uma cadeira a minha frente. — Acho que está com vergonha do Ben. Ele não é muito de interagir com as pessoas — acrescentou, olhando para mim.

— Amanda me contou que ele é bem tímido — respondi, esforçando-me ao máximo para manter aquela conversa o mais amistosa possível.

— Questão de tempo — ele falou, pegando os talheres para se servir da comida que Amanda colocou em sua frente. — Logo ele se acostuma.

Observei Andrew dar as primeiras garfadas e refleti que o que ele tinha dito também servia para a nossa relação. Talvez não houvesse motivos para eu desconfiar dele, afinal. O que eu senti pela Amanda na adolescência, por mais que estivesse misteriosamente vindo à tona agora, era muito inferior à importância da missão que tínhamos à frente. Até onde eu sabia, o Andrew não tinha nenhuma parcela de culpa no que me aconteceu. Nem no que eu me tornei.

Pelo contrário. Até agora, só havia me ajudado.

— Fique tranquilo, Ben, vou conversar com ele — disse Amanda, sentando-se ao lado de Andrew. — Apesar desse jeitinho, Jacob é muito curioso e sempre se interessou pela sua história. Pode ter certeza de que, pelo menos aqui em casa, você não é conhecido como Monstro da Colina.

— E vocês conseguem levar uma vida normal? — Eu estava curioso. Ainda não conseguia ver a Amanda, agora Helen, como mãe de uma criança. Muito menos enxergar os *Walls* como uma família. — Quero dizer, o garoto... Jacob. Você disse que ele é bem inteligente. Ele vai pra escola?

— De certa forma, vai, sim — ela respondeu, meio evasiva. — E a vida por aqui é tão normal quanto possível, considerando tudo o que aconteceu. Ficamos praticamente invisíveis, graças ao Liam. Assim que ele nos encontrou, começamos a estudar o que tínhamos à nossa disposição para resgatar você, mas as coisas ainda estavam tensas demais. Ele insistia que seria um plano suicida. — Ela roubou um pedaço do ovo do prato de Andrew. — Então, pouco depois, eu fiquei grávida...

RÁ! E foi aí que o bom menino foi parar em segundo plano!

— Mesmo depois que o Jacob nasceu, tentamos manter como prioridade, além de preservar nossa segurança, tirar você daquele lugar — Amanda prosseguiu, como se tivesse lido os meus pensamentos. — Liam nos mantinha informados, enquanto tentávamos planejar alguma coisa, mas nunca quis participar ativamente do seu resgate. E sem ele seria quase impossível.

— Jones nunca nos negou ajuda, qualquer que fosse — afirmou o Andrew assim que terminou de comer. — Cuidou de nós e do Jacob como se fosse mesmo o médico da nossa família. Mas, mesmo assim, ele sempre procurou ser o mais cauteloso possível.

— Só mudou de ideia quando descobriu os próximos passos da Organização.

— O orfanato... — murmurei, lembrando do que Amanda me contou quando apareceu na solitária, e então meu cérebro entrou em curto-circuito.

Subitamente, estar sentado a uma mesa comendo ovos e bacon pareceu algo estúpido demais para se fazer com tudo o que estava por vir, e eu me levantei de uma só vez.

— O orfanato, Amanda! Já perdemos muito tempo...

A ideia de falhar de novo, depois de tudo o que aconteceu em Darrington, era insuportável.

— Calma, Benny — ela disse de uma forma tranquila e segura que fez meu sangue esquentar. — Já temos praticamente tudo esquematizado, só precisamos aguardar os...

— Aguardar?! — perguntei, alterado, e logo percebi que estava gritando, num rompante incontrolável. — Como assim, aguardar? E toda aquela urgência de quando nos encontramos? Você disse que eles tinham falhado por minha causa, disse que precisávamos agir imediatamente!

— E nós vamos! — Amanda agora parecia um tanto apreensiva. — Peço só um pouco mais de paciência, Liam chegará a qualquer momento para alinharmos os próximos passos, ele está nos atualizando o tempo todo.

— Amanda, eu tive que matar a sua irmã! — gritei, com as lembranças terríveis de Darrington emergindo, impiedosas. — Você lembra, não lembra? Eu matei a sua irmã!

— Claro que eu lembro! — ela respondeu, com os olhos marejados. — É só que...

— E algum de vocês, por acaso, pode imaginar o quanto isso me fez mal? — perguntei num rosnado. — Eu vi exatamente o que se apossou da alma dela quando fugimos pra floresta, Amanda. Eu vi e senti na pele o tipo de mal com o qual estamos lidando. Como você espera que eu tenha paciência? Você acha que eu gosto de ficar desse jeito?

Andrew se manteve em silêncio, observando nossa discussão sem nenhuma participação no assunto, e isso só fez minha raiva aumentar. Eu não havia sido retirado do sanatório para ser adotado pelos Walls. Não mesmo. O que eu queria era resolver aquela situação de uma vez por todas; não precisava de mais nenhuma morte nas minhas costas.

Ah, se eu já soubesse...

— Estamos sentados tomando café da manhã, conversando como se nada tivesse acontecido! Como se o seu pai não tivesse feito o que fez, como se a sua mãe não tivesse morrido. Como se eles não estivessem soltos por aí. Cadê aquela Amanda corajosa da minha adolescência?

Pela segunda vez num curto espaço de tempo, eu perdi a calma, tamanha a minha instabilidade. Parecia que estávamos em realidades diferentes. Enquanto eu ainda tinha pesadelos frequentes com Moloch, seus servos demoníacos e fantasmas do meu passado, a Amanda e o Andrew pareciam até já terem superado. Por que me resgataram, no fim das contas? Para comer ovos com bacon? Conversar sobre a família? Que me deixassem lá para morrer, então. Pelo menos eu não tomaria conhecimento dos próximos passos de Kingsman e não precisaria acumular mais uma dose de culpa.

— Por favor, Ben, me escute! — Amanda tentou. — Não é isso, você está entendendo errado.

— Estou entendendo perfeitamente bem. Vocês tiveram tempo pra curar as feridas, mas eu, não.

Nem quis saber se estava sendo injusto ou ultrapassando algum limite por gritar daquele jeito na casa deles. Eles não tinham vivido o que eu vivi.

— Vou tomar um banho — falei antes que as coisas piorassem ainda mais. — Onde fica o banheiro?

— No segundo andar — Andrew respondeu, falando pela primeira vez desde que comecei a gritar. — A primeira porta à esquerda. Tem algumas roupas minhas e um barbeador pra você por lá. Fique à vontade.

Amanda chorava em silêncio, olhando para mim com uma expressão ao mesmo tempo assustada e arrependida.

Saí da cozinha para o corredor com o coração ainda batendo forte. O ambiente, que era uma combinação aconchegante de poltronas de aparência macia e piso de carpete, iluminados na medida certa pelo abajur alto em um canto, me causou nojo. Olhei de relance para a sala, que seguia à esquerda. Havia alguns livros espalhados pelo chão, próximos a um grande sofá caramelo. O resto da mobília era igualmente sofisticado. O dinheiro parecia ter sido gasto sem muita preocupação naquele lugar. De onde ele vinha? Em meio àquele conforto todo era fácil se manter paciente.

Subi as escadas remoendo a conversa anterior. *Paciência*. A Amanda pediu para eu ter paciência, e essa nunca foi uma das minhas maiores virtudes. Nesse meu novo eu, então, ela praticamente não existia mais.

Quando cheguei ao último degrau, olhei à frente e vi que uma cabecinha me espiava furtivamente por uma das portas, na certa tentando ouvir a discussão que irrompera sem aviso na cozinha de sua casa. Assim que meu olhar encontrou o de Jacob, ele rapidamente voltou para dentro do quarto e bateu a porta. Novamente a semelhança com a Carlinha tocou fundo em mim. *Uma hora ele acostuma*, foi o que Andrew disse. *Questão de tempo*.

Entrei no banheiro e encarei o pequeno espelho acima da pia com o constrangimento pela gritaria começando a querer pesar na consciência. Mal reconheci a pessoa que me olhava de volta. *Lamentável*. Meus cabelos, escuros e fartos, estavam completamente desgrenhados, e uma grossa barba cobria parte do meu rosto como um véu. Meus olhos pareciam injetados e exaustos.

— Olha o que eles fizeram com você... — sussurrei para o espelho.

— E a Amanda ainda quer que a gente tenha paciência — meu reflexo sussurrou de volta, rouco.

Peguei a máquina de barbear ao lado da pia, mas hesitei. Se a tirasse por completo, apesar de estar bem mais velho que no dia em que fui capturado, eu ficaria mais parecido com o jovem Ben Simons, o Monstro da Colina. Não, eu não facilitaria nada para ninguém. Assim, resolvi que tiraria apenas o excesso. Escolhi o pente número quatro, o mesmo que o reverendo John utilizou em sua barba branca no orfanato no dia em que me ensinou o que era se barbear. Uma lembrança foi puxando a outra e a irmã Cora veio nítida em minha mente.

* * *

Era o fim do que havia sido um dia ensolarado da minha infância, e eu estava encrencado.

Por ser o único a não ter idade suficiente para ir ao retiro, eu havia tentado me esconder no ônibus da excursão. Como punição, o reverendo John me fez pintar todas as cercas da varanda de entrada do orfanato St. Charles e, enquanto eu descansava, exausto e chateado, a irmã Cora veio conversar comigo.

— Está fazendo um excelente trabalho, querido — ela elogiou, observando as cercas recém-pintadas. — Elas estão lindas!

— Obrigado, irmã Cora — respondi, desanimado, observando o pôr do sol.

Percebi que ela olhava para mim e sorria. Com certa dificuldade, sentou ao meu lado e compartilhou da mesma visão.

— Benjamin, digamos que você se olhe no espelho todos os dias durante uma semana — ela disse, com sua voz calma. — Você acha que verá alguma mudança em seu crescimento?

— Acho... acho que não — eu respondi, confuso e contrariado.

Eu não queria um sermão, só queria não ser mais criança e ter ido na droga da viagem...

— Só que você cresceu — ela falou, e apontou para as várias macieiras no quintal. — Assim como aquelas árvores ali cresceram. Exatamente como a primavera se tornou verão e a natureza produziu frutos, flores, lagos e montanhas. Pouco a pouco. Devagar. Sem que se note.

— Mas não é justo que eu seja o único a não poder ir! — protestei, impaciente, quando percebi aonde ela queria chegar. — Vou ter que esperar até o ano que vem!

A irmã Cora deu uma risada gostosa e pegou as minhas mãos sujas de tinta branca. Virei meu rosto para ela.

— Há uma sabedoria imensa em saber esperar, Benjamin. E eu não me refiro a uma espera feita de inatividade e indolência, mas àquela preenchida por pequenos passos firmes, iluminados pela esperança.

Fitei o seu sorriso enrugado e fiquei levemente constrangido. Eu não devia ter tentado escapar daquele jeito. Era muito contraditório que alguém tão ansioso por ficar mais velho fizesse algo tão infantil.

— É que... eu me preparei tanto para essa viagem...

E era verdade. Muito, mesmo. Eu tinha alimentado tantas expectativas de que o reverendo me deixaria ir na excursão que fiz planos durante várias semanas para o grande dia, excitado por finalmente conhecer um lugar diferente.

— E é ótimo que você tenha grandes objetivos, Ben, ideais elevados... Mas você deve sempre lembrar que, justamente por serem grandes e elevados, só podem estar no final de um longo caminho, em geral repleto de obstáculos. Não é sensato procurar atalhos para chegar até eles.

Ela tinha conseguido. Agora eu estava completamente envergonhado e a viagem já havia perdido toda a importância...

— Desculpe, irmã Cora...

A senhora de cabelos prateados sorriu para mim e me envolveu em um abraço apertado que fez o dia valer a pena mesmo sem ter ido a excursão.

— Você é um bom menino, Ben. O meu preferido — ela confidenciou, com uma piscadela, e afagou meus cabelos com seus dedos gentis. — Lembre, querido: a sua impaciência não precisa significar, necessariamente, um defeito. Ela pode ser como o vento que empurra o navio. Sirva-se dela não para te poupar esforços, mas sim para te obrigar a crescer todos os dias, para aperfeiçoar os seus gestos e para te tornar capaz de ir mais longe.

* * *

As memórias daquele dia quente de verão, que agora pareciam as lembranças distantes de alguma outra pessoa, evaporaram diante dos meus olhos como fumaça e um Ben Simons menos barbudo me encarou no espelho. Larguei o barbeador sobre a pia e abri a torneira. Lavando o rosto, pensei na irmã Cora e em como devia ter sido para ela receber a notícia de que o seu órfão predileto se tornara um assassino. Eu não sabia se ela ainda era viva, mas imaginar que ela, ou qualquer um do orfanato, corria perigo por minha causa fez a minha vingança se tornar ainda mais urgente. Amanda queria paciência, mas eu sentia que era do exato oposto que precisávamos.

Liguei o chuveiro e tirei o casaco e as roupas do sanatório, notando pela primeira vez o fedor que elas exalavam. Entrei de uma só vez embaixo da água quente e revigorante e deixei que ela escorresse pelo meu corpo, aproveitando a sensação boa que ela causava para fechar os olhos e tentar relaxar. Minha pulsação estava acelerada.

A voz infantil que ouvi, vinda bem de trás de mim, quase me fez escorregar.

— Você se esqueceu de mim, Benny...?

Foi como se um choque elétrico percorresse toda a extensão do meu corpo. Com o coração martelando, virei-me num átimo. Não havia ninguém ali.

Opa, alarme falso, bom menino!

Atordoado, continuei mirando os azulejos brancos com a respiração em descompasso. Não foi o fato de ouvir vozes que não existiam que mexeu comigo. Isso vinha acontecendo com certa frequência há bastante tempo; vozes insuportáveis que zombavam de mim com comentários maldosos, vozes demoníacas que me ameaçavam. Aprendi a conviver com elas nos onze anos que passei trancafiado no Louise Martha.

Não...

O que me deixou ainda mais alterado foi saber perfeitamente *a* quem a voz pertencia. Foi a primeira vez, desde que eu a havia matado, que ela falava comigo.

— Não, eu não te esqueci, Carlinha — falei para o banheiro vazio. — Você é o que me mantém vivo.

Oh-oh! Conversar com vozes que não existem é o primeiro sinal de insanidade! Acho que o bom menino finalmente perdeu o que lhe restava do juízo.

Essa voz, essa irritante e esganiçada voz... essa, sim, já era velha conhecida.

E o foda é que ela quase sempre tinha razão.

EXTRAÍDO DO JORNAL THE BOSTON HERALD

BOSTON, MASSACHUSETTS
TERÇA-FEIRA, 17 DE FEVEREIRO DE 2015

NORDESTE DOS EUA PODE SER NOVAMENTE ATINGIDO POR FORTE NEVASCA

da Redação

Uma imensa tempestade pode atingir o nordeste dos Estados Unidos nesta madrugada. Será a segunda pancada de neve em menos de uma semana, após ter despejado mais de trinta centímetros de neve sobre a região de Chicago. A tempestade castigou milhares de moradores com chuvas congelantes, neve e ventos fortes de Nova York a Boston.

A meteorologia previu até quinze centímetros de neve para a cidade de Nova York, onde a nevasca já causou a paralisação de uma composição do metrô lotada em meio a uma passagem elevada dos trilhos. Boston, já enterrada por uma tempestade na semana passada, recebeu a previsão de pelo menos mais quarenta centímetros.

Apesar do clima e da previsão desfavorável, a parada em comemoração à vitória de domingo do time New England Patriots no Super Bowl está confirmada e deve ocorrer normalmente em Boston na quinta-feira, segundo o anúncio do prefeito da cidade, Martin Walsh. Até o fim desta reportagem, funcionários da prefeitura continuavam a remover caminhões de neve da rota prevista para o percurso da comemoração.

DE VOLTA AO PRESENTE, ENVOLTO PELAS CORRENTES em uma cadeira tombada na escuridão daquele ambiente desconhecido onde eu aguardava por um destino que jamais me pareceu tão incerto, tossi novamente para expelir a água de esgoto que havia engolido. O frio era quase insuportável.

As lembranças do meu primeiro dia fora do sanatório vinham com certa facilidade, ainda que embaralhadas, e eu aproveitava para tentar fazer as conexões entre elas e descobrir o que diabos havia acontecido. Perguntas infinitas ainda piscavam feito luzes de Natal em minha mente.

Fechei os olhos, inúteis naquele breu, e tentei forçar a memória a trazer à tona algo mais recente.

Nada.

Pense, Ben!

Apenas escuridão.

A carga de revelações foi imensa desde o momento em que a Amanda e o Andrew me tiraram do sanatório, e elas variavam desde as menores e menos relevantes, como o fato de eles agora serem um casal, até as mais importantes, como o Jacob e tudo o que envolvia o meu passado antes do orfanato St. Charles. Lembro de perceber exatamente quando os apagões começaram a fazer sentido e do medo real que experimentei pela primeira vez em muito tempo. Um medo que nada tinha a ver com a minha segurança. Um medo pela segurança de todos ao meu redor.

Fora naquela madrugada crucial no The Crusaders' Inn que o apagão aconteceu pela primeira vez. Num minuto eu estava dentro do carro de Andrew, no estacionamento de um motel barato nos arredores de Massachussets e, no minuto seguinte, eu acordava dentro do quarto em que ele dormia com a Amanda — apertando seu pescoço com uma força sobrenatural. Isso sem falar nas alucinações com o cadáver de Romeo Johnson nesse meio-tempo e nos pesadelos que me levaram de volta para a Colina de Darrington. E de volta para eles, também...

A bizarra e inédita experiência no motel de beira de estrada se repetiu algumas outras vezes, até onde minha memória fragmentada conseguia se lembrar, e nada poderia ter me preparado para suas consequências. O apagão mais recente, provocado deliberadamente pelo meu misterioso e pouco gentil mestre de cerimônias, foi a prova de que a Organização sabia muito bem com o que estava lidando desde o início. Romeo tinha razão, afinal; nós sempre estivemos muitos passos atrás.

Pense, Ben! Cacete!

Como eu tinha ido parar naquele lugar? Quando foi que alguma coisa deu tão errado para eu acordar ali?

Minhas divagações foram interrompidas pelo rangido da porta. Passos suaves e decididos desceram as escadas, rumando em minha direção junto com um foco de lanterna. Todo o meu corpo se contraiu involuntariamente, não pelo frio, e eu me perguntei se aquele seria o Voz Misteriosa, de volta para mais um bate-papo amigável.

Foi em total silêncio que a pessoa desconhecida caminhou até a mim. Girei a cabeça do jeito que consegui, olhando para todos os lados, tentando ver quem segurava a lanterna, mas, com a cadeira tombada daquele jeito e toda aquela escuridão, era difícil enxergar muita coisa. Com um clique, o sol artificial renasceu e me cegou de imediato. Cerrei as pálpebras com vigor e estrelas explodiram à minha frente. Segundos depois os passos estavam atrás de mim e, num movimento firme, fui erguido do chão. Logo estava de volta à minha posição original.

— É você de novo? — perguntei em voz alta, desorientado com a claridade repentina. — Que lugar é este?

A pessoa continuou calada e isso me incomodou mais do que deveria.

— O que vocês querem comigo? — insisti. — Responde, caralho! Que merda de lugar é este?

Minha respiração estava alterada. Do que quer que estivessem brincando, já perdera a graça havia muito tempo. Eu queria respostas. Foda-se o que fizessem comigo, só queria saber o que tinha acontecido com os outros.

— Podemos fazer isso da maneira fácil ou da maneira difícil — disse o Voz Misteriosa. — Eu, particularmente, prefiro a difícil.

Ouvindo-o daquela vez, percebi que sua voz não era tão misteriosa assim. Na verdade, foi com um estalo que meu cérebro completou as sinapses que faltavam para que eu a identificasse e a convicção de que conhecia o seu dono fez a raiva surgir em mim como bolhas vindo à tona da imensidão de um poço sem fundo. Não tinha como não lembrar. Era a mesma voz que me conduziu pelo meu último exame de rotina no sanatório, não muito tempo atrás. A voz que disse que era impressionante que eu ainda lembrasse de tudo com tanta exatidão.

— Eu sei quem você é.

— Ah, já não era sem tempo! — ele respondeu, bem-humorado, e se colocou entre mim e o holofote. — Confesso que ficaria até um pouco chateado se não descobrisse logo.

Quando senti que a luz havia atenuado, abri os olhos. Demorei a me acostumar com a visão, mas o reconhecimento foi instantâneo. Dos cabelos grisalhos, meticulosamente penteados para trás, até os óculos de armação quadrados, tudo naquele senhor me causava asco. O dr. Lincoln sorria para mim.

— Nunca te agradeci pelo depoimento em primeira mão, senhor Simons — disse. — Ele foi bem... esclarecedor.

— Nunca te agradeci por ter se mostrado um filho da puta — respondi entredentes. — Foi bem esclarecedor também. Espero que tenha gostado do soco — complementei.

— Ah, já me vinguei daquele soquinho mais cedo... — Lincoln gargalhou. — Mas importa-se se eu não te chamar de Simons, senhor Simons? — ele perguntou com uma irônica expressão de dúvida. — Acho que tudo o que vivemos nos dá o direito de tratarmos um ao outro pelo primeiro nome... Melhor: nos dá o privilégio de chamarmos um ao outro pelo nosso *nome verdadeiro*.

Encarei seu olhar sarcástico e a única vontade que tive foi de repetir a cena daquele dia no sanatório, só que com mais eficácia. Quebrar aquele rosto tracejado de rugas com meus punhos, sentir o osso estalando a cada golpe...

— Que lugar é este? — repeti.

Eu não jogaria o jogo dele.

— Quem faz as perguntas aqui sou eu. Quero que isso fique bem claro antes de começarmos.

— Antes de começarmos o quê?

— Ah, claro... — Lincoln tirou um alicate de bico do bolso. — Essa, sim, é uma boa pergunta.

O motivo de ele estar carregando uma ferramenta daquelas se fez óbvio sem nenhuma necessidade de raciocínio. Minha dúvida era apenas *como* ele a usaria.

— Se está pensando em me torturar por respostas, Lincoln, está perdendo o seu tempo — falei, com sarcasmo. — Não lembro de muita coisa.

— Sua memória é boa, eu a conheço bem. — Ele examinava o alicate de bico com interesse. — Mas não é bem dela que eu preciso agora. O que eu quero mesmo é conversar com o outro cara...

Então era isso. Engoli em seco, tentando não transparecer o medo que agora começava a se formar em meu interior, como uma perigosa faísca estalando próxima a uma saída de gás.

— Não sei do que você está falando.

— Claro que sabe! — Ele riu e se aproximou de mim, apoiando-se nos braços da cadeira com o alicate de bico quase encostando em minhas mãos. — Vocês fizeram um bom trabalho, não é mesmo? Nos atrapalharam, nos enganaram... quase chegaram a tomar a dianteira. Sim, vocês têm o seu mérito, não posso discutir. Mas aqui é o fim da linha, Benny.

Meus músculos retesaram.

— Vá se foder!

— Não, Benny. Aqui o fodido é você. — Ele sorriu. — Ou melhor, vocês. Acho que não vai precisar mais delas, não é mesmo?

Ao olhar para baixo, vi que a ponta do alicate dançava sobre as minhas unhas. O brilho avermelhado do grande anel que Lincoln ostentava em seu dedo anelar, com um familiar pentagrama adornado de símbolos geométricos gravado em uma grande pedra vermelha, ofuscou minha visão. Meu cérebro começou a trabalhar tão logo o alicate segurou a unha do meu indicador.

Cacete, aquilo ia doer...

— Vai ser um estímulo e tanto para *ele*, não acha, Benny?

Não tive tempo de dizer o que eu achava. Meu mundo mergulhou em uma dor aguda que beirava o obsceno, como se fogo líquido escorresse das minhas mãos. Enquanto eu me debatia, acorrentado à cadeira, minha audição foi abafada por completo e a realidade foi ficando cada vez mais distante. Eu já não sabia se ainda estava gritando ou se ele falava alguma coisa quando chegou à terceira unha. Senti a cabeça pesar e a consciência me abandonou.

* * *

Eu conversava com a tia Julia em uma tarde de sábado ventosa em South Hampton, New Hampshire. Ela e a família Johnson haviam se mudado fazia um mês para uma grande e antiga casa colonial em Rockingham e eu estava lá para visitá-los e conhecer a nova residência.

— Chama-se Colina de Darrington — tia Julia me explicava enquanto caminhávamos pela estradinha de terra em direção a casa, sentindo o frescor que soprava nossas roupas sem dificuldade logo que cheguei. — Existem pouquíssimas residências nesta região; parece que o antigo dono do terreno fez questão de adquirir também vários hectares de terra para garantir bastante espaço e privacidade. É um lugar lindo, não acha?

— Sim, bastante — respondi, observando com uma sensação estranha a casa que se erguia com imponência mais à frente.

Era uma construção antiga e levemente excêntrica, como pude perceber nos detalhes e no formato triangular do telhado. Precisaria de algumas demãos de tinta, talvez uma pequena reforma. Não era muito aconchegante à primeira vista, mas era inegável que se tratava de uma propriedade bem espaçosa, com um terreno abundante e verde para todo lado.

— O taxista achou que eu tivesse errado o endereço, tia. Ele não sabia que havia uma casa aqui em cima.

Tia Julia sorriu quando chegamos ao portão de entrada.

— Muitos da região não a conhecem. Romeo disse que o senhor que a vendeu era bem reservado. Quero dizer, para vir morar aqui em cima, afastado da civilização, a pessoa não deve gostar de muita interação.

— É verdade.

— Que bom que você veio, querido. A Carla não parava de perguntar *quando o Benny viria ao castelo.*

Sorri, pensando no quanto ela deveria estar gostando da nova casa, mais espaçosa, com mais natureza... Bem diferente do antigo e úmido apartamento em que moravam em Portsmouth.

— Não vejo a hora de falar com ela...

Tão logo terminei a frase, a porta de entrada se abriu de uma só vez e a Carlinha veio correndo em minha direção.

— Benny! — ela gritou, aos saltos, com seu vestido florido esvoaçando e o ursinho lilás preso a sua mão sacudindo-se alegremente. — Benny! Você veio!

Meu peito se encheu de alegria ao vê-la e o sorriso se escancarou em meu rosto.

— Claro que vim, pequenina! — Larguei a bagagem que carregava e envolvi a Carla em um abraço apertado assim que ela chegou. — Achou que eu perderia a oportunidade de visitar um castelo de verdade?

— Aqui é muito legal! — Ela desatou a falar daquele jeito atropelado que as crianças usam quando estão muito animadas, e foi me puxando pela mão para dentro da casa. — Tem uma floresta e um lago e o meu quarto tem um monte de princesas, papai colou na parede! Ah! A floresta é encantada! — Os pêlos da minha nuca eriçaram quando cruzamos a porta de entrada e eu olhei para o interior pela primeira vez. — Vem, Benny, eu vou te mostrar o...

— Vá com calma, mocinha, o Ben acabou de chegar — tia Julia falou, com um sorriso, trazendo minha mala. — Ele está cansado e faminto, fez uma longa viagem.

Carlinha fez uma expressão contrariada quando chegamos ao corredor.

— Escuta. — Abaixei-me e olhei para ela, sorrindo. — Por que não vai separando seus desenhos novos pra mim? Quero ver todos! — Apontei para a tia Julia com a cabeça. — Sua mãe vai só me mostrar aqui embaixo e já subo pra brincarmos a tarde toda, está bem?

A menina considerou a oferta durante alguns segundos e então voltou a sorrir.

— Tá bem! — ela comemorou e disparou em direção às escadas.

— Já falei pra subir com cuidado, Carlinha! — tia Julia recomendou, mas ela já estava lá em cima. — Essa menina... está num estado de êxtase desde que nos mudamos. Reclamava que não tinha amiguinhas em Portsmouth, mas aqui parece nem ligar.

Concordei com um leve aceno de cabeça e olhei ao redor, tentando identificar o que poderia ter me causado os calafrios. A decoração era tão rústica quanto a construção da casa, com móveis antigos de madeira lustrosa, assoalho, lareira... O teto era alto, com vigas que corriam por toda a extensão. Mas tudo parecia em ordem.

— E a Amanda e o tio Romeo, estão em casa? — perguntei, decidindo ignorar o arrepio inesperado e observando a cozinha, igualmente espaçosa, onde tia Julia colocava um grande bolo em cima da mesa.

— Infelizmente, não, querido. Amanda ficou na faculdade este final de semana e seu tio teve um problema no trabalho. Está lá desde ontem, deve chegar a qualquer momento. — Ela tirou uma fatia e serviu em um pratinho. — Coma, assei ainda há pouco. É de laranja, o seu preferido.

Sentei à mesa e o cheiro de bolo de laranja recém-assado anuviou meus pensamentos.

— Obrigado, tia — agradeci e comecei a comer. — Delicioso, como sempre. A senhora tem que ensinar essa receita pra irmã Lucille.

— Ah, deixe de bobagem, Benny... — A tia Julia esboçou um sorriso humilde, mas pude notar que ela tinha adorado o elogio. — Eu sei que cozinham muito bem lá no orfanato.

— É verdade, é verdade... — respondi, também sorrindo. — Mas, diga-me, como a senhora está?

— Muito bem — ela afirmou, sua voz tranquila transparecendo felicidade. — Aqui é muito calmo, muito inspirador.

— Tem conseguido escrever?

— Nossa, como nunca antes, Benny. A atmosfera bucólica desta casa tem feito a escrita ganhar um ritmo veloz. E lá em Rochester, como estão as coisas?

Conversamos durante uns bons minutos, colocando as novidades em dia. Tia Julia me mostrou a casa rapidamente e logo eu ansiava por uma tarde com a Carlinha.

— Vou ver como a pequenina está — falei assim que terminei minha xícara de café.

— Claro, querido. Diga à Carla que tem bolo de laranja, ela também adora.

Subi as escadas pensando em Amanda e escutei um rangido bem acima de mim. Parei de caminhar e olhei para cima. Uma viga de madeira desgastada corria paralela à escada. *Este lugar inteiro está precisando de uma reforma.* Cheguei ao quarto de Carla e, com duas batidinhas na porta, entrei. Sorri ao ver o papel de parede cheio de princesas, era a cara dela. Havia vários desenhos espalhados pelo chão de carpete, além do ursinho que ela carregava para todos os lados. Mas ela não estava lá.

— Pequenina? — chamei, olhando em torno.

A janela estava aberta e o vento entrava fazendo as cortinas rosas balançarem. O tempo estava virando. Foi quando o grito de tia Julia, vindo lá de fora, cortou o silêncio:

— CARLA! MEU DEUS!

Corri para a janela e vi a tia Julia lá embaixo, olhando para o telhado com as mãos na cabeça. Não precisei pensar muito. Na mesma hora entendi o que estava acontecendo e meu coração disparou. Virei o rosto para cima, estudando a melhor maneira de subir, e passei a primeira perna pelo peitoril.

— Carlinha, estou subindo! — gritei, já com o corpo todo para fora da armação de madeira da janela. — Fique aí onde você está, não se mexa!

O vento forte fustigava minhas roupas e o nervosismo fazia minhas mãos suarem. Escalei com dificuldade até o pequeno telhado da janela e me icei para cima de uma só vez. Meus pés deslizaram nas telhas antigas quando duas delas se soltaram, estilhaçando-se lá embaixo. Era uma queda e tanto.

Agachado, agarrando-me do jeito que dava aos sulcos entre elas, subi até a parte mais alta e logo pude enxergá-la. Carla estava de pé na extremidade do telhado que dava para o portão de entrada, balançando e se equilibrando por conta da ventania, que ficava cada vez mais forte. Com extrema cautela, fui até ela, um passo de cada vez.

— Carlinha! — gritei, sobrepondo minha voz ao uivo do vento, assim que cheguei até ela, e passei meu braço pelos seus ombros. — O que você está fazendo aqui em cima?

— Ela queria me mostrar uma coisa na floresta encantada! — a pequena gritou em resposta. — Disse que você tinha que ver também!

— Quem, Carlinha? — Eu estava confuso e assustado. — Que coisa na floresta?

— Ali! — Ela apontou e virou o corpo. — E ali também, olha! — Carla foi se virando e apontando em todas as direções. — Está em todos os lados!

Tentei identificar o que ela apontava. De cima da casa, tínhamos uma visão panorâmica da floresta que cercava a Colina de Darrington.

— O que tem a floresta, Carlinha? — perguntei novamente, ainda sem entender o que ela queria me mostrar e cada vez mais preocupado. — Precisamos descer agora, é perigoso aqui em cima.

O vento anunciava uma forte tempestade.

— Ela falou para você olhar para as *tilhas*!

— Tilhas? Que ti...? — eu comecei, mas logo compreendi. *Trilhas*.

A tia Julia ainda gritava para nós descermos quando eu percebi que as trilhas na floresta seguiam um padrão ao redor da casa. Os caminhos de terra batida formavam triângulos e formas geométricas, como um círculo com dois traços cruzados e uma meia-lua, na parte mais densa da floresta, e o mesmo se repetia cinco vezes ao redor. Da extremidade que olhávamos, duas pontas eram como grandes chifres. A casa estava no centro de uma imensa estrela de cinco pontas.

— Ela falou que sente muita saudade, Benny! — a Carlinha gritou. — Falou pra você ter cuidado!

Não compreendi o que ela disse, nem tive muito tempo para pensar no assunto. Ainda mirando as duas pontas do imenso pentagrama, senti o equilíbrio abandonar as minhas pernas e minha visão ficou turva. Lutei contra a vontade de desmaiar que me atingiu sem aviso e vi que a Carlinha também se desequilibrava. O vento estava forte demais. Agarrei a menina pelos braços e a puxei de volta com o último resquício de força que me restava, caindo sobre o telhado com estrondo e chocando a cabeça com vigor.

Todo o resto foi escuridão.

* * *

Demorei um bom tempo para perceber que despertava de um devaneio real demais. A enxaqueca que comprimia o meu crânio, como se meu cérebro tivesse dobrado de tamanho, disputava com a dor surreal que vinha da minha mão direita. Abri os olhos, que pesavam toneladas, e não enxerguei nada. Eu estava morto? Não, isso não fazia o menor sentido.

Foi quando tentei mover o corpo, e não consegui, que a realidade voltou com tudo. Eu continuava acorrentado à cadeira naquele lugar desconhecido. Meus dedos latejavam... O dr. Lincoln tinha arrancado a sangue-frio várias das minhas unhas com um alicate de bico, na tentativa de conversar com *o outro cara*. Recapitulei o que havia vivido quando apaguei e a conclusão se formou em minha mente como peças de *Tetris* se encaixando.

A dor provocada pela tortura de Lincon foi tão intensa que, de alguma forma, me fez delirar e desbloquear uma recordação havia muito adormecida. Aquele dia em Darrington, tão emblemático e bizarro, nunca fizera sentido antes. Tudo o que eu lembrava era de ter subido até o telhado para resgatar a Carlinha e acordar, naquela mesma noite, apenas para descobrir que Romeo chegou enquanto ainda estávamos lá em cima e nos retirou com a ajuda de uma escada. Carla não comentou mais nada sobre a conversa que tivemos em meio à ventania, nem sobre o que tinha me mostrado.

E era o mesmo símbolo do anel de Lincoln.

A casa fora construída no centro daquele maldito símbolo. Desde o instante em que pisei naquele terreno senti algo estranho. O design bizarro, o formato dos telhados... os sinais sempre estiveram presentes. E *ela* ainda tentou me avisar... Realmente, havia muito mais sobre a história daquela casa, como acabei descobrindo com a ajuda de Liam Jones. Ela sempre foi o palco principal.

O início e o meio...

Ajeitei o pescoço, incomodado. Eu sentia dores da cabeça aos pés. Feridas se espalhavam pelo meu corpo e uma sede insuportável me acometia. Era difícil ter qualquer noção de tempo naquela escuridão, mas eu sentia que os minutos corriam de maneira implacável. E aquele velho maldito tinha sumido mais uma vez... Ele chegava, me torturava da maneira que lhe fosse mais conveniente e sumia, sem respostas. Sem motivos. Ainda me manipulava com seus joguinhos mentais.

E, se eu entendi bem, quando Lincoln disse que todos nós estávamos fodidos, isso talvez significasse que ele sabia alguma coisa sobre os outros. Preferi acreditar que não passava de um blefe e que Amanda, Andrew e Jacob ainda estavam a salvo. Infelizmente, a apreensão era tão forte como os nós que me prendiam, então eu gritei com toda a força que meus pulmões permitiram e, quase sem fôlego, fechei os olhos.

Eita, bom menino, que situação... Acho que você estava mais bem servido apodrecendo no sanatório!

Eu precisava voltar para a casa de Amanda e lembrar como tinha ido parar ali, antes que o *outro cara* assumisse o controle de vez. As memórias mais recentes, que culminavam comigo acorrentado àquela cadeira, certamente esclareceriam tudo. Alguma coisa tinha que me ajudar a entender o que havia acontecido. Se eu soubesse no que estava me tornando, teria terminado o banho naquele dia e fugido da casa deles antes que fosse tarde demais...

Mas eu não fugi.

Pelo contrário, nós fomos ainda mais longe.

6

REPRODUÇÃO DE CORRESPONDÊNCIA DATADA DE 1995, SEM REMETENTE, ENCONTRADA POR AMANDA JOHNSON NOS ARQUIVOS DE ROMEO JOHNSON EM MAIO DE 2008.

Romeo Johnson
77 Hanover St UNIT 11
Portsmouth, NH 03801

Romeo,

Esperamos que siga as recomendações e leia toda a correspondência longe de olhares curiosos.

O garoto foi encontrado.

O endereço é 19 Grant Street, Rochester, NH, 03867-3001, um orfanato católico do grupo Catholic Charities chamado St. Charles Children's Home.

Você deverá proceder exatamente conforme o combinado e é de extrema importância que o mantenha por perto, em segurança, enquanto aguarda novas ordens.

Seu pagamento será efetuado tão logo nos confirme o sucesso desta missão.

Aguardamos o seu contato.

P.S.: Destrua esta carta.

MINHAS PRIMEIRAS HORAS COMO UM HOMEM LIVRE NA residência dos Walls mostravam-se uma grande e perigosa montanha-russa de sentimentos.

Se por um lado eu me sentia aliviado por deixar o sanatório para trás, a sensação de inércia que experimentava pela falta de ação me incomodava profundamente. Parecia que estávamos perdendo tempo demais com besteiras em vez de seguir com o plano que Amanda tinha mencionado. E esse meu descontentamento, quase palpável, envenenava pouco a pouco a atmosfera da casa.

Depois de um banho onde o passado resolveu me acompanhar e testar, novamente, a minha sanidade, vesti as roupas que Andrew havia separado para mim, incluindo uma cueca nova em folha: calças jeans pretas, camisa cinza de manga comprida, jaqueta de couro e botas marrons.

Mirei meu rosto no espelho.

— Você precisa se controlar, cara — eu disse para o Ben Simons que me olhava do outro lado. — Mantenha a calma. Só até finalizarmos isso...

— Não sei... — ele respondeu de volta com um sorriso malicioso. — Prefiro matá-los enquanto estão dormindo, o que acha?

Pisquei, atordoado, e olhei ao redor. O que diabos eu tinha ouvido? Voltei a fitar o espelho, encarando os olhos azuis que ainda faiscavam e, por uma fração de segundo, achei que tivesse notado um estranho brilho amarelado neles bem na hora em que uma sombra perpassou meu rosto. Sacudi a cabeça com força. Já passara da hora de sair daquele banheiro.

Não dê atenção às vozes, eu repetia mentalmente. *Elas só querem te atrapalhar.*

Voltei para o corredor, estranhando um pouco as roupas que vestia e evitando pensar nos eventos recentes. Imaginei se deveria passar pelo quarto de Jacob para uma apresentação menos formal. Algo no garoto, que me evitava desde que cheguei, fazia com que eu me sentisse menos quebrado por dentro. Talvez fosse a semelhança com a Carlinha, eu não sabia dizer. Apenas sentia uma vontade imensa de interagir com ele. A conversa no andar de baixo, porém, fez meus pensamentos mudarem de foco.

O dr. Jones havia chegado.

Promete ser um bom rapaz se eu te soltar, Ben?

Estava ficando bem recorrente sentir a cabeça transbordar com memórias que iam e voltavam na ordem que bem entendiam, bagunçando minha noção de espaço e tempo; e foi justamente o que aconteceu quando desci as escadas para o meu primeiro encontro com Liam

Jones desde o último exame físico no sanatório do Condado de Borough, alguns meses antes do meu resgate. Senti, de repente, uma agitação no estômago. Será que poderíamos mesmo confiar nele?

Cheguei ao primeiro andar e respirei fundo, tentando acalmar os ânimos. Se ele desse o menor sinal de ser um traidor, eu não tinha ideia do que seria capaz de fazer. Caminhei pelo corredor, sem pressa, controlando meus instintos para não tirar conclusões precipitadas. *Há uma sabedoria imensa em saber esperar.*

— Ah, Benjamin! — O dr. Jones sorriu, cansado, assim que apareci no portal da sala, e levantou-se da poltrona. — Como é bom revê-lo!

Não entendi muito bem o que, exatamente, poderia ser bom em minha aparência subnutrida, além das roupas moderadamente bem cuidadas que Andrew me emprestara. Contudo, quando olhei para as feições abatidas do doutor, o choque foi imediato. Senti-me até levemente em vantagem.

Liam Jones estava acabado. Suas roupas, uma combinação amarrotada de calça cáqui e camisa social, apresentavam manchas de suor no pescoço e nas axilas, o que me levou a crer, considerando a nevasca que havia assolado a região, que ele não as trocava havia dias. Os cabelos loiros, longos e antigamente sempre bem cuidados, agora estavam ressecados e embaraçados, com uma aparência suja que não condizia de modo algum com sua profissão. Como se não bastasse tudo isso, seus olhos verdes carregavam profundas olheiras que disputavam em pé de igualdade com as minhas. Seu jaleco se achava dobrado de qualquer jeito, junto com um grande casaco, no braço da poltrona.

— Olá, doutor Jones — cumprimentei sem sorrir. Ainda não tinha decidido se confiava nele. — Você não me parece muito bem.

Ele tornou a sorrir e olhou para si próprio.

— Tem razão... — Suspirou. — É que um paciente perigosíssimo escapou do sanatório onde eu trabalho, esta madrugada. Fui interrogado pela polícia durante horas...

— E você não tem nada a ver com isso, naturalmente? — perguntei.

— Nadinha.

A rápida e inesperada ironia quebrou parte do gelo, mas eu não cederia tão fácil.

— Você é um deles.

Ele assentiu.

— Isso é o que acontece quando escolhemos as amizades erradas — disse, então caminhou até a mim e estendeu a mão. — Ainda bem que, às vezes, a vida nos concede uma segunda chance.

Mirei a sua mão estendida no ar.

— Como posso saber se você não é só mais um tentando acabar com a minha vida?

Seu sorriso vacilou e sua mão desceu alguns centímetros.

— Não sei se tenho argumentos suficientes. Mas quero que saiba que o arrependimento me fez dedicar meus últimos anos a encontrar alguma forma de lutar contra eles e trazer alguma justiça pra você — ele desabafou. — Foi por isso que corri pra salvar a Amanda e, desde aquele dia, mudei. Fui tolo e inocente achando que conseguiria ter a frieza necessária pra pensar apenas em dinheiro. Quando percebi o tipo de gente com que estava lidando, não havia mais saída. Eu já sabia demais.

— Devia ter pensado nisso antes.

Liam confirmou com um aceno de cabeça.

Ah, que se foda.

— Espero não me decepcionar com você — falei, e apertei a sua mão, torcendo para não precisar matá-lo.

No fundo, eu gostava dele.

— Não irá — ele afirmou, aliviado.

— A Amanda disse que você tem conseguido informações valiosas — comentei.

Eu não queria perder mais nem um segundo.

— Sim, é verdade — falou Jones, voltando para a poltrona. — Por que não se junta a nós, Ben? Temos muito o que conversar.

Amanda e Andrew ocupavam o sofá de três lugares, rodeados por pastas, folhas de papel e fotografias.

Meu olhar cruzou com o de Amanda, e identifiquei nele a mesma expressão que ela costumava fazer quando éramos mais jovens. Um sorriso meio enviesado, de quem está envergonhado com alguma coisa, mas disposto a passar por cima. Mesmo que agora ela tivesse muito mais da Helen Walls, a mãe de família que havia se tornado, no fundo eu sabia que ainda restava dentro dela muito da Amanda Johnson impetuosa, que eu tanto admirava. Depois, quando estivéssemos a sós, eu a chamaria para conversar. A Amanda não merecia ser alvo do meu desequilíbrio.

Caminhei até a poltrona ao lado de Jones. Na mesa de centro, entre nós e o sofá caramelo, uma grande e recheada pasta de arquivo com as iniciais DRNGNT chamou a minha atenção. Pensando um pouco, aquelas letras talvez formassem...

— Darrington — falei assim que me sentei.

Jones olhou para mim um pouco surpreso, em seguida para a pasta.

— Ah, sim, precisamente ... — Então a pegou. — Aqui neste arquivo existem respostas para perguntas que talvez você nem lembre mais de já ter feito um dia.

Pois é... Esse era exatamente o problema.

Nunca fui muito fã do meu passado, por mais bizarro que isso possa parecer. Não fui o tipo clássico de órfão que se interessa pelos pais biológicos, faz perguntas, pesquisa por conta própria. Algo dentro de mim sempre me disse para manter distância do passado, por segurança. Óbvio que eu não fazia a menor ideia do motivo, mas de qualquer maneira acabou funcionando. Tudo o que perguntei, quando atingi a idade necessária para pensar sobre isso, foi como eu havia chegado ao orfanato. Eu não devia ter mais do que sete anos, então.

— Encontramos você na soleira, Benjamin. Você era apenas um bebê — o reverendo John respondeu, desviando a atenção de suas anotações e retirando os óculos. — Era uma noite chuvosa de janeiro, bem parecida com esta. — E indicou a janela com a cabeça, onde a chuva escorria lentamente pelo vidro.

A pergunta repentina, na certa, o pegara de surpresa, mas ele não deixou transparecer. Deveria imaginar que um dia isso aconteceria; talvez até tivesse se preparado para aquela conversa. Ele só não imaginara que seria tão breve.

— Hum... certo — respondi. — Obrigado, reverendo.

Ele se surpreendeu:

— Ué, não tem mais perguntas?

— Não.

— Tinha uma carta em seu cesto — o reverendo insistiu.

— Hum... Tá.

— Uma carta de sua mãe, Benjamin. — Ele parecia não acreditar. — Você não quer lê-la?

— Não, reverendo. Muito obrigado.

Ele me encarava, espantado. Quando eu fiz menção de caminhar até a porta, ele perguntou:

— Você sabe por que lhe demos o nome de nosso fundador, Ben?

Fiz que não com a cabeça.

— O reverendo Simons foi um homem com um passado bem complicado. As memórias da guerra o atormentavam, mas ele nunca se deixou abater. Quando voltou para os Estados Unidos e entrou para a Igreja, decidiu dedicar o resto de sua vida a obras para o Senhor. O que você acha que ele fez com o passado, Ben?

— Esqueceu? — arrisquei.

— Não, muito pelo contrário. — O reverendo sorriu. — Ele usou a sua história para inspirar as pessoas. Demonstrar os horrores da guerra fazia com que os fiéis enxergassem a necessidade do amor em nossas vidas.

Continuei encarando o velho reverendo com uma falsa expressão de que tinha entendido.

— Não podemos fugir do nosso passado para sempre, Benjamin — ele concluiu. — Por pior que ele seja, sempre há espaço para aprendizado.

E foi só.

Eu não estava tentando bancar o rebelde nem nada. Simplesmente não queria saber mesmo. Além de não ter interesse, lembro de sentir que não deveria. Nem ler a carta de minha mãe. Eu não queria saber de mais nada. Acabei me acostumando com isso, assim como o reverendo John e os outros funcionários, que nunca forçaram a barra sobre o assunto.

E agora lá estava eu, na sala aquecida e bem mobiliada da nova família de Amanda, prestes a descobrir tudo. Só que a sensação não era tão boa quanto eles poderiam imaginar que seria. Até porque eu não conseguia enxergar como aquilo seria importante para o que tínhamos à nossa frente. O relógio que piscava em um aparelho abaixo da grande TV informava que já era quase meio-dia. Doze horas haviam se passado desde que deixei o sanatório, mas meu cérebro trabalhava em um ritmo tão frenético que parecia muito mais.

— O que meu passado tem a ver com tudo isso, Jones? — indaguei, desconfortável.

— Mais do que você imagina, Ben — ele respondeu, misterioso.

Suspirei, contrariado.

— Então fala logo de uma vez.

Andrew e Amanda olhavam para nós com total atenção. Jones respirou fundo.

— Bom, infelizmente não existe uma forma melhor para contar e acho que devemos tirar isso logo do caminho, antes de qualquer coisa.

Permaneci em silêncio e ele entendeu que podia continuar.

— Amanda Johnson não é sua prima.

Minha audição pareceu falhar. Andrew se levantou do sofá, aproveitando o silêncio que pairou absoluto na sala.

— Vou dar uma olhada no Jacob. Ele está quieto demais — falou para Amanda, e saiu em direção à escada.

Mesmo com o intervalo que tive para assimilar o que Jones tinha dito, ainda achava que não tinha escutado direito.

— O que disse?

— A Amanda não é sua prima — ele repetiu, e retirou uma folha de dentro da pasta. — Romeo Johnson não era irmão do seu pai. Você não tem nenhum laço sanguíneo com a família Johnson.

De tudo o que eu havia descoberto naquele curto espaço de tempo, aquela, sem dúvida, era a informação que menos fazia sentido. Eu conheci a família Johnson quando ainda era criança, cresci frequentando sua casa, sendo tratado como um sobrinho pelo tio Romeo e pela tia Julia. Antes do que aconteceu em 2004, eu jamais poderia imaginar que ele seria capaz de qualquer maldade comigo ou com alguém de sua família.

Lá fora, o dia continuava branco em neve. Dentro da sala, meu mundo parecia derreter. Olhei para a Amanda, em busca de algum sinal que me provasse que o Liam estava falando um monte de merda, mas não houve nenhum. Ela apenas continuou prestando atenção, com pesar em seus olhos.

— Você... você deve estar enganado — falei, incrédulo. — Por que o tio Romeo inventaria algo assim? Por que sustentaria essa mentira durante tanto tempo?

— Essa é a questão. — Jones estendeu para mim a folha que segurava.

No papel, havia a reprodução de uma carta endereçada a Romeo Johnson. Conforme fui lendo, minha confusão ia aumentando ainda mais. No texto, alguém o informava de que *o garoto* havia sido encontrado e indicava o endereço do orfanato St. Charles. Em seguida, orientava-o a proceder exatamente conforme o combinado e afirmava que era de extrema importância que o garoto fosse mantido por perto e em segurança.

— Esse garoto... — Ergui o rosto da carta e encarei Jones. — Eles estão se referindo a mim?

— Sim.

— Mas... por quê? O que eu tenho a ver com eles?

— Você nunca se perguntou sobre os seus pais biológicos, Ben? — Ele franziu a testa. — Quem eles foram? Por que o deixaram lá?

— Não.

— E também nunca perguntou pro Romeo Johnson sobre o seu pai? Ele dizia ser irmão dele, certo?

— Sim, mas... — A confusão me fazia balbuciar como uma criança. — Eu nunca tive interesse.

— O que foi bem conveniente pra ele, eu diria. — Jones olhou para a Amanda, que confirmou com a cabeça. — Romeo não era irmão de seu pai. Nunca sequer o conheceu.

Vinte anos.

Forçando meu cérebro a fazer os cálculos, cheguei à conclusão de que esse foi o tempo que levou para eu descobrir que Romeo, Julia, Amanda e Carlinha não eram da minha família. Era absurdamente complicado absorver aquilo.

— Amanda... sua mãe... Ela nunca desconfiou de nada?

— No início, ela achou estranho, sim. Mas era você, né? — Ela sorriu meio sem jeito. — Minha mãe se apaixonou por você desde o primeiro dia e acabou engolindo todas as mentiras que o meu pai contou pra ela sobre esse irmão que nunca existiu.

— E por que ele faria algo assim? — Toda a minha vida pareceu embaralhar-se em minha mente.

— É aí que entramos na próxima parte. — Liam tornou a pegar algumas folhas de dentro da pasta. — Você disse que nunca se perguntou sobre os seus pais, mas é muito importante que saiba quem eles foram, sobretudo o seu pai, pra que possa entender tudo o que aconteceu.

— Tudo o que veio a acontecer depois tem a ver com os meus pais?!

Ele só podia estar de sacanagem comigo.

Jones fez que sim com a cabeça e sua expressão se fechou, como o tempo lá fora.

— Talvez seja um pouco chocante pra você...

Eu gargalhei, mas senti um leve arrepio percorrendo meu corpo.

— Depois de tudo o que vivi, Jones, duvido que exista algo que ainda possa me chocar.

— Leve o tempo que precisar. — E ele estendeu para mim o que segurava.

Dessa vez, pareciam folhas de agenda, onde alguém escrevera com pressa numa bonita letra feminina. Quando observei o cabeçalho, verifiquei a data: maio de 1990. Confuso, comecei a ler:

Não sei por que mantive este diário escondido por tanto tempo, mas sinto que esta, a primeira depois de muitos anos, talvez seja a última vez que escrevo. Que sirva de confissão.

Minha vida foi reduzida a sombras.

Hoje, não sou nada mais do que uma casca vazia. Algo apodrecido. Sinto-me morta por dentro. Ele me usou...

Eles me usaram.

Fui estuprada, maculada, transformada em um objeto deturpado. Uma abominação. E o que nasceu de mim, mesmo inocente, já nasceu condenado. Mas eu juro por Deus que fiz o que pude para lhe deixar, como legado, pelo menos uma segunda chance.

Há três anos não vejo o meu filho e espero que ele esteja bem. Nunca imaginei que um dia pudesse amar alguém tanto assim, mas eu o amei. E ainda o amo. No fundo, acredito que Brad também o ame, tanto que se arrependeu do que fez e se arriscou daquela maneira para salvá-lo. A saudade que sinto arde feito fogo.

Nossa vida se transformou em um inferno depois que ele me contou a verdade e decidimos salvar nosso filho. Fomos perseguidos, ameaçados e torturados. Não acreditaram quando contamos que o bebê não havia resistido e nos trouxeram para esta colina, este lugar de perdição. Esta casa amaldiçoada, onde a morte parece emanar de todos os cantos, onde a escuridão é infinita. E nos mantiveram prisioneiros aqui...

Então, eles fizeram de novo. Chegaram à noite, encapuzados como a escuridão, e me usaram. Oito longos e dolorosos meses depois, o bebê não resistiu após algumas horas. Eles fizeram questão de presenciar o parto.

A escuridão veio novamente depois de algum tempo. Tentaram a terceira vez. Eu vi o inferno pela terceira vez. Nove meses depois, o bebê nasceu morto.

Nesse ponto, eu já não tinha forças para resistir. Nem para enlouquecer, como o Brad. Hoje, ele fala sozinho com as paredes, chora encolhido nos cantos e suplica por um perdão que sabe que nunca vai chegar. E repete que a escuridão está vindo. Eu, no entanto, apenas existo. Ela já chegou para mim...

As cordas que eles usaram para me amarrar durante o parto parecem cada vez mais convidativas. Meu único motivo para viver está a quilômetros de distância e, se Deus quiser, a salvo. Então, nada mais me prende a esta casa. Nem eles.

Brad conseguiu fugir hoje, disse que desceria até o centro comercial e traria ajuda. Ele sabe que não pode confiar em ninguém, falar com ninguém, mas foi mesmo assim. Infelizmente, nenhuma ajuda seria capaz de me salvar. Desculpe-me, querido.

Eles estão lá fora, e eu estou aqui dentro. Talvez esta seja a hora certa. Não quero que Brad tente evitar.

Eu já morri há muito tempo.

Edward, meu filho... meu querido filho... por favor, nos perdoe...

E, onde estiver, nunca, JAMAIS, esqueça:

Eu te amo.

Linda Bowell

As folhas de papel pareceram pesar uma tonelada e eu senti como se mergulhasse lentamente no assento, deixando a sala de Amanda para trás e adentrando um ambiente escuro e hostil, ainda mais gelado que a neve lá fora, e que havia muito não era visitado.

A tristeza.

Senti as costas arquearem com o peso do que havia lido, conforme a verdade foi clareando o negrume em que eu mergulhara.

— Esta carta... — eu comecei, precariamente consciente do som da minha própria voz. — Ela é... da minha mãe?

— É mesmo uma pena que tenha que descobrir dessa forma, Ben... — ouvi o Jones dizer em algum lugar ao longe.

— O que houve com ela? — Eu ainda olhava para as letras arredondadas, sentindo a gravidade funcionar como nunca. Depois de 28 anos rejeitando o interesse em descobrir quem foram meus pais, ele agora parecia um aríete rompendo as muralhas da minha consciência.

— Esse foi o último registro do diário de Linda Bowell, enfermeira, nascida e criada em Derry, escrito em maio de 1990. Ela foi encontrada morta no mesmo mês, enforcada. — Ele fez uma pausa, e eu o encarei. — Na casa da Colina de Darrington.

A conclusão se formou como um pesado punho de aço atingindo meu estômago sem piedade.

Estou imitando a moça das tranças!
Numa epifania, vi a imagem de Carlinha sentada no chão, olhando para cima. Ela fazia caretas. Imitava a *moça das tranças*.
Como é a moça, Carlinha?, eu perguntei.
Ela está de vestido, fazendo caras engraçadas!
Então eu a vi. Não eram tranças. Não eram caras engraçadas.
Era uma mulher em desespero, debatendo-se pendurada pelo pescoço, sugando o ar em sorvos rascantes e ineficazes, tentando agarrar-se à vida ao mesmo tempo que desejava com todas as forças livrar-se dela.
Uma mulher que eu agora descobria ser a minha mãe.
Eu boiava nas águas desconhecidas do sentimento que aquela revelação me causava. Um misto de tristeza e raiva por alguém que eu nem cheguei a conhecer.
— Era ela... — concluí em vão, quase em um sussurrro. — A moça das tranças...
— Quem? — Liam pareceu confuso, e olhou para os papéis que segurava.
— Por que ela se matou? — mudei de assunto. Apenas a Carlinha saberia do que eu estava falando. Uma gota de suor, gelada e solitária, escorria pela minha têmpora.
— Chegaremos lá. É importante que você saiba quem foi o seu pai também.
Permaneci em silêncio, pensando se deveria falar para ele não continuar. Jones aproveitou a deixa:
— Ele foi Brad Bowell, um professor de inglês natural do Maine, que também se envolveu com a Organização.
Igual a você, pensei. *Igual a todos vocês*. Senti as folhas tremerem em minha mão.
— Ele conheceu um dos membros fundadores por volta de 1986 na escola onde lecionava. Na época, ele e sua mãe passavam por grandes dificuldades financeiras e corriam o risco de perder a casa onde moravam. A promessa de ganhos exorbitantes em troca de favores ocasionais o cegou. Exatamente como aconteceu comigo — ele confessou. — Só que o Brad acabou indo ainda mais longe.
Reli a parte da carta que mais mexera comigo.
Ele me usou... eles me usaram. Fui estuprada, maculada, transformada em um objeto deturpado. Uma abominação.

— O que ele fez com ela? — perguntei, sentindo o sangue esquentar. Algo me dizia que eu não iria gostar de saber.

Eu percebia que Jones tentava pesar a fala para contar tudo o que precisava da maneira menos impactante possível. O problema era que não havia como.

— Você foi encomendado, Ben. — Ele suspirou. — A sua concepção foi premeditada.

— Encomendado? — Eu me sentia anestesiado, como se o impacto daquelas revelações agora apenas ricocheteassem em mim.

— Você foi concebido em um ritual de magia negra realizado por Alastor Kingsman. Sua mãe foi drogada e estuprada pelos membros do círculo de Kingsman e, em seguida, seu pai consumou o ato.

Amanda baixou a cabeça e meu cérebro jogou a toalha. Era praticamente impossível absorver uma informação daquelas. Eu já me sentia destruído por dentro antes da conversa com o Jones. Agora, os cacos pareciam ter sido reduzidos a pó. Alastor Kingsman envolvido em minha concepção. Eu, fruto de um ritual de magia negra.

— Jones... você está ouvindo a si próprio? — falei, desorientado. — Eu nunca tinha visto Alastor Kingsman antes de Darrington. Cresci em um orfanato e, se o Romeo me encontrou ainda criança, por que não me entregou para ele de uma vez ao invés de me criar como um sobrinho, me levar pra caçar ou o diabo que fosse?

— Eu sei que é muito pra digerir. — Ele mostrou a pasta. — Mas as respostas estão quase todas aqui. O propósito deles sempre foi muito maior, eles sempre enxergaram as coisas a longo prazo...

— Mas não faz o menor sentido! — levantei a voz. — Qual a relação entre o que aconteceu com meus pais, o que aconteceu em Darrington e o que está pra acontecer no orfanato?

— Você — a resposta dele veio sem demora. — Você sempre foi o objetivo.

Oh-oh! Será que o bom menino não é tão bom menino assim?

— Ou melhor: o que eles acreditam que existe em você.

7

CARTA SEM REMETENTE ENCONTRADA JUNTO A UM BEBÊ DESCONHECIDO PELO REVERENDO JOHN J. MALLOWAY, EM JANEIRO DE 1995, NA SOLEIRA DO PRÉDIO PRINCIPAL DO ORFANATO ST. CHARLES CHILDREN'S HOME, EM ROCHESTER, NEW HAMPSHIRE.

Antes de qualquer coisa, peço que me perdoem pelo que estou fazendo. Eu sei que Deus vai me perdoar.

Não posso explicar muito nesta carta, e por isso espero que a leiam com o coração aberto. Tenho certeza de que entenderão as minhas razões e confiarão nas minhas palavras.

Este é o nosso filho. E nós o amamos mais do que qualquer coisa neste mundo. A dor dessa separação dói bem fundo na minha alma, mas ela é necessária para que ele possa ter alguma chance de sobrevivência. Hoje, mais do que nunca, preciso ser forte. E ele precisará ser ainda mais...

Não podemos ficar com ele. Não é seguro. Nós estamos condenados, mas ele é inocente, e não merece sofrer pelos erros do nosso passado.

Então, por favor, não o entreguem para a polícia. Não mostrem esta carta a mais ninguém, muito menos à imprensa, nem atraiam qualquer atenção que seja para o menino. Não podemos confiar em ninguém. Eles têm olhos por todos os lados e a segurança dele depende exclusivamente disso.

Apenas recebam-no neste orfanato, conhecido por sua caridade, e o deixem ter uma nova chance.

Não consigo sequer definir o quanto gostaria de vê-lo crescer... O quanto eu gostaria de estar aqui para ouvir a

> primeira palavra, acompanhar os primeiros passos. Mas já ficarei aliviada se souber que ele está bem.
>
> Quem sabe, um dia, não possamos ser uma família novamente? Este desejo pode parecer distante, na realidade em que nos encontramos, mas ainda assim o mantenho guardado no peito.
>
> Que esse seja o início de uma nova vida para o nosso filho.
>
> Diga a ele que o amamos muito. E diga que nunca nos esqueceremos dele.
>
> Obrigada.
>
> E que Deus os abençoe...

MEU NOME É BENJAMIN FRANCIS SIMONS, MAS PODEM me chamar de Edward Bowell.

Enquanto eu andava de um lado para o outro da sala, atônito com o que descobria de maneira crua e brutal, e tentando assimilar tudo o que Jones revelara, senti um vazio no peito. Menos de 24 horas atrás, eu estava internado no sanatório Louise Martha e achava que era apenas um órfão qualquer cuja vida caminhara, por azar e injustiça, para a escuridão de um episódio de horror arquitetado por mentes malignas e ambiciosas. Agora, eu via que não era bem assim.

Parei próximo à grande janela da sala, composta por três vitrais que eram quase da minha altura, e contemplei o quintal coberto de neve, como se um grande edredom branco tivesse sido estendido no gramado dos Walls.

Eu não nasci Benjamin Francis Simons, isso eu sabia desde os tempos de criança. Contudo, o choque em descobrir que havia um Edward Bowell em algum lugar dentro de mim, filho de Brad e Linda Bowell, e concebido em um ritual de magia negra, era forte demais para ser absorvido com facilidade.

— Deixa eu ver se entendi — comecei, em uma tentativa de organizar tudo o que Liam Jones havia me contado, e virei o rosto para ele. — Eu sou a relação entre tudo o que essa Organização de merda vem fazendo desde a década de 80?

— Sim — ele respondeu com simplicidade.

Cocei a barba e respirei fundo. Aquela não era, nem de longe, a melhor maneira para um órfão descobrir sobre o seu passado.

Escutei o Andrew descer as escadas com Jacob em seu encalço. Eles apareceram no portal da sala e o menino acenou para a mãe e para o dr. Jones. Olhei para ele e nos encaramos durante alguns instantes, mas Jacob simplesmente virou as costas e foi para a cozinha.

Uma hora ele acostuma... Questão de tempo.

— Então, supondo que isso tudo seja verdade — prossegui, voltando a olhar para Jones —, meu... pai se envolveu com a mesma Organização que causou a morte da Carlinha onze anos atrás. Certo?

— Certo.

— E se arrependeu de sua missão, que era gerar um filho no ritual, assim que eu nasci?

— Sim, mais precisamente um pouco antes, quando contou tudo para sua mãe — Jones complementou. — Quando você nasceu, eles ainda o esconderam em casa durante quase um ano e falaram para o Kingsman que você tinha morrido no parto. Mas eles não acreditaram, e aí a situação ficou insustentável e perigosa... Foi quando Linda resolveu levá-lo até Rochester.

— Tá. E a Organização os levou pra Darrington depois disso? — perguntei, lembrando da carta de minha mãe. — Ela menciona uma colina...

— Isso mesmo — Jones assentiu. — E foi lá que o ritual aconteceu da primeira vez.

O ar frio da sala pareceu rarefeito. Jones me bombardeava com informações bizarras sobre o meu passado, uma após a outra. E a julgar pelo modo como Amanda e Andrew estavam se portando, eles já sabiam de tudo...

Senti-me imundo, como se estivesse infectado por algo vil e obsceno.

O que eles acham que existe em você...
Pelo visto, eu não tinha simplesmente enlouquecido. As lembranças do episódio com a família Johnson pulsaram diante dos meus olhos.

— O que há de errado com essa casa? — Eu evitava fazer a pergunta cuja resposta temia.

— Tudo. A casa na Colina de Darrington não foi escolhida ao acaso.

— Não?

— Não. Ela pertence a Oscar Lincoln, e foi construída por ele e por Alastor Harris Kingsman na década de 1970. — Jones mexeu com as folhas dentro da pasta, retirou uma fotografia e a estendeu para mim. — Segundo registros, eles utilizaram geometria arcana em todas as estruturas da residência, o que favorece a abertura de portais.

Olhei para a foto desbotada e meus dentes cerraram. Lincoln e Kingsman posavam de frente para uma casa em construção que eu não demorei nada para reconher. Eu não queria nem saber o que geometria arcana significava. Sentindo a garganta arranhar com o ódio que me atingiu ao ver o ar de superioridade que ambos exibiam na fotografia, perguntei:

— Então seu pai já comprou o imóvel sabendo exatamente o tipo de propriedade que estava adquirindo, certo, Amanda?

— Infelizmente, sim... — Ela caminhou até mim para olhar a foto. Seu dedo pousou sobre o velho dr. Lincoln. — Inclusive, esse é o tal senhor residente em Derry que meu pai dizia ter lhe vendido a casa. Oscar Lincoln. O mesmo fundador que o seu pai conheceu em 1986.

Minha cabeça latejava. Era informação demais para um dia só. Mas agora eu queria saber tudo.

Jones prosseguiu:

— A Organização foi fundada por Kingsman e Lincoln no início dos anos 1970 e seduziu inúmeros figurões ao longo de sua trajetória com a mesma promessa de poderes infinitos e nunca antes imaginados, fossem eles materiais ou não. — Ele se aproximou de nós e também olhou para a fotografia. — Políticos, empresários, celebridades... Eles são como uma subdivisão dos Illuminati, um grupo criado nos tempos modernos com as mesmas ideologias e propósitos obscuros.

— E os dois são os líderes, então?

— Exatamente. Kingsman cuida da parte, digamos, técnica, e o Lincoln fica com as obrigações administrativas...

— Parte técnica? — indaguei, confuso.

— Sim. O Kingsman tem um grande conhecimento do ocultismo. Mas vamos falar sobre isso depois.

O dedo de Alastor Kingsman se mostrava presente em tudo ao meu redor, o que fazia o ódio por ele alcançar novos patamares. Era quase um sentimento novo, ainda sem nome.

E o objetivo da tal Organização? Parecia até piada...

— Em resumo, um grupo composto por pessoas poderosas buscando ainda mais poder — Jones concluiu.

— Como o Jack McNamara? — eu quis saber, lembrando de alguns fantasmas do passado.

— Exato — ele confirmou. — Figuras como ele ocupam posições mais elevadas na hierarquia. Já são influentes, têm algo a oferecer. Eu, seu pai, Romeo e outros somos apenas peões, portanto, descartáveis. Agimos conforme a demanda e, geralmente, recebemos as piores missões.

Devolvi a foto para ele.

— O que você está querendo me dizer é que essa Organização está atrás de mim desde o dia em que nasci?

— Basicamente isso. Na verdade, até um pouco antes do seu nascimento. Você é importante para eles, por isso, quando foi preso, teve sua insanidade comprovada e foi inocentado no julgamento. Seu advogado de defesa fazia parte da Organização e Kingsman o queria por perto, então, ao invés de ir para a cadeia, você foi para o Louise Martha, que é um dos sanatórios de custódia mais especializados em casos dessa natureza e um lugar onde ele poderia exercer total controle sobre você.

— É, eu lembro bem desse julgamento... — comentei, sarcástico. — E desse advogado.

Um homem sombrio chamado Richard Brenaman.

O advogado de cabelos castanhos e quase vinte centímetros menor do que eu conduziu o julgamento com maestria, aconselhando-me a ficar calado em todas as audiências. De início, eu só queria que entendessem que eu não era louco. Mas depois de um tempo percebi que não adiantava contrariar o conselho do advogado. Quanto mais eu falava, mais louco eu parecia aos olhos de todos ao meu redor.

— O Richard fez um excelente trabalho aplicando as regras M'Naghten no seu caso, amplamente utilizadas em situações como essa. — Liam retirou uma folha da pasta. — Elas atestam, sobretudo, que todo homem é presumivelmente são. E que, para estabelecer a defesa em virtude de insanidade, deve ser provado sem sombra de dúvida que, na ocasião da comissão do ato em questão, a parte acusada não estava com suas faculdades mentais em perfeito estado e não poderia conhecer a natureza e a qualidade dos seus atos, nem se o que estava fazendo era certo ou errado.

— Isso mesmo. — respondi, lembrando da última audiência em frente ao júri na qual fui considerado inocente por insanidade. — E eu pensando que ele só queria me ajudar...

— Bom, a defesa dele foi excelente. — Liam olhou para mim. — Infelizmente as razões eram outras... Não eram os seus interesses que estavam em jogo.

Aquilo se encaixava à perfeição. Por mais que eu soubesse que era inocente, o tempo foi passando sem misericórdia e, quanto mais o advogado falava e o caso se desenrolava, menos eu tinha confiança na minha sanidade.

— Desse modo, assim que o julgamento terminou, Kingsman me colocou para vigiá-lo e arquitetou os seus próximos passos

— O tal ataque ao orfanato, certo?

— Certo. — Jones prosseguiu. — Quando enfim descobri sobre ele, no final do ano passado, vi que precisávamos resgatá-lo o quanto antes. A Organização espera que isso o atinja diretamente.

— Atacar o orfanato para me atingir?! — repeti o que ele havia acabado de dizer, como uma criança particularmente obtusa.

— É. Você estava se mostrando um prisioneiro muito resistente. — Jones se ajeitou na poltrona. — Eles acreditavam que o St. Charles era o único lugar com o qual você ainda mantinha algum laço afetivo depois que Amanda sumiu do mapa. Quando a notícia do ataque chegasse até você, eles esperavam que sua mente sucumbisse de vez.

Que bando de filhos da puta...

Pouco se importavam com a pilha de corpos de inocentes que deixassem pelo caminho, contanto que o objetivo fosse alcançado. É claro que aquilo mexeria comigo.

Já estava mexendo.

— Pois bem — Liam continuou —, eu cheguei à conclusão de que você não poderia ficar mais em poder deles. Vi uma oportunidade quando Kingsman disse que Lincoln queria participar do seu próximo exame de rotina. Se ele seguisse na mesma linha, você provavelmente acabaria na solitária, como de costume, e isso facilitaria as coisas, pois ela fica num dos pontos mais afastados do sanatório. Aí, combinei com a Amanda de que agiríamos naquela mesma noite, aproveitando a nevasca que estava por vir, e assim o fizemos.

Lembrei-me da enfermeira entrando pela porta acolchoada da solitária e de olhar para a Amanda pela primeira vez em onze anos.

— Eu achava que morreria naquele lugar. Pensava que tinha enlouquecido de verdade.

— E isso era exatamente o que eles queriam. Enfraquecer sua mente...

— Pra que, Jones? Como posso ser tão necessário?

— Eu já disse, o interesse deles não é por você. É pelo que há em você. Por sorte descobri um detalhe importante sobre isso...

— E o que exatamente há em mim? — por fim, perguntei, a voz alterada. Não tinha como adiar mais, eu já evitara o meu passado por tempo suficiente. Do jeito que ele falava, minhas suspeitas de que era algo extremamente perigoso praticamente se confirmavam. E isso não era bom.

Liam Jones chegou a abrir a boca para responder, mas uma música alegre, completamente destoante do clima tenso que pairava no ar, tocou dentro de seu bolso. Quando ele pegou o aparelho celular, seu semblante endureceu. Olhou para nós e colocou o indicador sobre a boca, pedindo silêncio, e atendeu:

— Alô? Sim, sou eu, senhor. Perfeitamente, senhor. Ótimo, estarei aí. — E desligou.

— Eram eles? — Andrew quis saber, apreensivo.

— Sim. — Agitado, Jones começou a recolher todos os arquivos que trouxera consigo. — Escalaram uma reunião de emergência para discutir os próximos passos após a fuga do Ben.

— Meu Deus, Liam... — Amanda levou as mãos à boca. — Não é perigoso pra você ir até eles? E se desconfiarem de que você nos ajudou?

— Se eu desaparecer, eles terão certeza — ele disse enquanto Andrew pegava seu jaleco e o seu casaco. — Falei pessoalmente com o Kingsman quando Ben escapou. Ele desconfiou, sim, mas aceitou minha palavra. Ele e sua equipe de agentes do FBI reviraram o sanatório de cima a baixo, incluindo minha sala. Não encontraram nada. Então estamos tranquilos, pelo menos por ora.

— E o que fazemos enquanto isso? — perguntei, ansioso.

Kingsman e seus asseclas estavam tão perto e ao mesmo tempo tão longe...

— Aguardem meu retorno. — Jones se dirigiu à janela e espiou para ver se alguém estava à espreita, mas não havia nada além de neve do lado de fora da casa, naquela tarde congelada em Derry. — Voltarei amanhã com as novidades e daremos sequência ao plano para impedir o ataque. — Ele se dirigiu a mim: — Termino de contar os detalhes que faltaram amanhã, Ben. E não saiam de casa, a poeira ainda está muito alta.

Enquanto eu me perguntava quais detalhes seriam esses, seguimos Jones em uma caminhada rápida até a porta de entrada, onde Andrew lhe entregou suas coisas. Amanda o abraçou assim que ele girou a maçaneta.

— Por favor, tenha cuidado, Liam — ela pediu. — Você sabe o nosso número, qualquer coisa ligue imediatamente para nós.

— Fiquem tranquilos — Jones falou, vestindo o jaleco e o casaco sem transparecer tranquilidade. — É como dizem: o lugar mais seguro para se estar em um furacão é bem no olho dele.

— Jones — eu o chamei, sentindo que deveria falar alguma coisa. — Obrigado por...

— Não me agradeça ainda — ele me interrompeu e sorriu, já do lado de fora da casa. — Ainda temos muito trabalho pela frente. — e com um tapinha em meu braço, virou as costas.

Liam Jones tinha razão, mas, observando meu antigo médico olhar para os dois lados da rua e caminhar até o jipe preto estacionado na calçada, senti uma gratidão inesperada.

Ele tinha feito escolhas erradas no passado e sabia bem disso. Mas todos agora estávamos unidos por passados que gostaríamos de esquecer. No meu caso, um passado que eu preferia nem ter descoberto. As dúvidas eram muitas, os sentimentos, diferentes, e os medos, novos. Fora uma conversa pesada e carregada de informações que nunca me interessaram, mas que agora pareciam mais cruciais do que nunca.

Meus pais perderam suas vidas por causa da Organização. Assim como a Carlinha, a tia Julia e, de certa maneira, eu, Andrew e Amanda. Haveria tempo para pensar nos que se foram e para absorver minha história. Naquele momento, porém, o que me importava era entender o que Jones queria dizer com *o que mora em mim*. Aquilo não significava uma coisa boa, levando em consideração que fui concebido em meio a um ritual de magia negra...

Um arrepio levantou os pelos da minha nuca. A simples ideia desse episódio com meus pais me causava um estranho mal-estar.

* * *

Voltamos para dentro da casa, gloriosamente aquecida, e Andrew ligou a televisão da sala. Em um canal de notícias, uma repórter passava as últimas informações sobre a fuga do Monstro da Colina, em um link diretamente do sanatório, com as mesmas falas ensaiadas de sempre.

As autoridades pedem extrema cautela da população.
Benjamin Simons está armado e é perigoso...
Não se sabe ainda o motivo de sua fuga, mas...

Andrew deu uma risada sarcástica:

— Como se alguém precisasse de algum motivo pra fugir daquele inferno...

Amanda foi para a cozinha e eu resolvi aproveitar a oportunidade. O pequeno Jacob já tinha desaparecido novamente. O menino poderia ser o que fosse, mas era inegável que se tratava de alguém bem furtivo.

— Quer ajuda com alguma coisa, Amanda? — perguntei assim que a vi lavando as louças que tínhamos usado.

— Ah, oi, Ben — ela virou o rosto para mim com um leve sorriso. — Não precisa se preocupar, eu cuido disso.

Tamborilei os dedos na mesa enquanto procurava as palavras certas.

— Queria te pedir desculpas pela maneira como agi. — disse, olhando para a minha mão magra e machucada. — Não devia ter gritado daquele jeito...

Amanda desligou a torneira, secou as mãos e me encarou.

— Não tem problema. De verdade. Só quero que você saiba que não estamos agindo imediatamente porque já estudamos antes pra calcular nossas ações e esperar a hora certa de prosseguir.

— Eu sei, e realmente não fazia ideia da complexidade disso tudo... — justifiquei, pensando na conversa com Jones. — Pra mim, os fatos eram todos isolados...

— Muito pelo contrário... — Ela suspirou, e ajeitou os cabelos atrás da orelha. — Você viu, existe muita coisa e muita gente envolvida... e vem acontecendo há anos.

Seus olhos castanhos exibiam o mesmo brilho da nossa adolescência e a Helen Walls, que parecia tão presente ultimamente, saiu um pouco de cena.

— Mas, se tem uma coisa que eu posso te prometer, Ben, é que nós vamos acabar com eles. Pode ter certeza disso.

Ah! Agora sim, bom menino! Opa, o que é isso nas suas calças?

Agora sim. Aquela era a Amanda que eu conhecia... Minha prima que não era prima, a garota dos meus sonhos de adolescente e a musa inspiradora dos meus dias de solidão no sanatório.

E se ela soubesse...?

— Espero ter sido um bom *não-primo* — brinquei, com um sorriso que veio sem esforço, apesar de tudo. — Você e sua irmã foram as melhores *não-primas* que eu tive.

— Você é parte da minha história. — Amanda veio até mim e me abraçou. — E a parte do meu passado que não quero esquecer. Tanto faz se é da minha família ou não. — Ela me soltou e me olhou nos olhos. — Agora isso nem importa mais.

— Digo o mesmo, Amanda.

— E não se preocupe com o Jacob. Ele tem esse jeitinho reservado, mas é com todo o mundo. Acho que é muito por conta do meio em que ele nasceu, sabe? — Ela suspirou. — Nós nos escondemos durante anos, mesmo depois que mudamos de nome, então ele adquiriu essa personalidade furtiva.

— Entendo muito bem. Ele parece ser uma boa criança. — E, então, confessei: — Me lembra bastante a Carlinha...

—Também acho. — Amanda sorriu. — Ela era uma menina incrível, não era?

Não respondi. Lembrar da Carlinha sempre me fazia mal. Confirmei com um aceno de cabeça o que ela tinha dito, mas desviei o olhar do seu.

— Eu não te culpo, Ben.

— Obrigado — foi só o que consegui responder. No fundo, eu ainda me culpava.

Era cansativo demais oscilar entre emoções daquela forma. Uma hora, a raiva me consumia a ponto de me cegar. Eu perdia o controle das minhas ações e me afastava ainda mais do Ben de antigamente, aproximando-me de alguém cuja alcunha "Monstro da Colina" talvez não fosse tão incorreta. Em outras, sentia-me triste, sozinho, por vezes arrependido e repleto de culpa. Meu cérebro parecia trabalhar em velocidade máxima, sobrecarregado, e sua estafa já se refletia em meu corpo. Agora que a adrenalina baixara um pouco, eu sentia como se meus membros pesassem toneladas. E ainda havia tanta coisa a se fazer... Eu não fazia nem ideia...

— Jones chegou a te contar o que exatamente a Organização quer comigo, Amanda? — perguntei, tenso. — O que ele quis dizer com *aquilo que mora em mim*?

A resposta parecia mais clara em minha mente. O episódio no motel, os rompantes de raiva, as visões... as vozes.

— Ele mencionou, mas só de passagem... Disse que algo aconteceu no ritual em que você foi concebido, algo que eles queriam que desse certo, e deu. Só que ele também falou que era bem complicado, então preferia esperar para contar melhor quando você estivesse presente.

— Tenho uma suspeita...

— Qual? — Amanda se mostrou interessada.

Pensei em explicar o que acontecia nas profundezas da minha consciência. O ódio que vinha crescendo em mim, minhas memórias deturpadas, a sensação de que algo estava me cercando, tentando se aproximar... Poderiam ser apenas delírios de uma mente perturbada, mas eu comecei a imaginar que talvez não fosse tão seguro para eles ficarem perto de mim. Será que a Amanda acharia melhor se afastar?

Não, eu não queria correr esse risco agora. Já era difícil o suficiente sem que eles me enxergassem como um homicida em potencial. Decidi esperar Jones explicar melhor.

Por muito pouco, essa não foi a pior decisão que já tomei na vida.

— São apenas suspeitas, vamos deixar pra lá — desconversei. — Melhor esperar o Jones contar tudo de uma vez.

— Entendi... — Amanda não pareceu muito convencida.

— Bom — achei melhor mudar o rumo da conversa —, e o que você pretende fazer quando tudo isso acabar?

Ela refletiu.

— Essa é uma excelente pergunta. — Amanda chegou mais perto, com uma expressão de dúvida. — Acho que conseguir sair na rua sem precisar ficar olhando por sobre o ombro já vai ser uma grande vitória. Viver novamente sem essa sensação de que estamos sendo perseguidos. Dar uma vida decente pro Jacob, coitadinho... Ele já tem tanto com o que se preocupar e é tão novo... O pobrezinho ainda não conhece os avós paternos.

Nem os maternos, minha mente complementou.

— Mas, acima de tudo, saber que vingamos todos os inocentes que sucumbiram nas mãos deles — Amanda pôs as duas mãos no meu peito e se aproximou ainda mais de mim, ficando tão perto que pude sentir seu hálito quente. — E isso inclui você, Ben.

Nos últimos anos, meu interior se tornou tão congelado quanto o clima lá fora. Mas aquela conversa com a Amanda, bem diferente da primeira que tivemos naquela mesma cozinha, pareceu me aquecer por dentro com uma onda de calor que começou nos meus pés e se prolongou por todo o meu corpo.

— Ben, vou te mostrar...

Andrew chegou sem aviso e, quando viu a posição em que nos encontrávamos, seu rosto quadrado adquiriu um estranho ar soturno. Amanda se afastou, um tanto desconcertada, e eu me virei para ele. Nada havia acontecido, mas eu não sabia o que Andrew poderia pensar. Não que eu me importasse muito com a opinião dele, mas foram segundos tensos em um silêncio constrangedor.

Oh-oh! O bom menino foi pego no flagra!

— Venha, Ben. — A expressão de Andrew mudou da água para o vinho, e ele abriu um sorriso. — Vou te mostrar o seu quarto.

Olhei para a Amanda, que parecia compartilhar da mesma confusão pela forma brusca como Andrew havia decidido ignorar o ocorrido. Talvez ele não tivesse visto maldade...

Caminhei em sua direção.

— Esta casa era dos meus pais. Nasci e fui criado exatamente aqui, nestes mesmos cômodos. Só que não nasci Victor Walls, e sim Andrew Myers. — Andrew olhou em torno, quando chegamos no corredor. — Meu pai é dono de uma loja de ferramentas e materiais de construção, a Myers Tools, com filiais em vários estados, incluindo New Hampshire, e construiu este imóvel bem antes de eu nascer.

Eu sabia.

Dinheiro, realmente, não era um problema.

— E como os caras ainda não encontraram vocês? — perguntei, um tanto preocupado. — Se conseguirem rastrear esta casa até seus pais...

— Essa não é uma possibilidade. — Andrew deu de ombros. — Veja, Jones fez o serviço completo quando alterou nossas identidades. Para os meus pais, somos apenas um jovem casal morando aqui, nem imaginam que Victor Walls, seu inquilino, é, na verdade, o seu filho. Eles acham que estou viajando o mundo com a minha namorada. — Ele sorriu. — Além do mais, a Organização não conhecia minha relação com a Amanda antes de tudo acontecer. Só o que eles sabem é que fomos amigos na faculdade. Não devem nem ter considerado minha participação...

— E por que seus pais não moram mais aqui?

— Quando entrei pra faculdade, eles sentiram mais falta do filho único do que achavam que sentiriam, e acabaram vendo-se em uma casa grande demais só para eles dois. Foi quando resolveram se mudar para a Flórida. Minha mãe sempre preferiu o clima de lá.

— O clima deve ser melhor, tem razão — comentei, sem pensar muito sobre o assunto.

Subimos as escadas, Andrew à frente e, assim que chegamos ao corredor do segundo andar, ele apontou para as portas.

— Temos dois quartos e um escritório. O meu e de Amanda, que era a suíte dos meus pais, e o de Jacob, meu antigo quarto. Aquele é o banheiro social, você já o conhece. No escritório há um sofá-cama que você pode usar. Não é exatamente confortável, mas...

— Está excelente, não se preocupe — garanti, com sinceridade. Qualquer coisa seria melhor que o colchão duro daquela cama de metal enferrujado onde passei quase todas as noites, quando não estava na solitária, desde 2004.

— Instalei o sofá-cama na época em que me preparava pra faculdade. Ajudava quando os estudos se estendiam até a madrugada...

— Imagino.

Andrew parou de frente para uma porta onde uma placa com um grande T-Rex em posição de ataque dizia, em letras como rasgos, "Mantenha a distância".

Ele se virou para mim.

— O que acha de tentarmos falar com ele?

— Será que é uma boa ideia? — perguntei, imaginando um Jacob encurralado em seu próprio quarto, pulando pela janela para fugir de mim.

Andrew tornou a dar de ombros e abriu a porta sem bater. O menino, que mexia em seu computador distraidamente, olhou para a gente com os olhos arregalados e se encolheu em sua cadeira.

— E aí, Jake? Sai desse quarto ainda esta semana?

Jacob continuou em silêncio, olhando para mim. Ele mantinha a expressão neutra, mas seus olhos denunciavam sua imensa apreensão.

O ambiente era meticulosamente organizado para o quarto de uma criança de oito anos. Nas prateleiras, os bonecos de super-heróis e as miniaturas de dinossauros e carros de corrida disputavam espaço com os muitos e variados livros. Os autores iam de J. K. Rowling a Dostoiévski, passando por exemplares de não ficção sobre física, matemática e biologia até chegar a obras mais específicas, como *Entendendo seu cérebro* e *Mentes brilhantes: crianças superdotadas e seus segredos*.

O computador, certamente de última linha, tinha um monitor gigante e um teclado que emitia luzes multicoloridas. Tecnologia, livros, organização...

Jacob realmente era filho de Amanda.

— Jake, este aqui é o seu tio Ben. — Andrew pôs a mão no meu ombro. — Você até agora não falou com ele. Por que não vem aqui cumprimentá-lo decentemente?

O garoto parecia ter perdido a capacidade da fala. Ele mirava o pai, súplice, mas acabou se dando conta de que não havia escapatória. Assim, devagar, levantou-se da cadeira de espaldar alto, que mais parecia um banco de carro, e veio na minha direção. O medo em seus olhos era real.

Estendi a mão para ele quando chegou.

— Olá, Jacob — cumprimentei, com um sorriso. — Belo quarto.

— O-obrigado... — ele gaguejou e apertou minha mão.

Seu olhar vacilava tentando sustentar o meu, e por duas vezes o vi olhar de relance para o meu ombro. Jacob virou a cabeça para o pai e eu achei que já estava de bom tamanho para uma primeira vez. O menino não precisava sofrer daquela maneira.

— Bem, Jacob, foi um prazer conhecê-lo. Vamos te deixar em paz agora . — E me dirigi ao Andrew: — Vamos em frente?

Andrew assentiu e bagunçou o cabelo do filho, mas disse que esperava que ele confraternizasse mais durante minha estada.

O menino até concordou, mas eu percebi que tinha sido só por educação.

* * *

O resto do dia passou em um piscar de olhos. Todos estávamos ansiosos por notícias de Jones, então o almoço foi improvisado: sanduíches de atum preparados pelo Andrew. Jacob até sentou-se para comer conosco à mesa da cozinha, mas não trocou uma palavra sequer. Na verdade, foi um almoço bem silencioso de modo geral, pelo que eu agradeci internamente, pois ainda não me sentia nem um pouco à vontade em discutir tudo o que havia descoberto.

Algum tempo depois, ajudei o Andrew a eliminar de seu carro os vestígios da nossa fuga do sanatório, e o sol, coadjuvante naquele dia frio pós-nevasca, logo desapareceu por completo. Ao passo que a noite chegava, o perigo que estávamos para enfrentar parecia mais próximo do que nunca.

Amanda verificava seu celular de tempos em tempos para ver se Jones havia mandado alguma coisa, mas a mensagem que esperávamos só chegou depois do jantar — lasanha de micro-ondas —, quando já estávamos sentados na sala, todos com roupas de dormir (eu com bermuda de moletom e camiseta, também emprestadas pelo Andrew), esperando alguma novidade.

Ela saltou do sofá quando o aparelho emitiu um som de sino e leu em voz alta:

— Tudo certo. Houve uma ligeira mudança de planos, mas eu conto melhor amanhã. Estarei aí conforme o combinado. Liam.

— Bom, pelo menos ele está a salvo... — Andrew bocejou.

— Não sei... — Amanda mordeu o lábio inferior. — Estou com um pressentimento ruim.

— Bobagem, querida. Ele sabe se virar.

Eu também não tinha tanta certeza assim, mas conhecia pouco esse lado do dr. Jones para opinar melhor. Se ele tinha se mantido vivo até agora e realmente estava do nosso lado, então, bom, alguma coisa devia estar fazendo certo...

Meu cansaço tinha atingido o seu ápice. Eu me sentia zonzo e debilitado, vencido por tudo o que havia acontecido desde a madrugada anterior. O quarto onde eu dormiria era pequeno e entulhado de livros, com cheiro de mobília velha, e parecia ser o único cômodo que não sofrera algum tipo de reforma desde os tempos de solteiro de Andrew. Mas quando minha cabeça pendeu para o lado, sem que eu me desse conta, e acertou a parede, ele se tornou extremamente convidativo. Com os olhos pesando uma tonelada, dei boa noite para o casal na sala e cambaleei escada acima. O mundo girava ao meu redor.

Nem lembro qual foi o meu último pensamento antes de entrar no quarto e me jogar de qualquer jeito no sofá-cama. Apaguei quase imediatamente.

* * *

Mergulhei em um sonho agitado, onde um Andrew enraivecido escondia seus livros de mim, dizendo que eu queria roubá-los. Eu me defendia, confuso, e tentava explicar que nada daquilo fazia sentido, porque eu só estava ali para recortar as figuras que o dr. Jones tinha pedido.

Num vendaval que varreu o sonho como uma fita cassete em avanço rápido, vi-me de frente para a casa na Colina de Darrington. Era madrugada, e eu me senti mais acordado do que nunca. Uma brisa gelada balançou minhas roupas. Observei a casa com apreensão e notei que uma fraca luz avermelhada emanava das janelas do andar de baixo. O que eu fazia ali?

— Sentiu saudade, Benjamin? — ouvi a voz grave que veio do chão bem ao meu lado.

Virei a cabeça e o que vi me causou repulsa instantânea, arrepiando todos os pelos do meu corpo.

Jack McNamara estava parcialmente deitado no gramado, com os braços erguendo o seu tronco e um machado enterrado no crânio, deixando seu rosto em um ângulo estranhamente enviesado. Um de seus olhos era apenas um buraco negro, estourado pela violência do golpe, e uma massa cinza e gosmenta escorria dele. Jack se arrastou para perto de mim e eu notei que uma de suas pernas terminava um pouco acima do pé.

Passado o impacto inicial, sua aparência decomposta me causou um estranho contentamento. Apontei para o machado.

— Acho que isso é meu.

Ele sorriu, e seu rosto entortou ainda mais.

— Vejo que você cresceu, Benjamin. Não é mais aquele garotinho medroso que eu conheci neste mesmo lugar. — E olhou para a casa.

— É, o tempo passou — eu disse, também mirando a velha residência. Então tornei a fitá-lo. — Pelo menos ainda estou vivo.

— Por enquanto... — ele sussurrou.

Continuei encarando o cadáver em decomposição, cujo rosto dilacerado me olhava em desafio. Ele, o antigo candidato ao cargo de governador de New Hampshire e membro do alto escalão da Organização, que tentou sacrificar a Carlinha em um ritual naquela mesma casa, onze anos antes, agora aparecia para mim num misto de vivo e morto, exatamente como eu o deixara: com um machado fincado na cabeça.

— Nós vencemos vocês uma vez, Jack — falei, apontando novamente para o cabo de madeira que surgia dos seus cabelos como um chifre de unicórnio particularmente grotesco. — Vamos vencer de novo.

— Seu otimismo é comovente, criança... — McNamara ajeitou seu corpo putrefato no gramado. O cheiro de carne estragada era nauseante. — Mas, se eu fosse você, tomaria mais cuidado.

A mesma ladainha de Romeo Johnson.

— Espero que não tenha vindo me ameaçar — falei entredentes. — Meu *querido tio* já tentou e não adiantou nada.

— Ah, adiantou, *Benny*... — ele sussurrou. — Você diz que não, mas sabe que adiantou.

Meu coração deu um solavanco e meus punhos se cerraram. Eu já tinha entendido que se tratava de uma assombração igual à do carro de Andrew, tentando me provocar e enraivecer, talvez no intuito de desencadear o mesmo episódio daquela vez. Só que agora eu estava dormindo na casa de Amanda e sabia muito bem o que poderia acontecer. E não permitiria que acontecesse. Eu tinha que acordar.

Mas como eu faria isso?

— Sabe que dia é hoje, Benny? — ele perguntou enquanto eu forçava meu cérebro a despertar.

— Não me interessa — respondi de olhos fechados.

Vamos, Ben, acorde! Acorde!, minha mente repetia.

— Hoje é dia 9 de abril de 1986. — Jack soltou uma risada que mais pareceu um latido. — Você sabe o que aconteceu nesse dia, não sabe?

Saber, ao certo, eu não sabia, mas tive um mau pressentimento. Jones mencionara esse mesmo ano durante a conversa sobre o meu passado e algo me dizia que eu não iria querer saber o que estava havendo dentro da casa. Senti a boca secar e permaneci de olhos fechados. Eu não andaria nem um passo à frente. Ficaria ali mesmo, do lado de fora.

Acorda, Ben... você tem que acordar...

— Não sabe mesmo? — McNamara indagou, com ironia. — Por que não abre os olhos e descobre, então?

Assim que ele terminou a frase, minhas pálpebras se ergueram involuntariamente. Minha respiração vacilou e minhas pernas bambearam.

Eu estava do lado de dentro.

Quando minha visão entrou em foco, como uma velha TV sintonizando, deparei com uma cena que me atingiu como um tiro.

A sala da antiga casa na Colina de Darrington estava diferente, sem toda a mobília dos tempos da família Johnson. O andar de baixo era um espaço amplo, iluminado sem muita eficácia pelas várias velas negras precariamente penduradas em suportes vermelhos ou espalhadas pelo assoalho. Figuras encapuzadas, ajoelhadas e com as testas encostadas no chão formavam uma meia-lua ao redor de um grande altar de pedra, onde o conhecido pentagrama invertido, com suas duas pontas para cima como chifres e cercado de símbolos geométricos, havia sido entalhado. Ossos e crânios de diferentes espécies animais pousavam inertes aos pés da bizarra estrutura de pedra.

Em cada lado do altar, dois castiçais com várias velas cada um, suas chamas dançando sinistramente e iluminando algo que lembrava um corpo se contorcendo por debaixo de um lençol vermelho escuro. Logo atrás, aquele que deveria ser o líder do ritual era o único de pé, com as mãos para cima, segurando um punhal adornado em uma delas e entoando, junto com as demais figuras abaixadas, um cântico sombrio em uma língua desconhecida.

— É chegada a hora, meus irmãos — ele proclamou com a voz serena, e pousou a lâmina.

Em seguida, retirou o lençol de cima do altar com suavidade. E lá estava ela, nua, em transe e completamente vulnerável. A moça das tranças. A enfermeira Linda Bowell.

Minha mãe.

— Venham — ele murmurou.

Um a um, os outros participantes levantaram-se do chão e permaneceram onde estavam. Ao todo, eram sete deles. Eu tremia, consumido não apenas pelo frio surreal que acometia aquele ambiente, mas também pelo temor que me mantinha petrificado. Devagar, uma das figuras encapuzadas caminhou até o líder, que beijou a sua testa. E, então, aconteceu.

O homem desconhecido ergueu sua túnica negra até a cintura. Ele não usava nada por baixo. Sem nenhum cuidado, virou o corpo nu e indefeso de minha mãe de barriga para baixo e montou em cima dela. O som de seus grunhidos, misturado ao cântico que todos ainda entoavam, me causou um enjôo profundo. Quando tentei me mover para evitar que continuassem, não consegui sair do lugar.

Desesperado, fui tomado pelo mais puro ódio. Algo me impedia de mexer um dedo que fosse. Fiquei observando aquele homem atacá-la com selvageria, sem poder fazer nada para impedir, e após o que me pareceu a eternidade, ele desceu do altar, ajeitou suas vestes e foi para trás do líder. A segunda figura encapuzada se aproximou e repetiu o que a anterior havia feito. Tentei gritar e mandar que parassem, mas minha voz havia desaparecido. Tentei fechar os olhos e também não consegui.

Meu corpo não obedecia a nenhum dos meu comandos.

— Não adianta, Benny — McNamara caçoou. — Relaxe e aproveite o show.

Com brutalidade, todos eles depravaram a mulher nua e indefesa que se contorcia sobre o altar ao som do cântico infernal. Eles subiam na superfície de pedra, reviravam o seu corpo do jeito que bem entendiam, puxavam seu cabelo, arranhavam sua carne... E ela continuava em transe, incapaz de qualquer reação que não fosse serpentear e retorcer-se. Eu estava condenado a apenas existir ali e observar até que acabassem, sem mais suportar o ódio incandescente que fazia minha pele esquentar.

Sombras esguias surgiram nas paredes em todos os lados da sala, ao mesmo tempo em que o chão pareceu vibrar. O ar ficou ainda mais pesado.

O último deles retirou a túnica por completo. Era o mesmo homem que havia me pedido perdão no primeiro pesadelo em Darrington, com a cabeça emplastrada em sangue e uma arma na mão. O professor Brad Bowell.

Meu pai.

Com um pouco mais de cuidado que os anteriores, algo que tendia levemente ao respeito, se fosse possível haver algum naquela situação, ele subiu no altar e montou em sua esposa. O cântico ficou mais alto. Minha mãe se contorcia com ainda mais violência e eu apenas suplicava mentalmente para que aquilo acabasse...

Então, de súbito, ouvi minha consciência aconselhar:

Benjamin, você precisa acordar! Concentre-se e acorde agora! AGORA!

Num estalo, meus olhos piscaram e eu senti meus músculos relaxarem. Movi os braços e mirei as mãos. Eu tinha recuperado o controle do meu corpo. Num surto de ódio que parecia ter chegado ao limite como o vapor assobiando para fora de uma chaleira, corri na direção do altar. Meus movimentos pareciam lentos e telegrafados, mas eu tinha sede de sangue. Identifiquei o punhal em cima da estrutura de pedra e nenhum dos asseclas tentou me deter.

Benjamin, não faça isso! Acorde! Você tem que me escutar! Concentre-se!

Uma voz em minha cabeça, que não era a minha, ainda tentava fazer com que eu despertasse. Só que eu já tinha perdido qualquer interesse em acordar. Agarrei a lâmina e olhei para o líder do ritual, sabendo muito bem em meu coração quem estava por baixo daquele capuz.

Largue essa faca, Ben! Por favor! Me escute!

A voz estava mais próxima, como se ele próprio as estivesse pronunciando. E me pedia para não matá-lo?! Apertei o cabo cravejado de rubis e salivei. Era Alastor Kingsman ali, de frente para mim, assistindo enquanto eu erguia o punhal para acabar com ele e suplicando misericórdia.

BENJAMIN! LARGUE ESSA FACA E ACORDE!

Acorde?

Estranhamente, a voz parecia vir de onde Kingsman estava, mas ela era mais estridente, infantil... E por que ele tinha mandado eu acordar? A repentina falta de lógica na situação fez a minha consciência clarear um pouco, então eu baixei o punhal e me aproximei de Kingsman.

Ben, não faça isso! Concentre-se, por favor!

Respirei fundo, tentando me conter e entender quem na verdade estava ali. Minha mente ordenava que eu o matasse.

Era Alastor Kingsman, caralho, ele tinha que morrer!

Mas a incerteza ficou mais forte e a razão se tornou pouca coisa maior que a emoção, apenas o necessário para que eu estendesse a mão livre e retirasse o capuz do homem à minha frente com um puxão.

Não era possível...

Jacob me olhava de onde Kingsman deveria estar, numa composição bizarra entre corpo de adulto e cabeça de criança.

— Baixe essa faca, Ben — ele falou. — Você precisa acordar agora.

O choque ao ver aquele garoto que eu pouco conhecia interagindo comigo em uma situação tão bizarra e particular como aquela me fez entrar em parafuso. Tentei falar, mas o ar escapou dos meus pulmões de uma só vez, e então eu senti um solavanco quando o assoalho aos meus pés desapareceu. Mais uma vez o mundo foi varrido com violência.

Num piscar de olhos, tudo voltou ao normal. Um suor gelado emplastrava meus cabelos. Olhei em volta, tentando identificar o ambiente aquecido onde agora me encontrava.

Opa! O que é isso, bom menino? Ela também?

Amanda dormia profundamente em sua cama, ao lado de Andrew, totalmente indiferente ao homem barbudo que segurava uma faca a centímetros do seu pescoço. Assustado, olhei para a arma e ao meu redor. Tinha acontecido de novo.

Recuei com passos irregulares. Por pouco, por muito pouco, não matei Amanda. Iria esfaqueá-la durante seu sono sem que eu sequer me desse conta do que fazia. Ela morreria pelas minhas mãos, degolada, incapaz de se defender. Exatamente como quase aconteceu com o Andrew.

Primeiro, ele, agora, a Amanda... E se eu não tivesse acordado?

As dúvidas cruéis faziam o medo ganhar força.

Eu estava certo.

Era um perigo ficar perto deles e eu não continuaria ali para descobrir meu próximo alvo.

Virei a cabeça para procurar a saída do quarto, decidido a fugir naquela mesma madrugada. No entanto, com um susto que me fez largar a faca no chão, vi a cabeça de Jacob pela fresta da porta entreaberta.

Quando meu olhar encontrou o do garoto, ele não fugiu.

— Benjamin... — Jacob sussurrou. — Precisamos conversar.

8

REPRODUÇÃO DA ENTREVISTA DE ALASTOR H. KINGSMAN COM BENJAMIN F. SIMONS REALIZADA EM 18 DE AGOSTO DE 2005, NA SALA 2 DO SANATÓRIO LOUISE MARTHA. EXTRAÍDO EM ÁUDIO DOS ARQUIVOS DA ORGANIZAÇÃO E TRANSCRITO POR LIAM JONES EM MAIO DE 2008.

Legenda:
K = Kingsman
B = Benjamin
- - -

K: Olá, senhor Simons, é muito bom revê-lo. Como tem passado?
Ben não responde. Ouço apenas sua respiração.
K: Sabe, não é muito educado ignorar as pessoas... Estou certo de que não foi isso que te ensinaram no orfanato.
Silêncio. Sons de folhas de papel.
K: Bom, Benjamin, sinto que você não está muito a fim de conversar. Infelizmente, essa decisão não cabe a você; então, sim, nós vamos conversar. Você já até sabe o que vou perguntar, não sabe?
Silêncio.
K: O que aconteceu na Colina de Darrington?
Silêncio. Sons de folhas de papel.
K: Entendo... Bom, Simons, é realmente uma pena que tenha que ser dessa forma. Faz mais de um ano que você assassinou sua família e ainda não consegue falar sobre isso?
Não há resposta de Ben, mas a respiração dele parece mais pesada.
K: Você fez uma coisa horrível, Benjamin, e a sociedade quer a sua cabeça. Todos querem que você frite na cadeira elétrica. Seus atos reacenderam discussões acaloradas sobre a pena de morte nos Estados Unidos. Qual a sua opinião, Benny? Acha que merece morrer?
B: Não me chame assim.
Ben parece alterado.
***NOTA**: A única reação até agora foi ao diminutivo "Benny".*

K: Olhe, eu não quero que você morra. Pelo andar da carruagem, você cumprirá toda sua sentença aqui, exatamente onde eu quero que esteja, um lugar onde possamos vigiar o Monstro da Colina bem de perto. Estou cuidando pessoalmente dessa questão.

Silêncio. Som de uma cadeira sendo arrastada. Passos. Kingsman levantou-se e caminha pela sala.

K: Você é um monstro, Benny. Existe um monstro aí dentro. Sabia disso?

B: Não... me chame assim...

K: E ele está aí em algum lugar. Um monstro cruel, eu diria, para matar uma criança inocente... Concorda, Benny?

B: Cala a boca, Kingsman.

Os passos de Kingsman pararam. A respiração de Ben parece muito acelerada.

K: Interessante... Vejo que chamá-lo de Benny te incomoda.

Silêncio. Ben continua respirando alto.

K: Conte-me de uma vez, jovem Benny... mostre-me o...

B: CALA A BOCA!

Ben gritou.

***NOTA**: Aparentemente, sempre que Kingsman o chama de Benny, ele fica mais alterado. Amanda mencionou que a Carla costumava chamá-lo assim. Será que eles sabem?*

K: Ah, agora, sim, estamos conversando!

Mais gritos de Ben. Ele está suplicando para que o Kingsman pare de falar.

K: O QUE HÁ COM ESSE NOME, HEIN, BENNY?

Benjamin grita descontroladamente. Continua repetindo para Kingsman calar a boca, e seus gritos estão estranhamente rascantes.

K: RESPONDA! RESPONDA AGORA! O QUE ACONTECEU, BENNY? ONDE ESTÁ O MONSTRO?

Os gritos de Ben estão cada vez mais altos e mais bizarros. Sua voz está mais grave. Kingsman grita junto com ele, repetindo o apelido. Silêncio repentino. Há uma respiração arfante, mas não parece ser a de Ben.

K: BENNY? BENJAMIN! LEVANTA! AINDA NÃO ACABAMOS!

Kingsman grita, mas não recebe nenhuma resposta por parte de Ben, nem sinal de que ele esteja ouvindo.

Um som de rádio corta o silêncio.

K: Ele apagou. Merda. MERDA! Tirem-no daqui, agora! Levem-no para a solitária. E digam para o doutor Lincoln que eu quero vê-lo na minha sala imediatamente.

Passos deixando o local. Fim do arquivo.

NOTA: Kingsman parece querer que Ben perca o controle. Toda entrevista culmina em algum acesso do rapaz. Prestar atenção para ver se Kingsman passará a usar o diminutivo Benny daqui para a frente.

O QUARTO DE JACOB FICAVA A APENAS ALGUNS PASSOS

de distância do quarto de Amanda, mesmo assim a caminhada até lá pareceu levar um século.

Eu segui o garoto sem hesitar, mas estava bem assustado. As duas vezes em que tentei dormir desde a madrugada anterior, quando Andrew e Amanda me tiraram do sanatório, transformaram-se em episódios sinistros em que minha mente foi dominada por algo muito além dos fantasmas do meu passado.

Em ambas as ocasiões, enquanto visitava pesadelos que pareciam não ter fim, meu corpo adquiriu vontade própria e um aparente desejo de matar quem estivesse ao meu redor. No motel, caminhei até o quarto deles no meio da nevasca e tentei estrangular o Andrew. Agora, Amanda quase fora degolada por mim.

Ou melhor, por alguma coisa que havia em mim...

— Sente-se, Ben — Jacob pediu assim que entramos em seu quarto, como um patrão recebendo algum funcionário em sua sala.

O garoto sentou-se na cadeira diante do computador e, numa olhada rápida pelo cômodo, constatei que apenas a pequena cama encostada à parede se mostrava disponível. Desorientado e apreensivo, fui até ela. Jacob tinha me flagrado prestes a assassinar sua mãe e ainda assim parecia calmo. Quase calculista. Eu não me sentia mais confortável em ficar perto de ninguém, mas também não sabia mais o que fazer, então simplesmente sentei na cama, cabisbaixo.

Jacob girou a cadeira até ficar de frente para mim, mas seus olhos ainda se desviavam dos meus com frequência.

— Você sabe o que aconteceu? — ele perguntou, fitando as próprias mãos.

— Não — respondi, confuso, imaginando como uma criança de oito anos poderia explicar o que havia de errado comigo.

O garoto ficou em silêncio durante alguns segundos.

— O que o doutor Liam já te contou?

— Ele disse... — comecei, mas encarei o Jacob antes de continuar.

Será que Amanda e Andrew dividiam com ele todas as descobertas sobre a Organização e o meu passado? Por mais que o menino parecesse saber de algo que eu não sabia, fiquei em dúvida de até que ponto seria prudente conversar sobre esse assunto com ele.

— Escute, Benjamin, eu estou por dentro de tudo o que está havendo — sua voz infantil era estranhamente decidida e bem articulada para uma criança. — Meus pais tentam esconder, evitar que eu escute... mas isso nunca adiantou nada, eu sempre escutei. Sei sobre a Organização, sei o que estão tramando. E sei sobre você.

O menino era ainda mais parecido com a Amanda do que imaginei à primeira vista. Apesar da timidez evidente em sua personalidade, ele era curioso, esperto e, pelo jeito, muito inteligente. Exatamente como sua mãe. Olhei para a faca que havia pego do chão e trazido para o quarto, por sorte sem utilização.

— Jacob, tudo o que posso afirmar é que não era eu lá no quarto da sua mãe — falei, plenamente consciente de que me explicava para uma criança. — Eu me deitei para dormir, tive um pesadelo e acordei lá. Daquele jeito. Com esta faca. E não levei nenhuma faca comigo pro quarto.

— Eu acredito em você. — Ele relanceou o olhar para mim novamente. — E acho que sei quem foi.

Franzi a testa para o garoto, que parecia muito interessado em sua prateleira de livros. Por mais suscetível que eu estivesse a acreditar em qualquer coisa que trouxesse o mínimo de luz para a escuridão dos meus pensamentos, achei bem pouco provável que Jacob pudesse ter a resposta. Amanda dissera que Jones não explicara direito, alegando ser complicado; então, o que Jacob sabia que nem a mãe sabia?

— Liam é meu médico desde que nasci. — O tom sério e eloquente com que falava, já contrastante com sua voz infantil, era ainda mais deslocado se comparado ao pijama com desenhos de aviões que ele usava. — Ele cuidou de mim todas as vezes que fiquei doente, tanto na parte física quanto na parte mental.

— Mental? — perguntei, imaginando se Jacob havia nascido com algum tipo de disfunção.

— Sim — ele respondeu. — Principalmente mental.

Aquilo era uma novidade.

— Que tipo de problema, Jacob?

— Nenhum. Não é exatamente um problema.

— Então o que é? — eu quis saber, começando a achar que estava perdendo o meu tempo em uma discussão que na certa não levaria a lugar nenhum. — É algo que explica as minhas alucinações? Ou o meu comportamento?

— Não necessariamente... mas me ajudou a descobrir.

Olhei para o relógio digital na mesa de cabeceira em formato de robô. Passava das três da manhã. Minhas energias já tinham se esgotado havia muito tempo, mas meu cérebro não permitia que meu corpo desligasse. Apesar de sentir em cada músculo o cansaço que me acometia, eu estava mais desperto do que nunca.

— Olha, Jacob, eu realmente não faço ideia do que aconteceu enquanto eu dormia, mas, sinceramente, não sei como isso pode me ajudar a...

— Ainda não terminei — ele me interrompeu. — Mas vou tentar ser mais objetivo. Algum tempo atrás, o doutor Liam chegou à conclusão de que sou superdotado. Eu sei, parece prepotência quando falo — Jacob complementou, olhando de relance para mim, — mas é a verdade. Ele descobriu ao fazer alguns exames quando eu ainda tinha cinco anos e já falava russo quase fluentemente. Aprendi porque me ajudava a ler Dostoiévski no idioma original.

Ele concluiu como se aquilo fosse algo tão simples que o admirava que ninguém compreendesse. Arregalei os olhos. Então o menino não era apenas muito inteligente, como os pais diziam... ele era um pequeno gênio.

— Enfim, o que parece um dom à primeira vista pode se tornar um fardo com o passar dos anos. Não tenho amigos, não me adaptei a nenhuma escola, e...

Ele fez um pausa quase dramática, respirando fundo. Aquele moleque estava falando sério?

— E...?

Continue, menino.

— E acabei adquirindo certas habilidades...

— De que tipo?

— Veja, ainda não entendo muito bem... é bem recente, sabe?

Minha impaciência, tão latente ultimamente, mostrava-se presente mais uma vez.

— Tudo bem, mas o que essas suas... habilidades te ajudaram a descobrir sobre mim?

Jacob olhou na minha direção.

— É muito importante que você acredite em mim.

— Eu acredito — falei, sem saber se acreditava mesmo. Só queria alguma explicação, cacete, qualquer que fosse. E queria logo.

O garoto respirou fundo mais uma vez.

— Bom, não sei como começou, nem sei explicar por que começou, mas... — Jacob esfregou as mãos. — Eu descobri que, se eu pensar em alguém que está dormindo e me concentrar bastante, consigo...

— Consegue o quê?

Caralho, moleque! Conta de uma vez!

— Consigo visitar seus sonhos.

Ou eu realmente tinha enlouquecido de vez ou todos ao meu redor estavam realizando um excelente trabalho em me fazer pensar que tinha.

— Como assim, Jacob? — pisquei os olhos. — O que você quer dizer com isso?

O menino abriu uma gaveta em sua mesa e retirou um pequeno caderno, daqueles de capa totalmente preta e fechados por um elástico que corre de ponta a ponta.

— Eu descobri por acaso, um dia desses, quando fui dormir pensando na minha mãe. Adormeci de uma maneira diferente, como se mergulhasse em um lago escuro, e tive um sonho bem estranho. Muito real. — Ele abriu o caderno. — Era como se eu fosse o espectador de algum sonho dela. Foi algo bobo, envolvendo um evento onde ela ganhava um supercomputador, mas eu fiquei tão confuso que não consegui fazer nada além de observar. Na manhã seguinte, acordei pensando que não devia ter sido nada além de um sonho esquisito. Mas, quando desci pra tomar o café da manhã, escutei minha mãe contar o sonho pro meu pai... e era o mesmo.

O relato do garoto era, de fato, muito curioso, mas certamente se tratava de uma simples coincidência. E eu ainda não conseguia enxergar qual a relação comigo.

— Jacob, não sei se o que tive foi um sonho. — Senti-me enjoado de novo ao lembrar da cena que havia presenciado. — Foi bizarro, tudo era real demais, exatamente como aconteceu ontem de madrugada quando...

— Calma, ainda tem mais — ele prosseguiu. — De início, eu achei que pudesse ter sido um episódio isolado, mas naquela mesma noite resolvi tentar de novo. Me concentrei na minha mãe quando fui dormir, e mais uma vez mergulhei na escuridão. Dessa vez visitei sua adolescência, num pesadelo sombrio no qual ela corria desesperada por um gramado, fugindo de alguém. Como eu estava em uma posição privilegiada, vi que dois homens de terno e gravata a perseguiam. Corri até uma árvore perto do caminho que ela cruzaria e gritei o seu nome. Quando minha mãe me viu, estacou onde estava e caiu em desespero. E nós acordamos.

— Como aconteceu comigo?

— Sim... — Ele olhou para o caderno que segurava. — Minha mãe veio aqui no quarto naquela madrugada ver como eu estava, e me contou que estava aliviada por ter acordado. Disse que tinha tido um pesadelo assustador sobre o seu passado que ficou ainda pior, porque eu estava nele. Desse dia em diante, entendi do que eu era capaz.

— Então você consegue entrar na cabeça das pessoas? — perguntei, quase sem acreditar.

— Só quando estão dormindo... e às vezes não funciona. Preciso me concentrar muito. Comecei a anotar os sonhos que pude observar neste caderno, a grande maioria dos meus pais, para encontrar relações entre eles e confirmá-las depois. Aprendi a controlar melhor o que eu conseguia fazer em cada um, maneiras mais eficazes de interagir, formas de compreender os sonhos. E a única pessoa que sabe disso é o doutor Liam. Ele me emprestou muitos livros sobre parapsicologia, que me ajudaram a aceitar que o fenômeno que se dava comigo não era normal.

— Você tem anotados nesse caderno todos os sonhos que já viu?

— Sim. Eu o chamo de Caderno dos Sonhos.

Era um nome bobo, mas, apesar de não parecer, Jacob ainda era apenas uma criança...

— Quer dizer que o que tive foram sonhos, então?

— Em parte, sim. Mas tenho motivos para acreditar que não se tratam de sonhos comuns.

Encarei o garoto, que ainda não me olhava nos olhos, começando a ficar irritado com todas as voltas que ele dava para me explicar como poderia saber o que estava acontecendo comigo.

— Por que não me explica melhor? — E, então, num pico de raiva, não consegui me conter: — E por que não me olha nos olhos, pra variar?

Ele mirou meu rosto com dificuldade.

— Não consigo olhar direito pra você, Benjamin, desculpe.

— Já percebi — respondi entredentes.

— Não me leve a mal. É que... desde o primeiro dia em que te vi, não te vi sozinho. — Então, ele olhou para o meu ombro. — Isso me dá muito medo... Nunca tinha visto algo assim antes.

— Algo assim? — Meu coração perdeu uma batida. — Como?

— Eu enxergo uma sombra atrás de você, bem atrás do seu ombro esquerdo. — Ele engoliu em seco e apontou. — Como se uma pessoa mais alta estivesse sempre com você, onde quer que esteja. Não consigo ver o rosto, apenas duas fendas amarelas que parecem olhos...

Olhei involuntariamente por sobre o ombro, sentindo um arrepio me percorrer.

— É por isso que tenho motivos para acreditar que não foi um mero sonho, Benjamin. — ele concluiu. — Tem algo errado com você. Essa noite, eu ouvi um barulho no corredor e saí do quarto para ver o que era. Você caminhava estranhamente vidrado, como se os seus músculos estivessem rígidos demais, e desceu as escadas devagar. Quando o vi subir, pouco depois, você trazia essa faca. — ele apontou para a lâmina que eu segurava. — E essa... sombra não estava mais do seu lado. Pelo brilho amarelo que havia em seus olhos, ela devia estar dentro de você.

As peças do bizarro quebra-cabeça foram se encaixando umas às outras e formando a conclusão que eu temia. A raiva e o descontrole que vinham em grandes rompantes, as vozes na minha cabeça, os pesadelos, os apagões. Pelo visto, eu estava mais destruído do que imaginava. E Jacob agora parecia ter a explicação para o que Jones quis dizer com *o que eles acreditam que existe em você*.

EU SOU ABBAZEL, SERVO DE MOLOCH, E ESSA CRIANÇA É MINHA...!

Desde o dia em que matei a Carlinha, achei que algo também tinha morrido em mim, mas agora a verdade parecia outra.

— Ouvi o Liam contando para os meus pais sobre esse ritual, bastante tempo atrás — Jacob disse. — Ele falou que Kingsman fez um pacto em troca de alguma coisa e que você era parte importante em tudo. Por isso ele te queria por perto. Depois que sua mãe te escondeu no orfanato, eles achavam que tudo estava perdido. Tentaram conceber uma nova criança outras duas vezes e falharam miseravelmente. Irado, Kingsman iniciou uma caçada pelo país pra te encontrar. Eles têm recursos quase infinitos, então não deve ter sido um trabalho muito complicado.

A sombria madrugada avançava no quarto de Jacob. Já não parecia que eu conversava com uma criança. Ele era como um adulto em miniatura, com seu jeito sério de se expressar. E o pior era que o que ele falava realmente fazia sentido.

— E o que você acha que essa coisa que está dentro de mim quer?

— Essa é a minha dúvida. E, pelo visto, a do Liam também. — Jacob folheou o seu Caderno dos Sonhos aleatoriamente. — O que quer que esteja dentro de você, Benjamin, parece conseguir controlar sua mente e seu corpo. E pelo visto está inclinado a matar quem estiver por perto. Mas o motivo não é apenas esse. Liam deu a entender que o que mora em você está ganhando força...

— O ataque — lembrei. — Jones disse que o ataque ao orfanato servirá pra alimentar o que há em mim.

— Isso mesmo. A Organização parece acreditar que, quanto mais debilitado, mais suscetível você fica ao que eles chamam de transformação. — Ele me encarou. — O que eles querem que aconteça. Provavelmente Liam explicará melhor quando chegar. Ele disse, antes de resgatarem você, que tem novos detalhes sobre o objetivo de Kingsman.

— Espero mesmo que explique. Até agora tem sido conversa demais pra pouca ação. E se você não tivesse conseguido me acordar?

Um breve silêncio serviu de resposta à minha pergunta.

— É por isso que é muito importante que você descubra uma maneira de controlar sua mente se isso acontecer de novo, Benjamin. O que está dentro de você tenta te afetar para que você seja consumido pela raiva e perca o controle. Isso torna seu cérebro um alvo muito mais fácil...

— Pode parecer uma tarefa simples pra você, Jacob, mas eu sinto meu controle enfraquecer mais a cada hora que passa.

E eu não era daquele jeito.

Apesar da impaciência, que sempre fez parte da minha personalidade, nunca fui agressivo. Agora, além dos episódios onde a raiva tomava as rédeas da situação, pensamentos violentos invadiam minha cabeça com frequência. Ideias que não eram minhas, sentimentos conflitantes que me deixavam ainda mais confuso. Eu não sabia quanto mais poderia suportar antes que minha consciência sucumbisse de vez, mas sentia que não tínhamos muito tempo.

Jacob fez algumas anotações no seu pequeno caderno preto.

— Da próxima vez que acontecer, *se* acontecer — ele disse quando percebeu minha cabeça virar em sua direção —, tente se concentrar em um sentimento que seja mais forte que a raiva. Algo que tenha um poder maior sobre você.

— Como o quê?

— Minha mãe sempre me contou sobre o quão incrível você era na adolescência. E como você amava a Carla...

Como uma pequena fagulha, um pontinho de esperança pareceu me iluminar por dentro. Carlinha... Como eu não havia pensado nisso antes? Eu amei aquela menina como nunca amei ninguém na vida, e tudo o que vivemos juntos fez com que esse sentimento crescesse ainda mais.

— Pensamentos bons têm poder sobre pensamentos ruins, Benjamin — Jacob explicou com sabedoria. — Um dia pode ter 23 horas de pensamentos ruins, mas basta um único pensamento bom o suficiente na hora de número 24 para que todo o restante do dia perca a importância.

É... Talvez o garoto tivesse razão.

Só de pensar nos dias com a Carlinha antes do que aconteceu em Darrington, minha respiração ficou até mais leve. Seu sorriso enquanto brincávamos, sua voz doce... Lembrei também da tia Julia e dos bons tempos com Amanda pelas ruas estreitas de Portsmouth.

— Mas será que funciona?

— Apenas não se esqueça de tentar, caso precise. Talvez isso o ajude a dormir, também. — Ele consultou o relógio. — Já passam das quatro da manhã, tente descansar um pouco. Você precisa estar disposto pro que vem por aí. E deixe essa faca aqui comigo, você não vai precisar dela.

Daquilo eu não tinha dúvida.

— Obrigado, Jacob. — Entreguei-lhe a faca. — Desculpe se te assustei de alguma forma. Juro que não tenho a intenção de matar ninguém.

— Você não me assusta, Benjamin. — O menino apontou para além do meu ombro. — *Ele* me assusta. Não o deixe ficar mais forte...

— Não deixarei.

Jacob me desejou boa noite e eu saí do seu quarto com os pensamentos ainda na Carlinha, sentindo os joelhos reclamarem a cada passo. Eu estava esgotado. Além de não dormir direito havia quase dois dias, tinham sido horas bem intensas.

Voltei para o quarto, de onde eu não deveria ter saído durante a madrugada e, dessa vez, tranquei a porta, mesmo duvidando que o *outro cara* fosse impedido por uma simples fechadura trancada. Deitei de novo no sofá-cama e mirei o teto escuro. Pensei em como Jacob era uma criança extraordinária e em como a Carlinha teria gostado de conhecê-lo, naquela época. Talvez até tivessem sido grandes amigos, mesmo com aquele jeito de adulto precoce que o Jacob tinha.

Os pensamentos foram ganhando cor, peso e, por fim, se transformaram em sonhos. Mas dessa vez, sonhos normais, daqueles que ficam apenas na cabeça da gente.

Infelizmente durou muito pouco.

Acordei sobressaltado com um grito que veio de algum lugar ao longe. O dia já tinha clareado. Levantei-me de uma só vez da cama e olhei em volta, arfante. Foi com alívio que constatei que ainda estava no escritório de Andrew. Quando me perguntei quem teria gritado, recebi a resposta em um segundo grito.

— Ben! Andrew! — Amanda chamava do andar de baixo. — Desçam aqui agora!

Destranquei a porta e saí para o corredor, onde quase esbarrei no Andrew. Jacob surgiu à sua suleira, com cara de sono e intrigado com a agitação repentina. Segui o Andrew escada abaixo e, quando chegamos ao corredor, vimos a Amanda de frente para uma caixa de papelão. Sua expressão era de puro terror. Ela apontou para o pacote

— I-isso estava... — balbuciou — ... estava na porta de entrada.

— E o que tem nele? — Andrew perguntou, assustado.

— Não sei, ainda não abri, mas... está escorrendo alguma coisa dela, olha... parece sangue.

Caminhei até a caixa.

— Cuidado, Ben — recomendou Andrew.

O grande selo na parte de cima dizia "South Hampton Express". Logo abaixo, dois símbolos: uma taça quebrada e duas mãos envolvendo uma caixa. Nos meses em que passei trabalhando no The Shaskeen durante minha adolescência, um pequeno pub em Manchester, recebi inúmeras encomendas de fornecedores, muitas delas com símbolos exatamente iguais àqueles. Não demorei a reconhecê-los. A taça quebrada significava "frágil", e as mãos, "manusear com cuidado".

Observei uma pequena poça que se formou em um dos cantos, de um líquido vermelho e viscoso que era quase impossível de ser confundido. Com o coração ainda acelerado, identifiquei um molho de chaves em uma mesinha encostada na parede e usei uma delas para rasgar a grande fita amarela e vermelha que lacrava o misterioso pacote.

O cheiro que subiu quando ergui as duas metades da parte de cima da caixa de papelão quase me fez desistir de continuar; era o característico odor rançoso de carne crua. Um envelope manchado de sangue jazia solitário em cima da grande quantidade de isopor salpicado de vermelho que escondia o conteúdo. Andrew veio até mim com as mãos já tapando o nariz. Peguei o envelope e o virei. Em letras suaves, ele dizia: "Para Benjamin Francis Simons."

— O destinatário sou eu — falei, assustado, sentindo as pernas derreterem.

Amanda sufocou um grito. Jacob desceu as escadas correndo e abraçou a mãe, numa tentativa de acalmá-la. Minhas mãos suavam frio. Olhei para Andrew, que exibia a expressão endurecida de quem tinha chegado à mesma conclusão que eu.

— Abra logo — ele falou, a voz embargada.

Retirei a folha dobrada que havia dentro e comecei a ler:

— "Bem-vindo de volta ao lado de fora, Benjamin. Sentimos sua falta. Esperamos que você, Amanda, Andrew e Jacob gostem do nosso presente. A gente se vê em breve."

Foi como se a neve que havia acumulado no quintal tivesse sido transportada para dentro de casa em um silêncio duro e gélido, que trouxe consigo uma conclusão aterrorizante: não estávamos mais na dianteira. Toda a calmaria do dia anterior, todos os planos e o sigilo com as identidades falsas de Andrew e Amanda... tudo estava perdido.

Com as mãos trêmulas, desbravei o conteúdo do pacote.

E me arrependi na mesma hora.

Quando os meus dedos identificaram algo que remeteu imediatamente a cabelo humano, o susto foi tão grande que afastei as mãos com violência e tombei para trás. O movimento fez a caixa virar e o seu conteúdo rolou na minha direção, deixando um rastro uniforme de sangue por onde passou.

Os olhos verdes opacos e semiescondidos pelas pálpebras me encararam quando a cabeça parou de rolar e repousou com a orelha esquerda no chão, quase encostada aos meus pés.
Promete ser um bom rapaz se eu te soltar, Ben?
Pela boca que pendia entreaberta, por onde um curto filete de sangue escorria, o que restava de Liam Jones parecia confirmar, num sussurro eternizado em seu rosto:
Eles sabem de tudo.

* * *

Ainda mantendo os olhos fechados, deixei minha mente retornar ao presente.
Os gritos de Amanda ao ver a cabeça recém-decepada do dr. Jones vertendo sangue em seu assoalho ainda ecoavam em meus ouvidos. Lembro exatamente do terror que senti em meu peito e do desespero que tomou conta da casa em seguida.
Por mais que eu me esforçasse em lembrar de todos os detalhes desse passado recente, ainda não tinha identificado o exato momento que teria me trazido para esta cadeira de metal onde eu agora me encontrava acorrentado. Só o que sentia em meu coração, além de uma aflição sem tamanho por não saber o paradeiro dos outros, era a certeza de que algo havia dado muito errado nos nossos passos seguintes.
Uma gota pingava com insistência em algum lugar atrás de mim e as dores já haviam se espalhado por todo o meu corpo. A cena do ritual ainda me assombrava, uma lembrança que eu daria tudo para não ter. E faltava pouco agora... Minha memória indicava que, se eu conseguisse manter aquele ritmo, logo chegaria ao ponto-chave.
O problema era: quanto tempo ainda me restava?

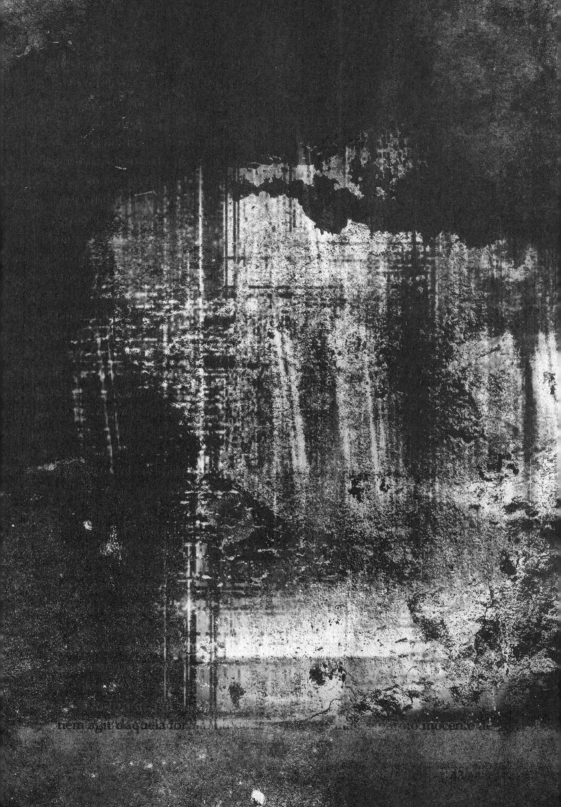

PARTE DOIS
O OUTRO CARA

O céu está vermelho, eu não entendo
Passou de meia-noite e eu ainda vejo a terra
Pessoas estão dizendo a mulher é maldita
Ela faz você queimar com um aceno
A cidade está em chamas, os prédios, sob fogo
As chamas da mulher estão cada vez maiores
Nós éramos tolos, a chamamos de mentirosa
Tudo o que ouço é: queimem!

— DEEP PURPLE

Eu olho dentro de mim, e
meu coração está preto.

— THE ROLLING STONES

9

TRECHO EXTRAÍDO DO LIVRO TRATADOS SOBRE EXORCISMO, ESCRITO PELO PADRE E EXORCISTA BRASILEIRO JUDAS CIPRIANO.

(...)

Certas curvas no espaço-tempo colidem suavemente com outras esferas de percepção. Sob as condições astronômicas favoráveis, a Geometria Arcana pode localizar e antecipar o instante em que essas outras esferas de percepção estarão mais próximas da nossa realidade.

Há sinais claros que indicam a ocasião em que as películas entre os mundos estão tão finas que se tornam transparentes para médiuns e sensitivos. Se olharmos pelo ângulo correto, uma aparente casa abandonada pode revelar um ponto de convergência onde os mortos tentam compartilhar sua solidão em sussurros.

Nenhuma pedra é levantada à toa sob os conceitos da Geometria Arcana. Tudo é fruto de um estudo complexo no qual o arcanista arquiteta a estrutura mais adequada no plano físico para o contato com os vários planos espirituais.

(...)

Sejam os propósitos bons ou maus, os mortos e outras coisas que espreitam além do véu querem sempre companhia para revelar seus segredos.

APESAR DE TER CRESCIDO EM UM ORFANATO CATÓLICO, nunca fui uma criança muito religiosa.

Os ensinamentos sobre religião no St. Charles eram ministrados juntos às outras aulas como matemática, literatura e biologia, mas eu não conseguia levá-las muito a sério. Não entendia o porquê, mas era bem difícil para mim acreditar em uma força superior benevolente como Deus. E isso porque eu ainda nem sonhava em descobrir as circunstâncias da minha concepção...

A verdade é que já nasci afastado d'Ele.

Contudo, existe um ditado iídiche, que é uma língua chata e complicada originada a partir da mistura de diversos dialetos como o germânico, o eslavo e o hebraico, que lembro até hoje, acho que justamente por demonstrar uma força não tão boazinha assim. E, de certa forma, até sarcástica:

"O homem planeja e Deus ri."

Imagino que, naquele momento, se ele realmente existisse, não estaria rindo.

Estaria gargalhando.

Liam Jones estava morto e, com ele, morriam também todas as nossas esperanças. Não havia tempo para luto nem para chorar a morte do médico que tanto nos ajudara nesses últimos anos. A cabeça que jazia no corredor serviu como um aviso: Corram.

E foi exatamente o que fizemos.

A Organização sabia onde estávamos e, em vez de marcharem direto até nós, preferiram mandar aquela correspondência de péssimo gosto, que apenas provava como nos viam: seres inferiores. Deviam acreditar que éramos alvos tão fáceis que decidiram brincar conosco, como leões particularmente cruéis fariam com suas presas antes de devorá-las.

Quando Andrew correu para a janela para verificar se havia alguém lá fora, levantei do chão de uma só vez. Todo o planejamento que poderia existir tinha ido por água abaixo, e eu sabia disso. Meu olhar continuava fixo no rosto pálido de Liam Jones.

Coisas ficaram por ser ditas. Muito ficou por ser explicado.

— Amanda, rápido, pegue algumas roupas quentes para nós e para o Ben — Andrew pediu, agitado, verificando a munição da pistola que pegou de cima do relógio de parede. — Pro Jacob também. Pouca coisa. Vamos sair agora.

A gravidade da situação era quase palpável, por isso não houve protesto de nenhuma das partes quando ficou claro que o garoto teria que ir conosco. Nem dele próprio. Nossos olhares se cruzaram, ele ainda agarrado ao seu Caderno dos Sonhos, e eu notei que poderia haver qualquer coisa em seus olhos, menos medo.

Quem sentia medo era eu.

Ora, ora, bom menino, não vá perder a cabeça, hein? RÁ!

E o medo não era nem de longe pela minha segurança. Enquanto Amanda, Andrew e Jacob corriam pela casa, continuei em pé ao lado da cabeça em que ninguém mais ousara encostar, estático e imerso em meus pensamentos. Todo aquele inferno era por minha causa. Eu não tinha escolhido aquele destino, mas parecia não haver escapatória dele.

Primeiro, os meus pais, que nem cheguei a conhecer. Peças do meu passado que nunca antes fizeram falta, mas que agora pareciam se encaixar à força no quebra-cabeça da minha vida. Depois, Julia e Carlinha, que foram como a família que nunca tive, um laço sanguíneo que de fato nunca existiu, mas que trouxe consigo um carinho tão real quanto possível. Agora, Liam Jones. O médico cujas escolhas erradas fizeram-no dedicar o breve restante de sua vida em busca da redenção de seus pecados e que agora jazia aos meus pés.

Desde o meu nascimento a Organização me rodeia com mortes.

Quantos mais entrariam para essa lista? Ao ver a família prestes a deixar tudo para trás e embarcar em uma viagem praticamente só de ida, decidi que já bastava.

Trocamos de roupa às pressas e, em questão de minutos, a pequena bagagem já estava arrumada. Nela, além de algumas poucas peças de roupa, documentos que eles julgavam importantes e os carregadores de seus celulares, apenas a incerteza. Todo o resto ficaria dentro de casa, inclusive a segurança. Andrew ainda verificava as janelas com frequência, e o fato de ninguém ter aparecido, ao invés de nos tranquilizar, só tornava tudo ainda mais bizarro.

— Eles estão nos tratando feito marionetes — Amanda falou enquanto colocávamos a mala no Volvo de Andrew, dentro da garagem pouco aquecida. — O que fizeram com o Liam... meu Deus. Por que ainda não vieram nos buscar?

— Estão esperando que a gente vá até eles — afirmei. — Já devem estar cientes de que sabemos sobre o orfanato, provavelmente extraíram tudo do Liam. Sabem que vamos tentar impedir.

Amanda concordou com um aceno de cabeça.

Esse era o problema. E aquele era o ponto final.

— Amanda, não posso permitir que vocês arrisquem suas vidas mais uma vez por minha causa. — Eu estava decidido. — Peguem suas coisas e fujam. Desapareçam de New Hampshire, saiam dos Estados Unidos se possível. Sei que o Andrew tem dinheiro. Vocês correm um risco imenso ficando perto de mim...

Amanda me encarou como se não acreditasse no que eu dizia e abriu a boca para protestar.

— Você vai falar que estou errado — insisti, interrompendo o que quer que ela fosse dizer —, mas é um plano suicida viajar até Rochester. A Organização já deve estar nos aguardando por lá e eu não quero as vidas de vocês na minha conta. Chega. O Jacob não tem nada a ver com isso, ele não pode ter o destino condenado ainda na infância, como eu tive. O garoto tem que crescer perto dos pais.

— É tocante que pense assim, Benjamin, mas isso não é apenas sobre você há muito, muito tempo — uma voz infantil falou bem atrás de mim.

Ao me virar, dei de cara com Jacob, que deu uma olhada rápida para o meu rosto, desviou o olhar para o meu ombro esquerdo e, em seguida, mirou corajosamente os meus olhos mais uma vez.

— Talvez seja uma surpresa pra você, mãe, mas eu sei de tudo o que está acontecendo.

— Na verdade, não chega a ser exatamente uma surpresa — Amanda fechou o porta-malas. — Você puxou a minha curiosidade, Jake, imaginei que fosse dar um jeito de descobrir.

— Então — Jacob continuou —, não temos muito tempo. Existem dois problemas à nossa frente: o ataque ao orfanato e o que está dentro de Benjamin...

Era impressionante como aquele garoto agia com desenvoltura perto de adultos. Seu modo de falar lhe concedia até certa autoridade para alguém com oito anos.

Eu e a Amanda olhamos para ele com interesse.

— Liam não chegou a explicar muito bem o motivo do ritual de Alastor Kingsman, mas a resposta não é tão difícil quanto parece. — Jacob respirou fundo. — Ele comentou certa vez que Kingsman é versado em Alta Magia e possui conhecimentos sobre a ciência arcana que beiram o inimaginável. Eu pesquisei sobre os dois assuntos usando alguns dos livros do papai e também consultei, por e-mail, um padre exorcista brasileiro não muito simpático, mas muito inteligente, e acontece que...

— Quem você consultou sem nos falar, filho? — Andrew chegou de repente.

— Isso não vem ao caso agora, pai. — Jacob desconversou. — Acontece que, em uma das últimas vezes que o Liam dormiu aqui, ele... me confidenciou uma coisa interessante.

Notei que Jacob apertava o seu caderno contra o corpo e imaginei que, talvez, a confissão não tivesse sido exatamente voluntária.

— O que Jones poderia ter te contado que não contou a nós? — Andrew foi até a porta da garagem para olhar o lado de fora pelas pequenas aberturas. — Acho que ele não deixaria de nos dizer se fosse algo realmente importante, concorda?

— Pai, por favor, vocês precisam me ouvir! — o menino insistiu. — Jones estava perto de descobrir algo sobre o plano de Kingsman e o que ele quer com o Benjamin, faltava apenas uma última confirmação. Isso foi um pouco antes de vocês o resgatarem do sanatório. E eu acho que sei onde essa informação está.

O fato de estarmos considerando as palavras de uma criança em meio a uma situação como aquela mostrava o quão desesperados nos encontrávamos. Jacob poderia até ser superdotado, mas ainda assim era apenas um menino envolvido com adultos que eram alvo de uma Organização sem o mínimo de escrúpulos. Amanda foi até o filho e se ajoelhou até ficar da altura dele.

— Querido, Liam nunca esconderia uma informação dessa de nós. — Ela colocou a mão em seu rosto. — Tem certeza de que...

— Claro que tenho certeza, mãe! — Jacob se desvencilhou dela. — Ele não escondeu a informação, apenas não teve tempo de revelar. Certamente ele não esperava ter a cabeça decepada. Escutem, sei que parece fantasioso, mas tudo o que está acontecendo também parece. Se querem ter alguma chance de acabar com o Kingsman e salvar o Benjamin, precisamos do computador de Liam.

— Jones está morto, Jake — Andrew murmurou. — E sem dúvida o notebook que ele carregava já foi destruído.

— Liam não tinha só aquele notebook. Ele me falou uma vez que o seu computador principal era um desktop mais velho do que eu, e sem acesso à internet. Totalmente à prova de invasão remota. Ele o chamava de *cofre*.

Incrível...

O garoto parecia ter um plano, e isso era mais do que qualquer coisa que tínhamos. Andrew e Amanda pareciam pensar que, por mais que fosse inevitável que ele tivesse que sair daquela casa com a gente, não era nem um pouco seguro envolvê-lo naquilo tudo. Mas Jacob tinha feito o dever de casa. Ele abriu seu Caderno dos Sonhos e retirou um mapa dos Estados Unidos.

— Tenho o endereço de uma residência em Salem onde Liam estava morando para facilitar seu translado entre a nossa casa e o sanatório. O computador está lá.

— Jones deu o endereço da casa dele pra você? — Andrew demonstrava seu espanto. — Por que ele faria isso?

— Ele não chegou a dar o endereço. — Jacob desviou o olhar para caderno. — Ele... mostrou, mais ou menos, o lugar enquanto conversávamos, e eu o encontrei no mapa.

Eu observava aquela reunião de família com uma sensação ruim no estômago. Discutíamos os próximos passos baseados nas descobertas de uma criança, e só o que eu queria era encontrar Lincoln e Kingsman e matá-los nem que fosse na base da porrada. O medo que eu sentia pela segurança de Amanda, Jacob e Andrew seria facilmente resolvido se me deixassem seguir adiante sozinho e fugissem para bem longe. Pouco me importava o meu destino dali para a frente, contanto que mais nenhum inocente precisasse morrer. Talvez, se eu chegasse ao orfanato a tempo, eles nem precisassem atacar ninguém por lá. E se o problema era *o outro cara* que parecia estar dividindo o corpo comigo, eu meteria uma bala na minha cabeça tão logo os dois filhos da puta estivessem mortos.

Simples assim.

— Pessoal, não quero parecer ingrato nem nada — falei, reunindo o máximo de calma que consegui —, mas vocês estão perdendo um tempo precioso. Peguem o carro e fujam logo daqui... eu me viro com eles.

— Não vamos te abandonar, Ben — Andrew garantiu, com impaciência, voltando mais uma vez de sua vistoria pela fresta da porta da garagem. — Tire essa ideia da cabeça. Não passamos anos da nossa vida planejando como faríamos pra te resgatar, apenas pra te largar à própria sorte no primeiro revés.

— Andrew tem razão. — Amanda meneou a cabeça. — E, na minha opinião, o Jake também...

A exclamação de surpresa veio quase em uníssono de nós três.

— É isso mesmo — ela confirmou. — Não faz sentido irmos todos até Rochester, ainda mais se o risco maior parece estar lá. Se vamos continuar com o plano de tentar impedi-los, então é melhor agirmos com inteligência e com o que ainda nos resta de vantagem. — Indicou o filho com a cabeça.

Jacob, apesar de ter transparecido decisão em suas colocações, ainda assim demonstrou espanto com a aprovação da mãe. Ao que tudo indicava, situações extremas realmente pediam medidas desesperadas.

Amanda respirou fundo e explicou:

— Acho que o melhor a fazer é o seguinte: você e Ben seguem até Rochester e tentam se manter escondidos até saberem com o que estão lidando por lá. Eu e Jacob seguimos até Salem e acessamos o computador do Jones. Vai ser fácil para nós.

— Nos separar? — Andrew perguntou, sobressaltado. — Não mesmo.

— Andy, é exatamente por isso que faz sentido! — Amanda insistiu. — Eles nunca imaginariam que seríamos capazes de nos separar, então não devem nos esperar em outro lugar que não seja Rochester. Quanto mais cedo formos, melhor. Não são lugares muito distantes uns dos outros, você sabe. Não vai demorar até nos reencontrarmos.

Mais uma vez a Amanda tinha uma brilhante ideia que a colocava diretamente em risco. E, dessa vez, isso também incluía o Jacob. O pior era que o plano realmente fazia sentido. Se tudo desse certo, Amanda e o filho conseguiriam os últimos registros de Liam Jones em seu velho computador, enquanto eu e Andrew íamos na frente para descobrir o que, de fato, estava acontecendo no St. Charles. Mas era a Amanda, cacete... Já bastava eu quase ter rasgado sua garganta no meu último transe. Colocá-los ainda mais em perigo era a última coisa que eu queria.

Pela expressão tensa do Andrew, ele pensava a mesma coisa, e eu o percebi travando uma batalha interna duríssima contra os seus ideais.

Infelizmente, não havia tempo para divagações. Quando se tem a cabeça de um conhecido apodrecendo em sua sala de estar, decisões difíceis tornam-se fáceis.

— O que acha, Ben? — Andrew me perguntou de súbito.

— Eu?! — indaguei, surpreso com a requisição repentina.

— Sim, você. O que acha?

— Bom... — Eu achava muitas coisas. Principalmente que eles deveriam fugir antes que eu apagasse mais uma vez e decidisse matar alguém. Mas eu era voto vencido nesse quesito, assim, preferi me ater ao problema que tínhamos em mãos. — Esse apartamento em Salem... a Organização conhece?

— Pelo que o Liam contava, não — foi a Amanda quem respondeu. — Ele costumava passar um outro endereço, em Massachussets, como sua residência.

Forcei meu cérebro capenga a desenhar algum outro plano, só que nada me ocorreu.

— Repito: por mim, nenhum de vocês se envolvia em mais nada disso. Já fizeram o bastante. Mas o plano... — continuei, notando que eles retrucariam mais uma vez. — Parece mesmo bom. É verdade que eles devem correr menos risco em Salem, Andrew.

Ele olhou para mim, desapontado. Pelo jeito, esperava que eu o ajudasse a demover a Amanda daquela ideia.

— Tudo bem... — ele concordou, contrariado. — Perfeito. Supondo que a gente decida se separar... como faremos? Só temos um carro.

Jacob pigarreou e mostrou seu celular.

— Eu chamo um Uber.

— Você chama um o quê? — perguntei, confuso.

— Um Uber — Jacob repetiu. — É como um táxi, só que mais discreto, em carros particulares. Chamamos um desses e vocês ficam com o nosso. Eu e mamãe seremos apenas uma família qualquer indo até Salem visitar algum parente. Nossas fotos ainda não estão no banco de dados da polícia nem nos canais de televisão, como a sua, Benjamin. Vocês precisam de muito mais discrição que nós.

— Certo. Então... então acho que é isso. — Andrew, meio desorientado, retirou a pistola da parte de trás da calça, verificou a munição novamente e a estendeu para Amanda. — Leve esta daqui com você, por segurança. Tenho outra no carro. Sabe usar, né?

— Sei, você me ensinou, lembra? — Ela respondeu, recebendo a arma com um sorriso tímido.

— Os celulares de vocês estão com bateria? Vocês têm dinheiro? — ele interrogava, preocupado. Passou as duas mãos pelos cabelos e respirou fundo. — Amanda, se alguma coisa acontecer com vocês...

— Nada vai acontecer com a gente— ela afirmou, confiante, abrindo de novo a mala do carro, de onde retirou a bagagem. — Estaremos juntos de novo em algumas horas. Não se trata de uma despedida. Vocês, sim, têm que tomar muito cuidado. — Amanda retirou dois grossos casacos de náilon da mala e os estendeu para o marido. — Se suspeitarem de alguém da Organização por lá, por favor, não corram em sua direção. Esperem, analisem...

— Vou tentar — respondi em voz baixa. A simples menção de encontrar com os verdadeiros monstros que me cercavam desde que nasci fez meu coração bater mais rápido.

Andrew olhou para a esposa e a envolveu num abraço apertado e silencioso. Em seguida, deu-lhe um beijo.

— Filho, cuide da sua mãe, está bem? — Ele se aproximou de Jacob, e também o abraçou. — Ligue pra gente ao menor sinal de perigo. Quero ter informações de vocês a cada dez minutos, se possível, até nos encontrarmos de novo.

— Pode deixar, pai — Jacob respondeu. — Mas isso vale para vocês também. Cuidado com eles...

Apesar de alto e relativamente musculoso, Andrew pareceu pequeno por um instante, e o pai de família *Victor Walls* assumiu o posto. Minha antipatia por ele deu uma amenizada ao perceber o quanto devia estar sendo difícil aquela breve separação.

Todos carregam uma cruz, o reverendo John costumava dizer. *E só quem a carrega conhece o seu peso.*

A minha podia ser infinitamente mais pesada, mas ele também tinha a dele.

Com uma última bagunçada no cabelo do filho e um beijo em sua bochecha, o Andrew endireitou a coluna e olhou ao redor.

— Vivemos bons momentos nessa casa, apesar de tudo — ele comentou, saudoso, e sua mulher e filho concordaram com a cabeça. — Bom, sei que conseguiremos viver outros quando tudo isso acabar. Eu amo vocês. Tomem cuidado por lá. — ele então se dirigiu a mim. — Vou ligando o carro, Ben.

— Certo — respondi.

Não era exatamente uma despedida, nós sabíamos, mas estava parecendo demais com uma. Olhei para a Amanda e, pela primeira vez desde que deixei o sanatório, a enxerguei livre de qualquer interferência da *Helen Walls*, sua outra identidade. A Amanda Johnson estava de volta ao controle, segura, confiante e disposta a assumir riscos. E pensar que *o outro cara* quase a matou...

— Você e essa mania de sempre ter a pior ideia — comentei, caminhando até ela e o Jacob.

— O que eu posso dizer? — Ela sorriu. — Sou muito boa nisso.

— Amanda, é sério, por mim vocês sumiriam daqui...

— Esqueça, Ben, já estamos envolvidos demais. Vamos até o final.

— Lembre-se do que conversamos, Benjamin — Jacob falou com a atenção em seu celular, e Amanda olhou intrigada para o filho. — Não o deixe assumir o controle.

— Vou lembrar, Jacob, obrigado. É uma longa história... — complementei, quando vi que Amanda se preparava para falar alguma coisa. — Jacob pode te explicar melhor depois.

Cheguei mais próximo de Amanda e a abracei, plenamente consciente de que Andrew nos observava.

— Tomem cuidado, tá? — sussurrei quando nossos rostos se encontraram. — Não quero ficar mais onze anos sem te ver.

— Não desta vez. — Ela me deu um beijo na bochecha. — Volto pra te salvar de novo antes disso. Liguem pra nós quando descobrirem o que está acontecendo em Rochester.

Com o rosto em brasas, dirigi-me ao Jacob, que olhou para mim com dificuldade.

— Espero que descubra como tirá-lo daqui, gênio. — E indiquei meu ombro esquerdo com a cabeça.

— Deixa comigo — o garoto disse, corajoso.

Com um último olhar para a expressão confusa de Amanda, ajeitei a jaqueta de couro e segui até o carro de Andrew. Um fragmento de pensamento desconfortável tentou forçar o caminho até a minha mente. Será que aquela tinha sido realmente uma despedida?

Acho que estamos chegando perigosamente perto, bom menino... Está animado? E esse cheiro, consegue sentir? É o cheiro da morte...

A porta da garagem se abriu com um clique de botão do Andrew e a claridade branca daquela manhã fria em Derry ofuscou nossos olhos. A fictícia família Walls e sua residência ficavam para trás, junto com uma parte dos restos mortais da última pessoa que ousou nos ajudar. A nossa frente, apenas as sombras do desconhecido. Nada além da escuridão e o seu ritmo descoordenado, como um instrumento de corda desafinado que nos fazia dançar ao seu próprio modo e nos atraía para os seus tentáculos negros.

Eu só queria colocar as minhas mãos neles...

Pouco me importava agora todo o horror da minha história, ele estava justamente onde deveria estar: no passado. E, mesmo tendo que revisitar parte dele no orfanato St. Charles, tudo o que eu conseguia pensar era no que eu faria dali em diante. Fosse com uma arma de fogo, com um machado ou com minhas próprias mãos, jurei para mim mesmo quando fizemos a curva, nos afastando de Amanda, Jacob e da rua Magnólia, que eu teria a minha vingança.

A nossa vingança...

Lincoln, Kingsman e quem mais ficasse no caminho conheceriam um ódio que nada teria a ver com o que estava dentro de mim. Nada teria a ver com a sombra escura que Jacob via ao meu lado.

Não, essas mortes seriam por minha conta...

Um sussurro arrastado chegou à minha consciência como se tivesse vindo da minha própria garganta.

Você está lutando uma batalha perdida, criança.

Veremos, respondi ao *outro cara* sem nem abrir a boca.

Veremos.

10

EXTRAÍDO DO CADERNO DOS SONHOS DE JACOB WALLS.

14 de fevereiro de 2015 — Liam Jones.

OK, este foi bem assustador.

Liam veio aqui em casa ontem à noite para acertar com os meus pais os últimos detalhes do plano para resgatar o Benjamin e acabou ficando tarde para ele dirigir até em casa, então a minha mãe o convenceu a dormir aqui.

Ele conhece bem as minhas habilidades, por isso resisti até onde pude à tentação de entrar em seus sonhos. Tinha tanto medo de que o Liam se zangasse comigo que acho que me concentrei demais nele, e acabei entrando sem querer quando adormeci.

De início, não notei que se tratava de um sonho de outra pessoa. Quando me dei conta de estar completamente lúcido foi que soube que estava na mente de outro alguém.

Liam Jones surgiu em cena pilotando um jipe sem rodas, que planava sobre o asfalto como um carro futurista, e logo vi que estávamos em um pequeno bairro residencial rodeado por árvores. O tempo era fresco. O jipe surreal de Liam tocava jazz.

Resolvi que era melhor me esconder e evitar que ele me visse por ali. Liam desceu do veículo. Ele usava as vestes do sanatório Louise Martha e o estetoscópio era tão comprido que arrastava no chão quando ele andava.

Liam falava sozinho e eu não conseguia escutar. Com cautela, aproximei-me sem que ele notasse, esgueirando-me por um arbusto até chegar ao seu carro/nave.

"Exatamente, Benjamin. Você não é só você. O Alastor Kingsman fez questão disso", ele dizia. Quando cheguei mais perto, constatei que ele falava ao celular: "Veja, Kingsman tem um acordo excelente para alguém como ele, e você faz parte disso. E ele só ganhará o prêmio se você fizer a sua parte. Sim, ele quer muito ganhar o prêmio."

Liam caminhou até uma casa estranha, que era uma mistura da nossa com uma outra que não conheço. Eu o segui por um canteiro de pedras.

"Sim, está tudo aqui comigo. Eu guardo tudo no cofre, sabe? (Ele se refere ao computador antigo que usa como servidor.) É, é o melhor lugar. Vou te mandar uma foto. Sua e dele. Aqui em Salem já está escuro. Sim, sim, fecharam o parque e já retiraram os patos."

O cenário em que nos encontrávamos se dissolveu para uma sala de entrevistas. Liam Jones está de frente para um grande vidro, onde duas pessoas iguais se acham em pé do outro lado. Duas versões de Benjamin Simons encaram o doutor. Benjamin Um e Benjamin Dois. Ao lado de Liam, um homem negro e careca, vestindo um imponente terno cinza-escuro.

Alastor Kingsman.

O susto quase me fez acordar. Mas eu consegui resistir e, com o coração acelerado, deslizei para trás de uma estante de metal.

"Veja, doutor Jones, aí estão os dois", Kingsman falou, apontando para o vidro. "Lembra do que te contei sobre a importância do prêmio? Ele tem que ficar fraco."

"Fraco da cabeça, você diz? Eu lembro. Está tudo no cofre."

"Ótimo, ótimo. Veja, doutor Jones. Olhe como ele é magnífico."

Do outro lado do vidro, Benjamin Dois começou a tremer. Sua pele foi escurecendo e seus olhos se transformaram em duas esferas negras. Parecia escorrer sangue deles. No segundo seguinte, era apenas uma grande sombra com olhos amarelos.

"Olhe, doutor. Ele está despertando."

Alguma coisa estava errada naquela sala e eu lembro de decidir que já era hora de acordar. Só que o terror foi tão grande que até minha mente congelou. Benjamin Dois, então, dobrou de tamanho e, do nada, atacou Benjamin Um. Foi horrível. Ele foi suspenso no ar e os seus quatro membros apontaram para todas as direções, como se estivessem sendo esticados à força, para bem além do limite. Com um som nauseante de ossos quebrando, seus braços e pernas foram arrancados do corpo, um a um. O sangue jorrava... Seu tronco foi retorcido e desintegrado. Horrível. Horrível demais... E eu só queria acordar.

Tão logo terminou de dilacerar Benjamin Um, a sombra se transformou no Benjamin Dois mais uma vez, com um sorriso de vitória no rosto e um brilho amarelado no olhar.

"Ele está pronto, doutor Jones. Já posso buscar meu prêmio."

O cenário se dissolveu mais uma vez, e agora o Liam Jones corria por entre os carros em um engarrafamento, no centro de uma grande cidade em chamas. Ao redor, caos e gritaria. Lembro que nessa hora também comecei a gritar, achando que não acordaria nunca mais.

"Preciso pegar o cofre.", Liam Jones repetia, com urgência. "Preciso chegar ao cofre. Ele não pode acordar. Preciso chegar ao cofre..."

Minha visão ficou embaçada, e o som, cada vez mais distante. O conhecido frio na barriga chegou. Liam continuava correndo, mas tudo ficou em câmera lenta. E, então, veio a sensação de queda e eu finalmente acordei. Minha mãe estava aqui no quarto, assustada, tentando me acalmar. Segundo ela, eu gritava feito louco.

Liam apareceu abalado para o café da manhã. Meu pai perguntou se estava tudo bem e ele apenas informou que não tinha sido uma boa noite de sono... Pesadelos, ele disse.

PONTOS IMPORTANTES:
1. A casa de Liam em Salem, onde o cofre parece estar, deve ficar perto de algum parque. Talvez o Forest River Park?
2. Muitas falas foram desconexas, típicas de sonhos, mas algumas podem ser realmente importantes, como o que ele disse sobre o acordo de Kingsman e a participação de Benjamin.
3. O que vem a ser esse tal prêmio?
4. Afinal, o que há de errado com o Benjamin? Será que ele é perigoso? Liam já tinha falado para os meus pais sobre as condições em que ele foi concebido e sobre a certeza de que algo mora dentro dele.

Não sei se é uma boa ideia trazê-lo para cá.

A NEVE JÁ PARARA DE CAIR HAVIA ALGUM TEMPO, MAS nem por isso sua presença se tornara sutil.

Por todas as ruas onde o carro de Andrew trafegava, grandes montes de neve fofa podiam ser vistos acumulados nos cantos, enquanto a prefeitura trabalhava arduamente para retirá-los do caminho. Apesar de o tempo parecer firme, o clima ainda era congelante. Agradeci, mentalmente, ao aquecedor do carro.

Andrew preferiu pegar o caminho que chamou de *por dentro*. Ao todo, seriam pouco mais de 65 quilômetros de distância, grande parte percorrida por vias pacatas como a NH-102E, ou Chester Road, como também era conhecida, uma estrada cercada por nada além de verde e algumas poucas residências e fazendas.

— São quase onze da manhã. Segundo o GPS, chegaremos lá em menos de uma hora — Andrew comentou, tenso, verificando o mapa em uma tela no centro do painel.

Dessa vez eu viajava na frente, no banco do carona. O cuidado em me manter escondido nos bancos de trás, embaixo de um emaranhado de cobertores, parecia nunca ter existido. Nossa prioridade era chegar a Rochester o mais rápido possível. Os vidros escuros teriam que bastar.

— Ainda não acredito que fizeram aquilo com o Liam. — falou Andrew, apertando o volante com ambas as mãos. — Ele realmente acreditava estar seguro. Nós acreditávamos, né? Esses caras parecem estar sempre um passo à frente...

A voz de Romeo Johnson tomou conta de minha consciência.

Ah, Ben, Ben, Ben... vocês se acham muito espertos, não é mesmo? Acham que estão na dianteira...

— Eles estão nos manipulando, Andrew — falei com os olhos fechados, tentando afastar a risada pestilenta do meu ex-tio. — Estão nos atraindo diretamente até eles.

— E não nos deixam nenhuma outra escolha. Não dá pra simplesmente ignorar tudo o que descobrimos, dá?

Nisso ele tinha razão.

A questão era que eu não tinha nada a perder nessa viagem. Tudo o que eu poderia chamar de vida me fora arrancado naquela madrugada chuvosa de 2004 na Colina de Darrington. O que restou depois era completamente descartável. O Andrew, por outro lado, tinha uma família, e uma família incrível, diga-se de passagem. Um filho superdotado e a mulher mais maravilhosa que já conheci. Ambos, agora, a caminho de Salem em alguma espécie de táxi, também correndo imenso perigo.

Doía imaginar que a cabeça que rolou para fora da caixa poderia ter sido a de Amanda.

— O que exatamente Jones falou para vocês sobre o tal ataque? — perguntei, observando a entrada de uma fazenda, onde um senhor, precariamente agasalhado, retirava a neve de cima de sua caminhonete.

— Não sabemos muito além do que ele te contou ontem. Parece que Kingsman ordenou uma espécie de chacina no St. Charles, na esperança de que isso acabasse de vez com as resistências da sua mente. O problema é que não sabemos como, de fato, eles pretendem agir...

— Nem quando — complementei.

— Pois é — Andrew concordou. — Mas agora que o Liam está morto e eles descobriram a nossa existência, acredito que não vá demorar.

— E uma pistola apenas será o suficiente? — perguntei, abrindo o porta-luvas e observando a arma preta que havia dentro dele. A inscrição em sua lateral dizia *Glock 17 Gen4 AUSTRIA*.

— É só o que temos — ele respondeu olhando para mim. — Terá que bastar.

Terá que bastar.

Dois de nós, uma pistola. Uma equação que até um completo oposto de Jacob resolveria sem dificuldade: alguém ficaria desarmado. A julgar pela forma desconfiada como o Andrew se dirigia a mim desde que eu quase o enforquei no quarto de motel, algo me dizia que esse alguém seria eu.

Que pena! Imagina o bom menino com uma arma... Seria uma festa e tanto, não seria?

A viagem seguia silenciosa.

Eu e Andrew não éramos exatamente bons amigos, e a ansiedade por informações de Jacob e Amanda tornavam o clima ainda mais tenso no interior aquecido do Volvo. No entanto, quando pegamos o acesso para a NH-101E, entre uma checada e outra em seu celular, Andrew resolveu puxar assunto:

— Você e a Amanda eram bem próximos na adolescência, né? — ele perguntou, a atenção fixa na estrada.

Olhei para o Andrew, estranhando a pergunta. Será que ele tinha se incomodado com o modo como nos encontrou na cozinha de sua casa?

— Sim, nós... praticamente crescemos juntos.

— E esse sentimento entre vocês continua bem forte, não é mesmo?

Franzi a testa. Era, sem dúvida, o tipo de questionamento que eu estava imaginando.

— Olha, Andrew, não sei o que você está insinuando, mas...

— Relaxe, Ben. — Ele sorriu. — Foi apenas uma pergunta inocente.

— Espero que você não tenha ficado com alguma imagem errada da gente — desconversei, voltando a mirar à frente. Já tínhamos problemas suficientes em nossas mãos para precisarmos discutir meus sentimentos platônicos pela Amanda. — Somos apenas primos, independente do sangue que corre em nossas veias.

— É, eu sei disso — ele falou. — Ela gosta muito de você, Ben. Muito mesmo.

Permaneci em um silêncio constrangido. Definitivamente não havia tempo para aquele tipo de discussão.

— E eu também a amo, do mesmo jeito que amei a Carlinha e a tia Julia. — falei, como quem quer encerrar a conversa. — Um amor diferente do que existe entre vocês.

Achei que seria bom forçar uma barra para esse lado, para ver se ele mudava de assunto.

— É, bom... — Andrew desviou o olhar para o espelho retrovisor. — Eu já não tenho tanta convicção assim.

— O que quer dizer com isso?

Andrew respirou fundo.

— Sabe, Ben... as coisas nunca foram muito fáceis pra gente. Conheci a Amanda na universidade e nos aproximamos muito quando ela começou a investigar as desventuras do falecido pai. Como eu sempre tive bastante curiosidade sobre simbologia, demonologia e ocultismo, conhecia bastante sobre os assuntos e ofereci ajuda, para que ela entendesse melhor o que estava acontecendo.

— Sim, ela me contou sobre isso...

— Pois é. Acontece que nunca tivemos controle sobre nossa relação. Ela sempre oscilou entre amizade e romance. Imagine você, como se concentrar em uma relação amorosa com tudo aquilo acontecendo ao nosso redor? A Amanda enterrada viva, toda a sua família assassinada, você internado no sanatório... — Ele suspirou. — Tínhamos tanto com o que nos preocupar, tanto do que nos esconder, que conversar sobre o que realmente havia entre nós parecia algo bobo.

Ajeitei-me no assento, desconfortável. Sério que o Andrew estava desabafando comigo sobre sua relação com Amanda?

— Éramos apenas jovens que precisaram crescer rápido demais. Tínhamos os nossos desejos, mas também havia um enorme perigo nos rodeando. Assim, nosso relacionamento acabou ficando em segundo plano. Apenas dançávamos conforme a música, sem nenhuma preocupação com o que aconteceria entre nós. E aí veio o Jacob. — Andrew fez uma pausa, olhando para além do para-brisa. — Amanda quase entrou em desespero com a possibilidade de ter um filho em meio ao furacão que vivíamos, mas eu fiz de tudo para acalmá-la. Prometi que faríamos com que desse certo, falei que o nosso filho viria pra nos unir ainda mais e, de coração, achei que talvez pudesse acertar as coisas entre a gente.

Eu ouvia calado o desabafo do Andrew, mas acabei lembrando de toda a hesitação da Amanda quando perguntei se ela o amava e me senti um pouco envergonhado. Trafegando pela estrada NH-101E, com o carro espalhando neve para todos os lados, cheguei à conclusão de que talvez nem ela mesma soubesse, de fato, o que sentia pelo marido.

— Mas de nada adiantou — Andrew prosseguiu. — As coisas não melhoraram entre a gente. Viramos Victor e Helen Walls, casados e com um filho, e tentamos muito, muito mesmo, levar uma vida normal... Até tivemos bons dias em família, só que o que havia entre eu e a Amanda, apesar do imenso carinho e gratidão que nutrimos um pelo outro, simplesmente... azedou. Hoje, somos mais irmãos do que marido e mulher.

Olhei perplexo para o Andrew, e ele me encarou de volta. Senti, então, a nossa inimizade diminuir mais um pouco. Andrew Myers estava quase se tornando alguém com quem eu seria capaz de conviver. Tentei pensar em alguma coisa para falar, algo que fosse digno de uma confissão daquelas mas que não deixasse transparecer as fagulhas de euforia que emergiam, sem aviso, em minha mente.

— Eu... eu sinto muito, Andrew.

— Obrigado, Ben — ele respondeu. — Mas, felizmente ou infelizmente, acho que tudo acontece como tem de acontecer. Não sei se o que existiu entre nós poderia ter dado certo se as condições fossem outras... se tivéssemos conversado mais. Eu a amo muito, sabe? Ela e meu filho são tudo pra mim. Mas o amor que eu sinto pela Amanda é diferente.

— Entendo.

Na verdade eu não entendia muito bem, mas enfim... Andrew, talvez notando a minha expressão confusa, tornou a falar:

— Você deve estar se perguntando por que resolvi contar tudo isso.

— É só o que está passando pela minha cabeça...

— Bom, estamos dentro de um carro, a apenas algumas dezenas de quilômetros do orfanato em que você cresceu, e que agora é o alvo de alguma possível crueldade, prestes a enfrentar a Organização diretamente. — Andrew falou. — Tudo tem acontecido rápido demais e, se pararmos pra pensar no risco que estamos correndo... Quero dizer, caralho, eles mandaram a cabeça de Liam Jones para nós.

Os olhos verdes e sem vida me encararam assim que fechei os meus. E eu não tive nem tempo de agradecer a ele...

— Então, imagino que devemos estar preparados para tudo. Não sei o que encontraremos lá, Ben, mas te contei tudo aquilo sobre a minha vida para te fazer um pedido.

— Um pedido? — perguntei, curioso. — Que tipo de pedido?

Andrew olhou para mim, e sua expressão era séria.

— Quero que me prometa, caso alguma coisa aconteça comigo, que você irá cuidar da Amanda e do Jacob.

Balancei a cabeça, aturdido, ainda encarando seu rosto quadrado.

— Andrew, que pedido mais...

— Apenas me prometa isso, Benjamin — ele insistiu. — Independente de haver algo errado com você, ou dentro de você... Não importa. No fundo, sei que você é a vítima nisso tudo e que também a ama. Consigo sentir, mais forte que a desconfiança que senti de início.

Aquele nem parecia o mesmo Andrew... Toda aquela insegurança não condizia com a imagem que eu tinha dele. Apesar de conhecê-lo havia pouquíssimo tempo, sempre o enxerguei como alguém centrado, confiante. O homem que me fazia o pedido, por sua vez, parecia um cara extremamente pessimista e certo de que algo daria errado.

— Eu prometo, Andrew. — confirmei. — É claro que prometo... mas nada vai acontecer. Vamos descobrir o que falta e acabar com esses desgraçados.

— É assim que se fala. — ele sorriu, e voltou a olhar para a estrada que a neve havia pintado de branco.

Era oficial. Pela primeira vez eu achava o Andrew um sujeito bacana.

Talvez fosse o fato de sua relação com a Amanda não ser bem como eu imaginava ou quem sabe fosse a situação que agora vivíamos juntos. A questão era que o conflito pelos pensamentos que tive e toda a raiva que senti gratuitamente pela sua presença pesaram bastante em minha consciência, dividindo o espaço já atulhado e caótico com as imagens bizarras que me atormentavam todas as vezes que eu fechava os olhos, e todos os outros demônios do meu passado.

Em outra ocasião, talvez até pudéssemos ser amigos. Infelizmente, na realidade em que vivíamos, cabeças eram entregues como encomendas, pais eram torturados para gerar um filho e vidas atrás de vidas eram desperdiçadas como se fossem simples moedas de troca para que os objetivos sórdidos de um único homem fossem alcançados. Portanto, nossas preocupações não eram exatamente sobre a nossa relação.

Eu não sabia nem se terminaria o dia vivo.

* * *

As paisagens que passavam velozes por nós me mantinham quase hipnotizado. Eu cruzara tantas vezes aquelas estradas... Inicialmente para visitar a família Johnson e, pouco depois, quando comecei a querer ganhar o mundo. Todo o local me parecia familiar, ainda assim, tudo era muito diferente.

O celular de Andrew tocou quando nos aproximávamos de um grande viaduto que passava bem acima da Gonlic Road, a NH-125N, e que não era da minha época.

— Alô? Amanda? — Andrew atendeu, agitado.

Ajeitei o corpo para mais perto dele, na tentativa de ouvir o que ela dizia do outro lado da linha. Sem sucesso.

— Onde vocês estão? Está tudo bem? Graças a Deus... Ótimo, também já estamos quase chegando. Pode deixar, tomaremos cuidado. Prestem muita atenção por aí também, tentem não se expor muito e continuem nos mantendo informados. Vai dar tudo certo. Um beijo, mande outro pro Jake. Eu mando. Eu te amo, Amanda.

Andrew desligou a ligação, mas continuou encarando o aparelho celular por mais alguns segundos. Respirando fundo, tornou a guardá-lo no bolso de sua calça jeans.

— Amanda disse que já está bem perto do endereço que Jacob descobriu em Salem e que ainda não viu o menor sinal de perigo por lá. Te mandou um beijo.

— Obrigado. Bom saber disso.

Andrew assentiu.

— Olhe, já entramos em Rochester... falta pouco agora.

Ele nem precisava ter me avisado.

A hamburgueria *Wild Billy's*, que fica na beira da avenida Columbus, continuava exatamente a mesma. Quase pude sentir o gosto adocicado do *Molho Especial do Velho Billy*. Fazia tanto tempo... Por mais que as memórias ainda estivessem bem nítidas em minha mente, elas pareciam distantes, como se não fossem realmente minhas. E quanto mais o tempo passava, mais eu me sentia afastado do Benjamin que, muitos anos atrás, sentou-se às mesas de madeira daquele mesmo restaurante para comer hambúrgueres.

Contudo, a maior parte do meu passado, pelo menos aquela que eu ainda queria lembrar, se encontrava naquela pequena cidade, e Kingsman estava certo com relação aos laços afetivos. Mesmo eu me sentindo completamente mudado e, de certa forma, doente, meu coração se aqueceu quando chegamos a Rochester.

Lá não era Darrington. Aquele era o meu território.

E eu estava chegando.

— Como sabe, o complexo da *Catholic Charities* fica logo à frente — disse Andrew. — Tínhamos combinado com o Liam antes de... antes de ele morrer e achamos que seria melhor estacionar o carro na rua Bryant e ir andando até lá. Os casacos que eu trouxe têm um bom capuz e as ruas estão vazias por conta do frio.

— Concordo, é uma boa ideia — falei, meio desconcentrado. Meu coração batia forte.

Andrew fez a curva na rua Hancock para a rua Blake, e logo chegou à rua Bryant. Não havia ninguém à nossa espera, e isso por si só já era um excelente sinal.

— Vista o casaco, Ben. — Ele disse, vestindo o seu, e abriu o porta-luvas para pegar a arma.

Enquanto eu colocava o grosso agasalho por cima da jaqueta e cobria a cabeça com o capuz, Andrew verificava a munição da sua Glock 9mm.

— Já usou uma dessas antes? — ele perguntou, olhando para mim.

— Não, apenas revólveres — respondi, tentando não pensar na última vez em que tive uma arma em minhas mãos.

— Existe uma primeira vez para tudo. Toma. — Ele me estendeu a arma e indicou a trava de segurança. — Está travada, e a trava é aqui, está vendo? Não é uma diferença muito grande.

Estarrecido, olhei da pistola que ele me oferecia para o seu rosto. Ao que tudo indicava, mais uma vez eu estava enganado sobre o Andrew.

— Você fica na retaguarda, dando cobertura, enquanto eu vou mais à frente dar uma olhada. Ainda sou menos conhecido que você.

Recebi a arma e foi como segurar uma pedra de gelo, de tão frio que o metal estava. Guardei-a no bolso do casaco.

— Se vir qualquer um deles, atire — Andrew recomendou. — Não há tempo pra perguntas.

— Certo.

— Acho que é isso, então — ele ponderou. — Vamos?

Apertei o cabo da pistola com força, sentindo a garganta palpitar de ansiedade.

— Vamos.

Descemos do carro e o frio nos castigou de imediato, com a temperatura, que já devia estar beirando os cinco graus negativos, zombando dos nossos agasalhos. Dentro de mim, porém, um fogo ardia.

Olha só... não é que o bom menino está se saindo um excelente herói?

Caminhamos com dificuldade pela calçada da rua Blake, enterrando os pés nas pequenas montanhas de neve, e logo o St. Charles ficou visível dentro do complexo da *Catholic Charities*.

— Vem, vamos para debaixo daquelas marquises — Andrew sussurrou, olhando para os dois lados da rua vazia. — Mantenha a cabeça baixa.

Cruzamos a rua para o outro lado, um passo depois do outro. Um homem saiu de uma das casas à nossa frente quando chegamos na calçada, e eu baixei a cabeça na mesma hora, minha respiração congelada com o susto e minha mão esmagando o punho da pistola, preparada para sacá-la.

Mas ele apenas trancou a porta sem olhar para nós duas vezes e seguiu o seu trajeto pela direção contrária. Soltei o ar, afrouxei os dedos e Andrew respirou fundo, recuperando-se da surpresa que serviu para testar nossas funções cardíacas, e logo prosseguimos. Assim que tive uma visão melhor do nosso destino, o impacto foi inevitável.

Como ele estava diferente...

O espaço aberto era amplo, delimitado por cercas verdes. Os vários edifícios tinham sido completamente reformados; ainda mantinham o mesmo padrão na pintura branca das paredes, verde nas janelas e portas e cinza-escuro nos telhados, só que tudo parecia muito mais novo. Grande parte da área que antigamente era composta por gramado havia sido pavimentada e uma quadra esportiva fora construída bem no centro, junto com um simpático parquinho para as crianças mais novas, com direito a uma fileira de balanços e um escorregador. A neve complementava a paisagem e trazia um ar de serenidade e paz para o orfanato. Meu coração entrou em descompasso. Eles não faziam ideia do perigo que corriam... Será que o reverendo John ainda estava vivo? Será que me reconheceria?

Será que acreditaria em mim se eu dissesse que era inocente?

Infelizmente, eu não teria como saber... estávamos ali como fantasmas. Nossa missão era simplesmente descobrir como impedir que alguma coisa ruim acontecesse a eles e desaparecer logo em seguida. Eu tinha uma arma carregada no bolso do grosso casaco de náilon marrom, vozes em minha consciência, demônios em meu passado e um desejo absurdo de vingança.

Depois eu me preocuparia com o que havia de errado dentro de mim.

Naquele momento, tudo o que eu queria era colocar muita coisa para fora...

TEXTO EXTRAÍDO DO LIVRO BLACK ROSE —
A HIGH MAGIC STUDY FOR PRIESTS (ROSA NEGRA —
UM ESTUDO DE ALTA MAGIA PARA SACERDOTES), ESCRITO
POR SIGMUND T. BLAKE E EXTRAÍDO POR JACOB E AMANDA
DO COMPUTADOR PESSOAL DE LIAM JONES, CONHECIDO COMO
COFRE, EM FEVEREIRO DE 2015.

(...)

O pentagrama, com suas cinco pontas, está associado à Esfera de Geburah (Marte) da Árvore da Vida Cabalística, que é a esfera do poder, da força da individualização e da guerra, ou seja, simboliza a autoridade do magista. Ele também representa a união dos quatro elementos como símbolo eterno da manifestação ou quintessência (é o homem com os braços e as pernas abertos). O número cinco é um número importante, pois representa o espírito que domina os quatro elementos (o domínio do homem espiritual sobre o homem animal). Sem a autoridade, que depende de sua atitude mental e de sua evolução espiritual, é provável que não haja obediência por parte das entidades. Sendo o pentagrama um símbolo da vontade por excelência, ele serve como um "espantalho", e é um alerta às entidades a respeito da vontade e da autoridade que se encontra diante delas.

"Certas entidades ou larvas do baixo astral, que não obedecem ao símbolo da cruz, cedem imediatamente e fogem espavoridas à presença deste maravilhoso símbolo." (Vasariah)

Ao contrário do pentagrama tradicional, o pentagrama invertido é visto por muitos ocultistas como representação do lado negro, um símbolo do mal para os cristãos fundamentalistas. Por ter as duas pontas viradas para cima, é geralmente considerado o símbolo do satanismo, em que parece ser o homem dominado pela matéria com os quatro elementos menores acima da quintessência ou espírito. Mas essas são associações recentes, e o pentagrama invertido é o símbolo da iniciação Gardneriana do segundo grau, representando a necessidade do bruxo de aprender a enfrentar a face da escuridão para que mais tarde ele possa ascender e tomar o controle.

Em se tratando de Alta Magia, "positivo e negativo" não têm nenhum conceito moral, trata-se apenas de uma questão de polaridade. As correntes astrais obedecem a fluxos magnéticos que atuam em ambas as polaridades positiva e negativa (Yin e Yang), assim, uma completa a outra. Todos nós sabemos que a eletricidade obedece ao mesmo princípio magnético (vide lei das polaridades no *Caibalion*), ou seja, para que haja produção de energia, são necessárias ambas as polaridades.

(...)

O pentagrama invertido tem o seu simbolismo mágico nos chifres (as duas pontas para cima), que, para os antigos pagãos, eram sinal da sabedoria. Antigamente era visto como o Deus Pan, símbolo de força espiritual, que a Igreja associou ao Diabo em seu longo processo de demonização da Magia e difamação do paganismo. Entretanto, o pentagrama invertido está simplesmente direcionando a energia para baixo, ou para dentro da Terra (o submundo ctônico). Na Alta Magia da Rosa Negra, o uso do pentagrama invertido está indiretamente relacionado com a corrente dionisíaca, uma corrente de força paraelétrica (inframagnética) própria da superfície terrestre.

Esse tipo de energia elétrica, ou fluido magnético da Terra, é também descrito pelo escritor Edward Bulwer-Lytton (1871) como Vrill, uma força de natureza eminentemente telúrica que é praticamente o mesmo que o magnetismo animal de Mesmer ou a força ódica do barão Reichenbach. Essa corrente oculta dá lugar a um circuito, como um circuito magnético subterrâneo. Há analogia entre os dois. Constituem o sistema nervoso do globo terrestre. Os antigos davam o nome de "rios infernais" a essas correntes subterrâneas, que jorram do subsolo e se dissipam em invisíveis gêiseres em lugares precisos (menhires). Dizem que, por osmose, as serpentes absorvem o telurismo e, dele, o seu poder de hipnotização. Os bruxos antigos as imitaram, pelo fato de que os "chakras" inferiores do tronco e aqueles das pernas podem eventualmente aspirar a força infernal, incorporá-la e transformá-la, abrindo assim portais para o submundo.

Essa corrente contêm o segredo sobre o mecanismo interior por meio do qual surge a iluminação pelo contato com as Forças Elementais. Requer a aceitação de uma série de crenças que sejam capazes de anular as inibições culturais de se trabalhar efetivamente com a magia. As novas estruturas mentais adotadas pelo magista devem ser aceitas com suficiente entusiasmo para que ele possa liberá-las com total poder emocional durante o ritual. Para que o ato de magia tenha sucesso, a força subconsciente do operador deve ser aplicada na direção da vontade do mago. Essa força deve ser capaz de ignorar qualquer inibição ou resistência interna na aplicação da força astral completa do operador no trabalho em andamento.

O iniciado tem que entender que, se no mundo físico as cargas opostas se atraem (homem e mulher, próton e elétron etc.), no astral as leis são diferentes, o semelhante atrai o semelhante. Isso significa, por exemplo, que se o iniciado crer em um ritual que se utilize de um pentagrama invertido para abrir os "portais do inferno" e associar isso ao inferno cristão e seus demônios — não às forças psíquicas do seu subconsciente —, ele poderá de fato atrair para junto de si uma legião de entidades tenebrosas, com propósitos variados, e caberá a ele encontrar a melhor forma de lidar com elas. (...)

DESDE A ÚLTIMA VISITA POUCO AGRADÁVEL DO DR.

Lincoln, voltei a me concentrar nas memórias recentes para tentar achar o ponto onde a minha liberdade se transformara novamente em prisão, e eu estava sendo até relativamente bem-sucedido nisso.

Os detalhes vinham sem dificuldade, como se sozinho eu estivesse assistindo a um filme na escuridão da minha consciência. Todos os acontecimentos, desde aquele em que Amanda e Andrew me tiraram do sanatório até aquele em que eu e o Andrew nos escondemos debaixo de uma marquise tomada pela neve a apenas alguns metros do orfanato onde fui criado, tinham sido bem esclarecedores.

E também extremamente perturbadores.

Eu lembrava parcialmente do que vinha logo em seguida. Ainda assim, tudo não passava de um borrão... fragmentos de lembranças que me causavam repulsa e dúvida, diferentes da clareza com que eu vinha recordando até então.

Por isso, gemendo de dor acorrentado à cadeira de metal, sentindo as correntes que prendiam meus braços, tronco e calcanhares machucarem minha pele, e a circulação sanguínea deixar as minhas extremidades pouco a pouco, tentei mandar meus pensamentos de volta ao orfanato. Minha barriga roncou com sonoridade. A última vez que comi parecia ter sido há séculos e, mesmo sem ter dado a cagada que desejei quando cheguei a casa de Amanda, era como se a comida tivesse simplesmente evaporado do meu estômago. Mas não havia tempo para pensar naquilo.

A atenção aos detalhes agora precisaria ser maior do que nunca.

Nós nos encolhemos debaixo da marquise de uma loja de artigos para animais de estimação, onde uma placa vermelha com os dizeres "Fechado por Conta da Neve" estampava o vidro da porta de entrada. O frio, que já era intenso, pareceu dobrar por causa da tensão que experimentávamos. Não havia nenhum sinal de movimento no pátio do St. Charles.

— Meio-dia em ponto — Andrew falou em voz baixa, olhando para a tela de seu celular. Sua respiração condensava em uma espessa fumaça branca. — Será que eles estão lá dentro?

Não respondi. Em silêncio, continuei observando o pátio vazio, onde uma criança despreocupada que existiu em algum lugar dentro de mim brincara muitos anos atrás.

Cada vez mais perto, bom menino... cada vez mais perto.

Foi naquele orfanato que a minha vida começou.

Dentro daquelas paredes, eu aprendi a falar, andar e a viver. Não tive pais para me ensinar absolutamente nada, e mesmo assim não tenho do que reclamar. As irmãs e o reverendo John sempre foram como uma família para mim, e isso me bastava. Fui sensato por não ter querido saber sobre meus pais ou sobre o meu passado, e olha que eu nem imaginava tudo o que ele escondia... apenas vivia um dia após o outro com um único pensamento em mente: ser feliz.

Parecia algo simples, na época. Hoje, que eu me encontrava mais distante do que nunca de qualquer coisa remotamente próxima da felicidade, achava que talvez pudesse ter sido menos inocente.

Foi quando eu tinha oito anos que a minha vida mudou para sempre.

Era uma noite solitária, como de costume, mas isso não me incomodava. Enquanto os órfãos mais velhos assistiam a um filme de terror antigo e clichê — que nem de longe me causaria medo, mas que mesmo assim eu não podia assistir —, me esgueirei pelos arbustos da lateral do prédio dos dormitórios do orfanato.

Minha intenção era chegar à grande janela do primeiro andar, exatamente na sala de televisão. Apesar da péssima escolha de filme, seria bom ter uma distração antes de ir dormir e estar com "os mais velhos", para variar. Minha idade me colocava numa espécie de limbo entre os órfãos; ou eles eram consideravelmente mais velhos do que eu, com catorze, quinze anos, ou muito mais novos, na faixa dos três.

Isso acabava fazendo com que eu me sentisse, naturalmente, deslocado dos demais. Apesar de o orfanato sempre ter me incluído em todas as aulas, com exercícios e um programa de aprendizado desenvolvidos especialmente para mim, ainda assim, nas horas vagas, a idade pesava. Não que eu fosse excluído do restante do grupo, mas alguns dias poderiam ser bem entediantes.

Cheguei à janela e espiei a sala. Jonathan, Carl e Annie, esparramados nas poltronas, tinham os olhares vidrados no filme em preto e branco que passava na tela. Uma ideia brilhante me ocorreu ao observar os garotos hipnotizados. Filme de terror, né? Vamos ver quem ali era corajoso de verdade, então...

Mas o susto quem acabou levando fui eu.

A irmã Evelyn chegou por trás de mim sem fazer ruído e, com sua mão suave, encostou no meu ombro. Imediatamente saltei para a frente, com um grito que fez todas as cabeças na sala se virarem para trás.

— Olhem, o pequeno Ben está aprontando de novo! — zombou Jonathan, caindo na risada.

— A sempre alerta irmã Evelyn salva o dia mais uma vez! — Doug comemorou, batendo palmas.

— Benjamin, o que está fazendo aqui fora? — a irmã perguntou, desconfiada. — Não era para você estar em seu quarto?

— Eu quis... — comecei, olhando dela para os garotos, que se contorciam de rir na sala de televisão. — Eu quis vir tomar um ar, irmã Evelyn.

— Entendo... — respondeu ela, analisando a situação. Em seguida, baixou a voz. — O reverendo John quer vê-lo em sua sala. Venha.

— O reverendo John? — perguntei, apreensivo.

Será que minha escapulida fora algo tão sério assim?

— Isso mesmo. Vamos.

Ainda ouvindo as risadas do Jonathan, segui a irmã Evelyn para o prédio principal pelo canteiro do orfanato. Era lá que ficavam as salas de aula, o refeitório, a enfermaria e as salas administrativas, incluindo o escritório do reverendo John, diretor do orfanato. Apesar de bondoso e compreensivo, ele podia ser bem rígido quando se tratava de mau comportamento.

— Irmã Evelyn, precisamos mesmo ver o reverendo? — indaguei, em tom de barganha. — Por favor... eu volto pro quarto e prometo que não saio de lá.

A simpática freira de cabelos encaracolados me olhou com um sorriso.

— Fique tranquilo, Ben... não é por isso que estamos indo vê-lo. Foi o reverendo que me pediu para chamá-lo.

Virei o rosto para ela, confuso, assim que chegamos ao corredor que dava acesso à sala do reverendo John J. Malloway. O que ele poderia querer comigo àquela hora da noite?

Com três batidinhas de leve na porta de madeira escura, a irmã Evelyn anunciou nossa chegada.

A voz abafada do reverendo John veio de lá de dentro:

— Entre.

Eu esperava encontrá-lo sozinho à frente de sua grande escrivaninha de carvalho, talvez lendo um livro, e ele até estava sentado em sua cadeira, como de costume; mas não estava a sós.

Um homem loiro, de cabelos curtos e cuidadosamente repartidos, se acomodava à frente do reverendo. Quando entramos, ele se voltou e abriu um largo sorriso. A julgar pelas rugas que rabiscavam seu rosto, já devia ter mais de quarenta anos.

— Ah, Benjamin! — O reverendo também abriu um sorriso. — Estávamos esperando por você. Obrigado, irmã Evelyn. Tenha uma excelente noite.

A irmã fez um pequena reverência e se retirou.

Minha confusão devia ter ficado bem aparente, porque o reverendo se levantou e veio até mim. O homem desconhecido também ficou de pé.

— Benjamin, peço que nos perdoe por atrapalhar a sua noite de descanso — ele começou, e eu senti uma gratidão imensa e inesperada pela irmã Evelyn não comentar nada sobre a minha fuga até a sala de televisão. — Mas o motivo é excelente!

Um pensamento delirante me ocorreu: *Será que esse homem está aqui pra me adotar?* Como diabos ele me escolhera? Eu nunca havia sequer trocado uma palavra com ele.

— Este aqui é o Romeo, Benjamin... Romeo Johnson. Tem alguma ideia de quem ele seja?

Se eu fosse o tipo de órfão que sonha em reencontrar os pais um dia, teria arriscado *meu pai*, mas como eu não tinha nenhum interesse no assunto, simplesmente balancei a cabeça em uma negativa, encarando o tal Romeo Johnson.

— Ele é seu tio! — O reverendo John parecia encantado. — Seu tio, Ben! Irmão do seu pai!

— Meu tio?

— Isso mesmo, Benjamin. — Romeo Johnson veio até a mim e se agachou. — Procuramos você durante anos, filho. Quando o seu pai... — Ele hesitou, e eu tive certeza do que iria dizer.

— Morreu? — perguntei, inexpressivo.

Eu até queria sentir alguma coisa por conta disso. Acho que me faria parecer mais normal, afinal, aquele era o certo, não é mesmo? Só que o fato de meus pais estarem mortos ou vivos era simplesmente indiferente para mim.

— Sim, meus pêsames, filho... — Ele respirou fundo e continuou. — Quando o seu pai faleceu, não imaginávamos que ele tivesse um filho. Sabe, seu pai e sua mãe eram bem reservados, e acabaram se afastando da família. Quando descobri a sua existência, na hora comecei a rodar o país a sua procura e, quando já estava perdendo as esperanças e imaginando o pior, encontrei você.

Romeo Johnson parecia mesmo aliviado por ter me encontrado, e o próprio reverendo John esbanjava felicidade. Minutos atrás, eu estava conformado por ser sozinho no mundo, e agora descobria que não estava tão sozinho assim. Ele ainda me contou sobre a sua esposa, excelente cozinheira, e que tinha uma filha inteligentíssima que era quase da minha idade. Prometeu que me levaria para pescar, caçar. Enquanto a notícia era absorvida pela minha mente, acabei me contagiando com a felicidade deles comecei a achar que talvez seria legal ter uma família para chamar de minha...

Quero dizer, mal não poderia fazer, certo?

Errado.

Vinte anos anos depois do encontro com o homem que se disse meu tio — e que agiu como tal apenas para me entregar de bandeja à Organização quando chegasse a hora —, enquanto nos preparávamos para nos aproximar do orfanato, desejei não ter me deixado levar pelas aparências.

Mas eu era apenas uma criança, como poderia imaginar tudo o que viria depois? Aquele filho da puta... Senti o ódio chegar, sorrateiro, como uma cobra rastejando pelo escuro, esperando o momento certo para dar o bote.

— Ben? — a voz de Andrew me trouxe de volta dos meus devaneios. — Ouviu o que eu disse?

— Desculpe, Andrew... — Meu coração batia acelerado. — Acabei não ouvindo.

— Eu disse que é melhor irmos andando. Acabei de ver um SUV preto passando na rua atrás do complexo. Pode significar alguma coisa.

— Sim, claro... — balbuciei, limpando a garganta e afastando os pensamentos nefastos que me invadiram. Não era hora de perder a cabeça. — Vamos logo.

Da loja de artigos para animais de estimação — *Pet Palace: Aqui o seu amigão é da realeza!* — até o orfanato seria uma caminhada rápida, mas nossos passos eram lentos e friamente calculados.

Com a cabeça baixa, andamos pela calçada estreita da rua Hancock. O parque do outro lado da rua, bem de frente para o orfanato, estava completamente pintado de branco, tomado pela neve. Nenhuma criança brincava no escorregador e nenhuma família fazia piquenique nos gramados. Todos pareciam ter se escondido no conforto de suas casas aquecidas, esperando o mau tempo dar uma trégua. E isso era muito conveniente para nós.

Fizemos a curva na rua Upham. O espaço aberto poderia ser uma ameaça, então fomos o mais depressa que pudemos para a rua Grant e paramos junto à grade verde que delimitava o espaço do complexo da Catholic Charities.

Lá estávamos nós.

— O carro preto que você viu, Andrew... ele entrou no orfanato?

— Eu mantinha os olhos fixos no estacionamento.

— Não — ele respondeu, e apontou para a rua que seguia paralela àquela em que estávamos. — Entrou na Lambert.

Aquela parte de Rochester eu conhecia como a palma da minha mão. E ainda que a região fosse majoritariamente residencial, se a SUV preta que o Andrew viu não significasse um simples morador com gosto peculiar para carros desbravando a neve para ir ao mercado, era melhor tomarmos muito cuidado.

— Venha, vamos entrar por aqui — ele sussurrou em meio à nuvem condensada de sua respiração e colocou as duas mãos na cerca verde.

Num movimento ágil, saltou por sobre a grade e correu abaixado até a parede de uma das construções de madeira branca, que eu identifiquei como o prédio de apoio onde ficavam as equipes de limpeza e infraestrutura.

Com um pouco mais de dificuldade, ainda que relativamente mais leve que o Andrew, imitei os seus passos, e logo estava agachado ao lado dele, esfregando as mãos para tentar afastar o frio, desejando um par de luvas que teriam vindo muito a calhar.

Infelizmente, não dá para se pensar em tudo...

— É isso — ele falou, os olhos fixos no prédio principal, alguns metros à nossa frente. — Você fica aqui enquanto eu vou mais adiante. Se estiver tranquilo, sinalizo pra você me acompanhar.

— OK.

Um bipe abafado soou do bolso da calça de Andrew.

— Mensagem da Amanda. — Ele apanhou o celular. — Conseguiram encontrar o computador e já estão acessando.

— Ótimo.

A notícia chegava em boa hora. Voltar a ter vantagem em algo era excelente na situação em que nos encontrávamos.

— Ben, por segurança, destrave a arma. — Andrew tornou a guardar o celular no bolso e olhou para mim. — Espero que não precise usá-la, mas... nunca se sabe.

Retirei a *Glock 17 Gen4* do bolso do casaco, agora mais gelada do que nunca, e, com o dedão, acionei a pequena trava de segurança próxima ao punho da pistola. Ao contrário de Andrew, eu não ficaria nem um pouco decepcionado se precisasse descarregar todas as balas do pente em algum deles. A arma era muito mais leve do que um machado, afinal de contas, e muito mais prática. Daria para causar um belo estrago...

— Fique de olhos abertos. — Andrew deu um tapinha no meu ombro e partiu a passos rápidos em direção ao prédio principal, olhando para todos os lados do pátio deserto e coberto de neve.

O nervosismo palpitava em minhas veias. Observando o Andrew verificar as janelas furtivamente, tentei pensar em como seria o ataque. O lugar estava tão vazio que dificultava a montagem de qualquer cenário em minha mente.

Andrew me fez um sinal de positivo com o polegar e seguiu além, para o outro grupo de janelas. Cheguei mais para a frente, para continuar com uma boa visão. Soprei as mãos para tentar descongelá-las e esfreguei uma na outra. Será que esse ataque aconteceria nesse dia mesmo?

No exato instante em que essa dúvida me ocorreu, tudo desandou.

Um homem usando roupa militar completamente preta, dos pés à cabeça, surgiu de trás da construção que Andrew espiava, distraído, e caminhou em silêncio até ele com um enorme fuzil de assalto apontado para suas costas. Na traseira do seu colete à prova de balas, três grandes letras amarelas anunciaram o nosso maior medo: FBI.

Eu sabia. Uma armadilha. Uma porra de uma armadilha.

Meu coração parou de bater e eu ergui a arma na altura dos olhos, mirando no agente que se aproximava cada vez mais de Andrew. Aquilo não estava acontecendo... O que eu devia fazer? Se gritasse, as coisas poderiam ficar ainda piores. Se atirasse, ele atiraria de volta. A descarga de adrenalina foi tão grande que senti uma improvável gota de suor começar a se formar na minha testa, totalmente alheia ao frio.

De onde o primeiro homem saiu, outros três também apareceram. Seus passos eram quase sincronizados, e todos vinham fortemente armados. Não havia tempo para pensar melhor. Se eu não agisse logo, não haveria mais como agir.

Foi quando coloquei o primeiro deles na mira que um farfalhar de tecidos bem atrás de mim me fez virar a cabeça instintivamente. Só tive tempo de enxergar um par de olhos escondidos por debaixo de uma touca ninja. Com força e uma velocidade ofuscante, a enorme coronha da arma desceu sobre a minha cabeça. Um calor lancinante irrompeu no meu crânio.

E tudo ficou preto.

EXTRAÍDO DO JORNAL THE ROCHESTER TIMES

ROCHESTER, NEW HAMPSHIRE
SEXTA-FEIRA, 7 DE NOVEMBRO DE 2014

DIRETOR-ADJUNTO DO FBI FAZ GRANDE DOAÇÃO PARA ORFANATO

por Thomas Pyke.

Alastor Harris Kingsman, diretor-adjunto do Departamento Federal de Investigação (FBI), doou cem mil dólares para um orfanato local.

Segundo a revista People, o policial, que ganhou o status de celebridade após a captura do assassino Benjamin Francis Simons, conhecido como Monstro da Colina, em 2004, fez uma doação em dinheiro para o St. Charles Children's Home, orfanato religioso pertencente ao grupo Catholic Charities, instituição que Kingsman chama de exemplo.

"Durante as investigações do caso mais horrendo que já vivenciei, vi o trabalho incrível que o St. Charles faz para criar órfãos e crianças abandonadas, além de manter famílias unidas", declarou em comunicado. "Ninguém fica velho demais para a instituição; treinamento vocacional, educação avançada, assistência e apoio estão sempre presentes."

O presidente da Catholic Charities, Robert Humpfrey, agradeceu ao diretor-adjunto e diz que a contribuição de Kingsman fará muita diferença no bem-estar das crianças.

"Estamos imensamente agradecidos pela doação generosa. Esse dinheiro garantirá que nossas crianças tenham ainda mais conforto e aprendizado neste local, que chamam de lar"

John James Malloway, reverendo e diretor do St. Charles Children's Home há mais de quarenta anos, também agradeceu a generosidade de Alastor Kingsman, a quem chamou de "homem santo". "Não há palavras para agradecer um gesto tão bonito como esse. Nos meus noventa e dois anos de vida, conheci muitas pessoas maravilhosas e de coração imenso, mas poucas se aproximaram de Alastor Kingsman. É um privilégio conhecer alguém tão preocupado com o próximo e tão disposto a ajudar. Um homem santo, sem nenhuma dúvida; em seus atos e em sua vida."

EMERGI DE UM NEGRUME DESCONHECIDO COMO QUEM desperta de um pesadelo.

Desorientado e sentindo um forte cheiro amoníaco que fez as minhas narinas queimarem, tentei enxergar onde estava, mas a minha visão demorou a entrar em foco. Minha cabeça parecia ter rachado ao meio e o latejar chegava a pulsar nos ouvidos, como se toda a sala estivesse tremendo. Com esforço, e retomando pouco a pouco a consciência corporal, percebi que meus movimentos se achavam limitados e, quando as minhas pernas recuperaram a sensibilidade, notei que estava quase de joelhos.

O ambiente ao meu redor ficou mais nítido; dois agentes truculentos, um de cada lado, seguravam meus braços. Avistei o Andrew na mesma situação, com outros dois deles, um pouco atrás de mim; pelo jeito, desacordado, mas ainda vivo. Uma grande escrivaninha de carvalho à minha frente ficava quase na altura dos meus olhos. As lembranças voltaram, uma de cada vez, e eu reconheci os entalhes na madeira da antiga mesa.

Estávamos no escritório do reverendo John.

Os agentes me ergueram pelo braço sem a menor gentileza e lá estava ele.

Incrivelmente mais velho, provavelmente já na casa dos noventa anos, sentado em uma cadeira de rodas, curvado para a frente e com os cabelos completamente brancos, John J. Malloway me olhava como quem olha para uma assombração.

— Benjamin... — ele murmurou com a voz cansada. — É... é você mesmo?

— Sim — afirmei com a voz embargada, ainda sentindo a cabeça pesada e dolorida. — Sim, sou eu...

Se a ocasião fosse outra, eu teria desejado imensamente um reencontro com o velho reverendo John. Ele era a figura mais próxima de um pai que tive em toda a minha vida e seria muito bom estar com ele depois de todos esses anos. Mas algo estava fora do lugar. O que ele fazia ali? John J. Malloway não poderia estar envolvido.

Não. Com certeza não estava...

Será que não, bom menino?

Como era bem provável que eu morresse ali mesmo, naquela sala, independente do lado em que o reverendo estivesse jogando, decidi que arriscaria pelo menos deixá-lo a par do risco que corria, ainda que isso não surtisse efeito algum. O tempo certamente não estava a meu favor.

— Reverendo, o senhor sabe por que estou aqui? — perguntei, tentando não me concentrar na enxaqueca.

— Temo que sim, Benjamin...

Aquela não era bem a resposta que eu esperava.

— Sabe?

— Sim — ele confirmou de novo, e se mostrava bastante abalado. — E ouso dizer que nunca esperaria algo assim de você.

A confusão se somou ao latejar em minha cabeça.

— De mim?! — Tentei consertar a minha postura, e senti a mão gigantesca do meu captor esmagar o meu braço. — Como assim?!

— Seja lá o que tenha acontecido na casa dos seus tios, anos atrás, achei que sua loucura não se estenderia ao orfanato, Benjamin — ele explicou como se fizesse um esforço tremendo para falar. — Achei que considerasse este local a sua casa...

— Reverendo, o que o senhor quer dizer com isso? — perguntei, desnorteado. — O que acha que estou fazendo aqui?

— Ora, não se faça de desentendido, Ben... — disse calmamente uma voz grave em algum lugar dentro da sala. — Não se deve mentir para um reverendo.

Na hora, todos os pelos do meu corpo se eriçaram. Os músculos se contraíram e o sangue pareceu esquentar, como se veneno corresse pelas minhas veias. A mansidão na voz era inconfundível...

E extremamente doentia.

Alastor Kingsman surgiu à minha frente e caminhou até o lado do reverendo John. Ele usava um terno escuro impecável, cortado sob medida, e sua aparência austera fez o ar ficar ainda mais frio e pesado.

— Por que não fala a verdade para o reverendo John, Ben? — ele indagou, com ironia. — Acho que ele merece saber a verdade.

Respirei fundo, tentando me acalmar apenas o suficiente para que as palavras pudessem sair da minha garganta.

— A verdade, Kingsman? — rosnei. — Qual delas? Acha que devo começar pelo ritual em que você obrigou meus pais a transarem para que eu viesse ao mundo deste jeito?

Kingsman fez uma expressão horrorizada tão falsa que chegava a dar nojo.

— Você continua com essas fantasias sobre rituais, Simons? Depois de todo esse tempo? Está vendo, John, eu te disse que o menino era um caso perdido.

— NÃO FINJA QUE NÃO SABE! — esbravejei, descontrolado, e o reverendo John se encolheu ainda mais em sua cadeira de rodas. — VOCÊ E ESSA SUA ORGANIZAÇÃO DE MERDA ESTÃO ATRÁS DE MIM DESDE O DIA EM QUE EU NASCI!

— Se a organização de merda à qual você se refere é o FBI, saiba que nossa caçada começou há apenas dois dias, quando você resolveu fugir do sanatório para continuar as suas matanças.

As mentiras que Kingsman proferia eram tão ridículas que a raiva quase me cegou. Tentei me soltar dos braços dos agentes que me imobilizavam, mas não consegui nada além de sentir mais dor. Ele estava alcançando seu objetivo: eu estava quase perdendo a cabeça.

— Inclusive, Benjamin, eu também não esperava que você fosse capaz disso. — O desgraçado balançou sua cabeça careca como quem está decepcionado.

— Do que você está falando, seu filho da puta? — perguntei, entredentes, tomado pelo ódio. — Capaz de quê?

— Quando você escapou, logo pensamos no pior... Imaginamos que você possivelmente mataria de novo e logo começamos a investigar os alvos em potencial.

Era impressionante a facilidade com que o Kingsman inventava mentiras. O modo como as contava, inclusive, fazia parecer que ele mesmo acreditava nelas.

— Nós já descobrimos tudo — falei com um sorriso malicioso, encarando os seus profundos olhos escuros. — Liam nos revelou todos os passos de vocês desde a década de 1980...

Pensei ter visto a expressão de Kingsman endurecer, mas logo ele a substituiu por um sorriso.

— Chega de delírios, Simons. — Ele fez um displicente gesto de mão. — Se não será honesto com o velho reverendo John, um estimado amigo que a vida me deu, então não temos mais o porquê perder tempo aqui. Viu, reverendo? — Kingsman se virou para o velho sentado na cadeira de rodas. — Eu te disse.

O reverendo John olhou para mim, decepcionado.

— Criamos você como um filho, Benjamin... — ele murmurou. — Nós o acolhemos em nosso orfanato, respeitando todas as vontades de sua falecida mãe...

Eu não fazia a menor ideia do que estava acontecendo.

— Reverendo, por favor, eu nem imagino o que o senhor quer dizer com isso...

— Ele já sabe, Ben... — Kingsman se intrometeu. — Já pode parar de fingir.

— Sabe o quê?! — gritei novamente. — O que ele sabe?

— Que você planejava atacar o orfanato para matá-lo — ele respondeu, sombrio. — E não só a ele, eu arriscaria dizer. Deus sabe a chacina que você teria feito neste lugar se não tivéssemos conseguido interceptá-lo. — Kingsman caminhou na minha direção. — Ainda bem que sempre estivemos um passo à frente — finalizou com um sussurro, sublinhando as últimas palavras.

E eu entendi exatamente o que ele queria dizer.

A vontade de me soltar e partir para cima de Kingsman era tão grande que nem me defendi de imediato. Eu conhecia, e muito bem, a capacidade de manipulação dele... mas pelo visto a prática o levara à perfeição.

Kingsman conseguira mascarar o ataque que planejavam contra o orfanato e ainda fez parecer que tudo teria sido minha culpa. Mais uma vez. Ben Simons, o bode expiatório, condenado a uma vida inteira como pária da Organização.

— Pode negar o quanto quiser, Kingsman, mas nós descobrimos o que vocês fariam. — Eu sorri. — Vocês não foram eficazes o suficiente em impedir que seus segredos vazassem. Liam Jones foi mais esperto.

Se for preciso que eu leve a culpa por esse *suposto* ataque, não tem problema. Pelo menos ele não aconteceu. E não vai ser a primeira vez que você joga as suas merdas em cima de mim.

Kingsman, ainda sorrindo, caminhou até um dos agentes que montavam guarda junto à porta do escritório e estendeu a mão. O homem fardado lhe entregou uma pistola, que reconheci imediatamente como a *Glock 17* que Andrew me cedera.

— Olhe, John. — Ele foi até o reverendo, estudando a Glock. — Esta é a arma que Simons portava quando o interceptamos. A arma que ele pretendia usar para matá-lo...

O reverendo John levou as duas mãos enrugadas à boca, num movimento rígido, e em seguida fez o sinal da cruz.

— É mentira, reverendo! — gritei. — Eu jamais faria uma coisa dessas!

Kingsman virou o rosto para mim. Ele sorria.

— Nunca minta para um homem religioso, Ben... Vai dizer agora que a morte dele seria um choque para você? Sabe, John, o garoto tem uma assinatura... ele gosta de colocar a arma, assim, apontada bem para a testa das suas vítimas. — O diretor-adjunto do FBI apontou a Glock para a testa do reverendo John, que estremeceu em sua cadeira de rodas. — Foi assim que ele matou a prima de apenas cinco anos, sabia?

— Por Deus, Alastor, afaste esse negócio de mim... — o reverendo suplicou.

— Afaste a arma, Kingsman — eu ordenei. — Deixe o reverendo em paz.

— Interessante... Parece que você, de fato, ainda guarda algum sentimento aí dentro dessa casca vazia. Imagino o que a morte de seu querido mentor faria com o restante da sua consciência...

— KINGSMAN, LARGA A ARMA! — berrei, tentando me desvencilhar dos agentes, que se mantinham anormalmente calados diante de tudo o que acontecia na sala.

— Alastor, já chega... — pediu o velho reverendo, tentando afastar a pistola de sua testa. — Por favor, não gosto de armas...

O medo se apoderou do meu coração ao encarar os olhos faiscantes de Alastor Kingsman. Ele ainda sorria, mas o seu sorriso era diferente. Parecia que a confirmação que ele tanto desejava estava bem a sua frente. Sua expressão era ensandecida.

Fim da linha, criança... Eu disse que era uma batalha perdida.

Não. Kingsman não faria... O reverendo não tinha nada a ver com a situação.

— Kingsman, deixe-o fora disso. Eu vou com vocês, mas deixe o reverendo ir embora.

Alastor gargalhou, ainda segurando a pistola apontada para o topo da cabeça de John.

— Você fala como se tivesse escolha... — ele sibilou. — Você perdeu, Simons. Não há mais barganha pra você.

Um sino abafado cortou o silêncio que pairava no ambiente: o celular de Andrew tocara em seu bolso. Tentei não demonstrar o desespero que me invadiu. Se fosse outra mensagem de Amanda...

Kingsman não poderia descobrir o seu paradeiro. De jeito nenhum.

Tentei distraí-lo quando percebi que ele baixou a arma e olhou para Andrew.

— Você se acha intocável, não é, Kingsman? — perguntei em voz alta. — Você e aquele filho da puta do Lincoln...

— Agente Charlie, verifique os bolsos do outro suspeito, por gentileza — ele ordenou, ignorando minha pergunta.

O agente que atendia pelo nome de Charlie caminhou até um Andrew que ainda não havia despertado e, com brutalidade, retirou o celular do seu bolso. Em seguida, entregou-o a Kingsman. Ele nem precisou apertar nada; só de olhar para a tela, seu sorriso já se alargou.

— Interessante... — ele disse, e então olhou para mim. — Muito interessante.

Meu coração parecia prestes a explodir. Aquele desgraçado... O temor pelas vidas de Amanda e Jacob produziram uma onda de ódio que invadiu meu corpo de tal maneira que achei que fosse vomitar. Um zumbido tomou conta dos meus ouvidos e a minha boca secou.

Alguma coisa estava acontecendo comigo.

— Bom, acho que já concluímos por aqui, John. — Alastor chegou mais perto do reverendo. — O rapaz já foi preso, e o ataque, evitado. E você não acreditou em mim quando te liguei, ontem...

— Desculpe, Alastor, meu querido amigo — o reverendo John se desculpou —, mas nunca esperaria algo dessa natureza.

— Bom, a natureza das pessoas é sempre um mistério, reverendo... — Ele tornou a sorrir. — Veja o senhor Simons aqui, por exemplo. Ele alega que não tinha a intenção de matá-lo quando veio armado até o orfanato.

— Reverendo, não dê ouvidos a ele! — supliquei, num grito, olhando para o reverendo John, que devolvia o meu olhar com profunda tristeza. — Eu jamais faria mal algum ao senhor!

Kingsman caminhou devagar para trás da cadeira de rodas, a cabeça baixa.

— Benjamin, é difícil demais para mim acreditar em você... — o reverendo afirmou, com a voz cansada. — Olha como você está... olhe o que você fez... Eu juro que...

Mas a minha atenção já não estava mais nele.

Alastor Kingsman havia se posicionado bem atrás da cadeira de rodas do reverendo, fora do seu campo de visão. Com uma expressão de triunfo, ergueu a pistola.

Não tive nem tempo de abrir a boca para gritar.

— Deus sabe de todas as coisas, Benjamin... — foram as últimas palavras que John J. Malloway pronunciou em vida.

Foi mais rápido do que eu poderia ter imaginado e infinitamente mais doloroso. O inesperado tiro explodiu a nuca do velho reverendo sem que ele sequer imaginasse que a sua vida terminaria ali. O cheiro de sangue e pólvora dominou o meu olfato quando partes do crânio e do cérebro do homem que fora como um pai para mim respingaram em meu rosto.

Será que Deus sabia que isso aconteceria?

O grito que rasgou minha garganta foi brutal. Antes que eu pudesse lembrar de pensar em alguma coisa boa, como Jacob havia aconselhado, a sala flutuou diante dos meus olhos e o medo tomou conta de mim. Alguém ria descontroladamente em meio ao turbilhão de milhares de vozes, suplicantes e sofridas, e a vontade irresistível de matar veio com tudo. A risada era dele, eu tinha certeza. O mundo girava numa tormenta de dor e fogo e eu só queria que ele parasse para que eu pudesse acabar com o Kingsman de uma vez por todas...

Então, abruptamente, o carnaval infernal cessou por completo. Abri os olhos, sentindo os espasmos que ainda percorriam meu corpo e encarei a mim mesmo, como se olhasse para um espelho. O meu reflexo sorriu maliciosamente para mim.

— Olá, criança — cumprimentou *o Benjamin do outro lado*.

Era como se eu ouvisse os meus próprios pensamentos, apenas em uma voz um pouco mais grave e arrastada.

— Quem é você? — perguntei, tenso.

— Você sabe bem quem eu sou... — ele respondeu, debochado. — Sempre soube. Ou prefere que eu assuma outra forma semelhante? Talvez seu querido tio, como na primeira vez?

As feições diante de mim derreteram e o rosto cadavérico de Romeo Johnson tomou seu lugar. Meu estômago se contraiu.

— Ou talvez o velho Jack McNamara? — Romeo perguntou. — Que te mostrou como fomos concebidos e quase fez com que você matasse aquela piranha?

Mais uma vez, a imagem a minha frente se distorceu, dando lugar a outro demônio do meu passado.

— Não importa quem eu escolha, criança... — McNamara sibilou. — Ainda serei eu. E o meu propósito ainda será o mesmo.

O rosto a minha frente voltou a ser o meu.

— Eu vejo o seu interior e sou exatamente aquilo que você mais teme. Sou o que há de pior em você.

Continuei em silêncio, encarando os meus olhos azuis, agora estranhamente amarelados. Virei a cabeça para tentar me situar. Não havia nada ao redor. O escritório do reverendo John fora substituído por um local frio, úmido e totalmente mergulhado na escuridão.

— Eu sou você — ele disse. — E é a minha vez de assumir o controle e caminhar pela Terra.

Assim que terminou a frase, a criatura desconhecida exibiu um sorriso que nunca antes havia passado pelo meu rosto. Um esgar que transformava as minhas feições, já comprometidas, em um pesadelo.

Congelado pelo medo, travado e incapaz de qualquer reação, senti que todo o controle sobre o meu corpo havia me abandonado.

— Você resistiu muito bem até aqui, criança. Confesso que a sua consciência foi um excelente adversário e, durante muitos anos, enquanto você crescia, fiquei praticamente adormecido... aguardando a minha hora. E então você arruinou tudo pela primeira vez. — Ele lambeu os beiços. — Aquela menina era para ser a minha passagem, e você a tomou de mim. Tudo bem. Pelo menos serviu pra que eu começasse a ficar mais forte...

As revelações do *outro cara* caíam como bombas em minhas memórias, explodindo com violência perguntas nunca antes respondidas.

— Alastor Kingsman e eu temos um acordo — ele prosseguiu. — E até que eu possa caminhar livremente, dividirei a carne com você. Fique tranquilo. — Seus olhos ficaram completamente amarelos, e o seu sorriso, ainda maior. — Nós nascemos juntos, mas a nossa separação se aproxima. Você é fraco, criança.

Senti como se meus pés deixassem o chão e, num redemoinho confuso de luzes, vi-me novamente no escritório do reverendo John. Mas era como se eu observasse as coisas pelos olhos de outra pessoa. Os pensamentos eram os meus, a consciência era a minha... mas não o controle do meu corpo.

Meus olhos analisaram ao redor. Identificaram o corpo do reverendo John, tombado sobre sua escrivaninha, sua cabeça estourada. Em seguida, miraram Andrew, ainda contido pelos lacaios de Kingsman, mas agora desperto. Por fim, fitaram as minhas mãos. Os agentes já não me seguravam mais. Tentei gritar, e a voz não saiu. Tentei me mover, e nada aconteceu. Minha visão, então, encontrou a de Alastor Kingsman.

E, sorrindo, maravilhado, ele disse:

— Bem-vindo.

Um medo que eu nunca havia sentido tomou conta de mim. Um chiado infernal dominou minha audição.

Kingsman se aproximou. Ofereceu a pistola.

Minhas mãos a receberam e a estudaram. Mas não senti o metal frio em meus dedos.

Alastor apontou para Andrew, e minha cabeça virou na direção dele.

Andrew me olhou, confuso.

O chiado ficou ainda mais alto. Minha visão embaçou.

— Fique à vontade. — Kingsman piscou.

A sala sacudia ao meu redor. Meus pés se moveram. Meus olhos encararam os de Andrew.

Ele não entendia. Havia medo em seu olhar.

Eu também não entendia e o desespero era excruciante.

— O que está fazendo, Ben? — ele perguntou, com a voz fraca.

Minhas mãos ergueram a pistola. A cabeça de Andrew estava na alça de mira.

— Ben, o que você está fazendo?! — ele insistiu, e eu pude notar o desespero em suas palavras.

E então Andrew gritou. Também gritei. Mas eu não tinha voz.

O escritório saiu de foco.

Minha visão ficou turva, mas eu ainda pude ver a expressão de horror no rosto de Andrew antes que os meus olhos focassem o gatilho.

— BEN! NÃO!

Os clarões vieram um atrás do outro.

Um. Dois. Três. Quatro. Cinco. Seis. Sete. Oito. Nove. Dez. Onze. Doze. Treze. Catorze. Quinze. Dezesseis. Dezessete. *Clic. Clic.*

Clic...

REPRODUÇÃO DO E-MAIL RECEBIDO POR JACOB WALLS EM FEVEREIRO DE 2015, ENVIADO PELO PADRE E EXORCISTA BRASILEIRO JUDAS CIPRIANO.

DE: Judas Cipriano <jc@pccs.va>
ASSUNTO: RE: URGENTE!!!!!!!
DATA: FEV 19, 2015 3:18 PM

Bom, vamos lá.

Um demônio é basicamente um parasita de emoções. Há quem diga que foi a maneira encontrada para que preenchessem o vazio deixado pelo afastamento de Deus, mas isso é pura invenção. Assim como nós, humanos, o livre-arbítrio é viciante e a rebelião sempre teve um sabor melhor do que a servidão.

Alguns demônios sorvem a violência gerada pelo ódio; outros, como Astarth, Senhor da Vaidade, se divertem destruindo a autoestima do hospedeiro até que ele se torne uma casca vazia, incapaz de oferecer resistência à possessão.

Então, sim, um demônio pode ficar meses e até mesmo anos em sua vítima. Ao ter o caráter e a sanidade minados por sussurros demoníacos, o hospedeiro adquire traços de personalidade de seu obsessor, facilitando, assim, a total assimilação do corpo.

E, veja bem, quando eu digo total assimilação refiro-me a fenômenos biocinéticos. Um demônio enraizado no sistema nervoso central age como um câncer em metástase; é capaz de provocar mudanças no organismo do hospedeiro.

Não é incomum a alteração de feições, mudança no tom de voz, força extrema ou imunidade a dor.

Essas entidades são sutis e sorrateiras no início da possessão. Sua influência mental muitas vezes é confundida com a consciência do hospedeiro ou algum distúrbio psiquiátrico, tal qual psicopatia e transtorno bipolar.

Mas não se engane: não dá para exorcizar alguém com Clonazepan.

Espero que esteja tudo bem.

JC

P.S.: Todas essas perguntas... do que andam brincando aí nos Estados Unidos, hein?

"Para falar com o outro JC, por favor, feche os olhos e junte as mãos. A internet dele não é Wi-Fi."

O RETORNO AO PRESENTE, DESSA VEZ, FOI COMO DES-pertar de um pesadelo apenas para descobrir que eu estava em outro.

— NÃO! — gritei, desesperado, sacudindo meu corpo machucado e dolorido acorrentado à cadeira de metal. — NÃO! NÃO!

Minha memória cumpriu sua função e a lembrança perdida voltou ao seu lugar: o ponto-chave que me levava até a prisão naquele lugar desconhecido. Mesmo assim, a negação era absoluta. Eu simplesmente não queria aceitar que o reverendo John e o Andrew estavam mortos. Não, aquilo era demais até para a minha consciência perturbada.

O impacto de assistir, inerte, ao Alastor Kingsman assassinar covardemente o velho reverendo fez todo o controle que ainda restava em mim se extinguir por completo. Foi como se uma dinamite explodisse em minha mente num misto de sentimentos, que alternavam entre tristeza e ódio em uma velocidade tão surpreendente que não houve mais resistência da minha parte.

E aí *o outro cara* aproveitou a oportunidade.

Assumindo o controle do meu corpo, como se eu fosse uma marionete, o demônio que morava em mim desde o dia em que nasci não hesitou. Quase pude compartilhar a sensação de prazer que ele experimentou ao descarregar todas as balas do pente da pistola em Andrew. Não houve misericórdia, não houve respeito. Mesmo que um único disparo bastasse para acabar com a vida dele, não teria sido o suficiente para saciar o desejo de morte que aquela criatura exalava. Ele precisava de mais. Ele queria mais.

E Kingsman certamente lhe prometera mais. E eu seria a sua ponte.

Sentindo a morte de Andrew pesando fundo em meu coração, amassando-o para além do limite, mais do que nunca tive certeza do perigo que eu significava para todos ao meu redor. E eu ainda tentei avisar... tentei evitar. Mesmo assim, mais uma vida fora desperdiçada cruelmente. Todos os que ofereciam resistência acabavam exterminados como insetos.

Parei de me debater contra as correntes quando a lembrança do sorriso sádico de Alastor Kingsman ao olhar para o celular de Andrew me invadiu. A escuridão que me rodeava ajudava a tornar as memórias ainda mais vivas, então foi como se ele estivesse bem ali, na minha frente. Meus punhos e maxilar cerraram-se ao imaginá-lo diante de mim.

Mas a preocupação com o paradeiro de Amanda e Jacob falou mais alto.

Aquela última lembrança... eu não sabia quanto tempo fazia que ela se dera. A roupa que usava ainda era a mesma, mas, para todos os efeitos, eu já poderia estar acorrentado naquela cadeira havia dias. E isso era extremamente perturbador.

Será que eu continuava em Rochester, em algum lugar do orfanato? Talvez não fizesse tanto tempo assim... Eu só sabia que tinha que sair dali. E não conseguiria nenhuma informação sentado, sozinho, no escuro.

Então, eu gritei, tentando chamar a atenção de alguém, sequer sem saber se surtiria algum efeito. Gritei até sentir os pulmões se esvaziarem por completo. Gritei o nome de Lincoln, de Alastor Kingsman... Xinguei toda a variedade de palavrões que meu vocabulário conhecia. E me debati na cadeira com o máximo de violência que meus músculos doloridos permitiram.

Enquanto eu berrava ferozmente, na esperança de que algum daqueles filhos da puta aparecesse, lampejos dos cadáveres que compunham o meu hall de vítimas perpassaram diante do meu rosto; um de cada vez.

— LINCOLN! — eu bradava, cego pelo desespero. — KINGSMAN!

A brutalidade com que eu me debatia era tanta que nem percebi que a cadeira tombara mais uma vez. Meus músculos estavam dormentes com toda a força que reuniram na tentativa de arrebentar as correntes.

Benjamin, você consegue me ouvir? Aquela voz familiar invadiu o meu rompante de raiva, mas as visões ainda maltratavam minha consciência sem misericórdia. E aí uma segunda voz entrou na conversa:

Isso, criança... isso...

Agora eram duas as vozes que se dirigiam a mim em meio ao furacão incompreensível onde eu me encontrava.

Benjamin!, a primeira repetiu, agora com mais vigor. *Não deixe sua mente sucumbir mais uma vez! Não deixe que ele assuma o controle.*

Aquela me pareceu familiar o suficiente e, então, eu me agarrei a ela. Era tudo o que tinha.

— JACOB?! — eu gritei, cego. — JACOB? É VOCÊ?

Sou eu, Benjamin!, ele afirmou, sobrepondo-se à confusão de lamentos que nos rodeavam. *Eu consigo te ver, Benjamin, resista!*

Quem está aí?, a voz demoníaca vociferou. *O que pensa que está fazendo?!*

— ONDE VOCÊ ESTÁ, JACOB? — perguntei, desesperado.

Eu estou bem, Benjamin, mas mantenha a calma!

SUMA DAQUI!, o demônio bradou, o som de sua fala, composto por diferentes tons, fez todas as lembranças estremecerem diante dos meus olhos. *SAIA! SAIA!*

Imagens desesperadoras de caos e destruição inundaram minha visão. Pessoas sendo torturadas, suplicando perdão em diversos idiomas, boiavam em um lago de fogo. Num lampejo, novamente a escuridão.

Não deixe que ele assuma o controle, Benjamin!, Jacob gritou, sua voz tornando-se cada vez mais distante. *Use-o a seu favor!*

Eu me sentia como um cego perdido em meio a uma forte tempestade. Não enxergava nada do que acontecia ao meu redor, apenas ouvia a tormenta que anunciava os horrores e a perdição que me cercavam, e tentava distinguir as vozes que disputavam a minha atenção.

Uma nesga de consciência, um fragmento quase insignificante da realidade, lembrou-me de que eu continuava acorrentado à cadeira de metal. Enquanto o demônio berrava com a sua voz sobre-humana, expulsando Jacob de dentro da minha mente, aproveitei para forçar as correntes que prendiam os meus pulsos. Elas rasgaram minha pele sem dificuldade mas, após alguns segundos intensos e dolorosos, senti que começaram a ceder.

A sensação de saber que o Jacob estava vivo e que talvez conseguisse me livrar daquela situação serviu como uma lanterna, que me mostrou, com certa ineficácia, o caminho para fora da escuridão. O garoto devia estar bem perto; do contrário, não teria conseguido interferir em meus devaneios... Portanto, ainda não era hora de desistir.

Minha mente ainda tinha alguns socos para trocar e eu não deixaria que todas aquelas mortes fossem em vão.

Você é mesmo um rapaz muito forte, Ben... sempre soube disso.

A voz da tia Julia se sobrepôs à enorme algazarra de lamentos que me desnorteavam, com a mesma frase que me ajudou a reunir a coragem necessária para acabar com a vida de sua filha, muitos anos atrás, livrando-a assim da condenação eterna. O vendaval, de repente, pareceu diminuir e as vozes demoníacas ficaram mais fracas.

E então eu vi o rosto de Andrew.

Você prometeu, Ben...

Abri os olhos de uma só vez, buscando o ar com voracidade, como quem se recupera de um afogamento. Tossindo, tudo o que vi ao meu redor foi a escuridão, mas o cheiro de esgoto me situou imediatamente. Eu estava de volta à cadeira tombada; desta vez, com as costas encostando no chão.

E não houve muito tempo para reorganizar os pensamentos.

A porta que servia de acesso ao local desconhecido onde eu me encontrava foi escancarada e passos apressados desceram as escadas, rumando decididos em minha direção.

— Caralho, você é um paciente bem difícil, hein? — Lincoln vociferou, chegando perto. — Não consegue ficar quieto um minuto?

O refletor foi aceso e ele se aproximou, passando ao meu lado e indo até a minha cabeça, onde se agachou para tornar a colocar a cadeira de pé. Com mais esforço do que na primeira vez, o velho me ergueu do chão e, quando a cadeira voltou à posição inicial, notei que as cordas e correntes estavam bem mais frouxas.

Fiquei o mais imóvel que pude para que ele não percebesse.

Oscar Lincoln havia trocado de roupa. Agora, vestia uma túnica preta que o cobria do pescoço aos pés, de um modelo que era velho conhecido e nem um pouco agradável.

— Kingsman já está a caminho, Benjamin — ele disse, arfante, assim que parou diante de mim, e abriu um sorriso maldoso. — Acalme-se. Logo, logo o seu sofrimento chega ao fim.

Eu tinha que distraí-lo enquanto me certificava de que as correntes iriam ceder por completo, e Lincoln não podia notar que eu era uma ameaça; caso contrário, a pequena centelha de esperança pela fuga daquele lugar se extinguiria por completo.

— Vai ser ótimo encontrá-lo mais uma vez... — falei, olhando para baixo para evitar o foco de luz. — Tenho assuntos inacabados para tratar com ele.

Demonstrar que as lembranças recentes me abalavam seria o mesmo que demonstrar fraqueza. E eu precisava ser mais forte do que nunca.

— Ah, sim, imagino que tenha. — Lincoln riu. — Ele queria ter vindo junto com a equipe que te trouxe, mas teve que ficar pra arrumar a bagunça que vocês causaram. Então, como você não vai a lugar nenhum...

Pesquei as dicas e pensei, por alguns instantes, que o local talvez não fosse o St. Charles, afinal. Que lugar era aquele, então? Mexendo lentamente os braços às minhas costas, senti a corrente afrouxar por completo.

Eu estava solto.

O aperto aliviou em minha cintura e minhas pernas, e as amarras agora apenas envolviam o meu tronco.

Quando Lincoln espichou o pescoço para ver por que eu me mexia tanto, perguntei, encarando-o.

— Estou aqui há quanto tempo?

A pergunta surtiu efeito.

— Qual a parte da frase *eu que faço as perguntas aqui* você não entendeu, Benjamin? — Ele voltou com a cabeça para a posição inicial e retirou o alicate de bico do bolso da túnica. — Não me faça utilizar isto aqui novamente... — Seus dentes amarelados mostraram-se. — Você se acha corajoso, não é mesmo? Uma porra de um herói... Mas eu vi o quanto você gritou quando usei esta simples ferramenta. Sim, você não parecia tão destemido naquela hora. É o que eu sempre digo: não existe segredo na tortura; só a experiência.

A raiva que eu sentia por aqueles homens beirava o limite do absurdo.

— Acho que você vai gostar de saber que não estamos sozinhos esta noite. — Lincoln brincou com o alicate em suas mãos. — Temos dois convidados de honra que vieram especialmente para o seu espetáculo.

— Você está blefando... — desafiei, tentando transparecer confiança, mas completamente dominado pela apreensão.

Imaginar que Amanda e Jacob estavam agora nas garras da Organização seria o ápice de todo o horror que vinha se desenrolando desde que deixei o sanatório. Eu não suportaria ter sido o responsável pela destruição da família de Amanda. Não depois de tudo o que já tinha acontecido.

O homem idoso se aproximou ainda mais de mim. E sorriu com o seu inconfundível ar de superioridade.

— Você sabe que não estou, Benjamin... — Ele se apoiou nos braços da cadeira e me encarou. — No fundo, você sabe.

— O que vocês querem com eles? — Eu tentava a todo custo controlar minhas emoções. — O que procuram está em mim, e eu estou aqui!

— Tem razão, é você que nos interessa. Amanda e o garoto são apenas, digamos, ferramentas que usaremos pra incentivá-lo, caso você decida não colaborar. Realmente eles não têm nenhuma importância.

Meu sangue fervia.

— Mas você vai colaborar, não vai, Benjamin? Você é um bom menino...

Os óculos de grau quadrados refletiram o forte brilho do sol artificial que vinha de trás de Lincoln.

O velho à minha frente estava indo longe demais...

— Se prometer se comportar, garanto que tentaremos esperar você morrer pra matar a putinha e o pirralho.

— Cala a porra da boca, Lincoln...

— Felizmente, não vamos precisar matar o marido... Você já nos poupou desse trabalho.

Aconteceu antes que eu pudesse calcular as consequências.

Sentindo minhas mãos livres, as soltei das amarras de uma só vez e agarrei o pescoço de Lincoln, saltando por cima dele. Na queda, ainda esbarramos no suporte do refletor, que tombou junto com a gente, apontando seu luminoso canhão para o alto. Os olhos castanhos de Lincoln estavam vermelhos e arregalados, e a força com a qual eu esmagava sua traqueia o impedia até de gritar. Ele apenas engasgava, tentando a todo o custo encontrar um pouco de oxigênio.

Ensandecido e descontrolado, bati a cabeça do velho contra o chão repetidas vezes, berrando a plenos pulmões, sem me preocupar com o barulho ou o que fosse. Por volta do quarto impacto, seus olhos já haviam rolado para dentro das pálpebras e seu cabelo branco se achava emplastrado de sangue. Ele já não apresentava mais nenhuma resistência. Sua mão soltara o alicate de bico e iniciava um rápido processo de atrofia, ao mesmo tempo que seu corpo, rígido, começava a dar sinais de que iria convulsionar.

Ainda choquei seu crânio contra o solo outras duas vezes antes de olhar para o lado e identificar a pequena ferramenta de ponta enferrujada. Num movimento rápido e feroz, agarrei o alicate e o enterrei em seu olho esquerdo, sentindo-o estourar o globo ocular sem dificuldade e, ao som de um estalo quando ele atingiu o osso, cessar os espasmos de Lincoln de uma só vez.

Excelente trabalho, bom menino, excelente trabalho! Quanta técnica... quanta elegância!

Rolei para o lado, saindo de cima do cadáver de Oscar Lincoln, e demorei alguns segundos para recuperar o fôlego. Todo o meu corpo formigava, fruto das fortes cãibras pelo longo tempo na mesma posição somadas à carga de ódio e adrenalina em meu sangue. Virei a cabeça. O rosto de Lincoln estava de frente para mim e as duas pernas do alicate de bico brotavam para fora de seu olho como um feio galho alaranjado.

Abri um sorriso involuntário, satisfeito em constatar como se tornara fácil e prazeroso acabar com a raça daqueles malditos.

— Você tinha razão... — sussurrei, encarando suas feições sem vida. — Essa é realmente uma ótima ferramenta.

A imensa lâmpada, que agora apontava para cima, iluminava o ambiente desconhecido de maneira fantasmagórica. Apurei a audição, procurando identificar se alguém se aproximava, mas, tirando o zumbido do refletor, o silêncio continuava sepulcral. Pelo visto, meus gritos tinham sido confundidos com mais uma sessão de tortura.

Só que dessa vez eu tinha levado a melhor.

Tapumes e tábuas de madeira cobriam todas as paredes em um padrão irregular, como se o local estivesse em obras, e uma escada com diversos degraus quebrados subia em um canto à direita. Mais uma vez, imaginei que aquele talvez pudesse ser algum porão no complexo do orfanato que eu não conhecia. Tudo estava tão diferente e reformado... Ao pensar nisso, os corpos que ficaram para trás na sala do reverendo John invadiram meus olhos sem piedade.

Eu sabia que eles arrumariam uma excelente desculpa para o que aconteceu, se é que já não o tinham feito, e algo me dizia que mais uma vez eu seria acusado de um crime que não tinha cometido. O interesse que tinham em mim se estendia para além do *outro cara*. Eu era o álibi perfeito para qualquer atrocidade que resolvessem cometer. Todo o mundo temia o terrível Monstro da Colina e não seria nenhuma surpresa se ele tivesse atacado mais alguém. Ninguém duvidaria, nem tentaria provar o contrário. A certeza de que sabiam exatamente quem era o maníaco trazia uma falsa sensação de segurança, como se conhecer a face da maldade e se manter afastado dela fosse o suficiente.

Mancando, deixei o velho Lincoln para trás e fui até a escada. Com passos irregulares e, vez ou outra, enfiando o pé em poças malcheirosas, cheguei ao primeiro degrau. A sensação de *déjà vu* foi intensa quando segurei o corrimão e o arrepio que percorreu a minha espinha trouxe consigo a suspeita de que talvez aquele lugar não fosse tão desconhecido assim.

Subi os degraus em silêncio, ouvindo a madeira podre abaixo dos meus pés rangendo em protesto, com a tensão aumentando a cada passo. Amanda e Jacob estavam em poder da Organização, mas estavam vivos. Então, ainda nos restava uma chance. Por menor que fosse, era alguma coisa. E eu tinha a intenção de cumprir a promessa que havia feito ao Andrew, desarmado ou não.

Quando avistei a porta, escutei a conversa que vinha do outro lado:

— Ele está lá embaixo com o Simons — disse uma grave voz masculina. — O Brenner e o Morton já estão procurando o garoto, mas Kingsman não pode nem sonhar que ele conseguiu escapar. Aquele merdinha é bem escorregadio... A mulher está no andar de cima.

— Caralho, Hammond! Da última vez que o Kingsman ligou, ele disse que já estava a caminho! — falou um segundo alguém, soando alarmado. — Por que não estamos todos procurando o moleque, então? O que você está fazendo parado aí?

— Lincoln pediu para eu aguardar aqui enquanto ele via o que diabos o Simons estava fazendo. Deve estar dando mais um trato nele. Ainda agora o cara gritava como se tivessem lhe enfiando um cabo de vassoura no rabo...

— Se não quiser que enfiem um no *seu rabo*, então, avise ao Lincoln que você vai ajudar nas buscas e vê se faz alguma coisa de útil.

— Ok, ok... — a voz grave assentiu, de má vontade. — Mas, Charlie, fica tranquilo, cara, ele não deve ter ido muito longe... É só uma criança.

— Anda logo. — E o outro homem se afastou, pisando forte.

— *Anda logo...* — o primeiro resmungou para si próprio, sua voz ainda mais próxima. — Todo o mundo é chefe nessa porra, nunca vi...

Ainda pude ver a maçaneta arredondada fazer um giro completo antes de chegar à conclusão de que eu não tinha muito tempo para pensar.

Quando a porta se abriu, agarrei pelo colete o homem que surgiu diante de mim e o arremessei escada abaixo. Mas a reação dele foi rápida o suficiente para que ele também me segurasse, e acabei despencando por cima dele.

Foi uma queda rápida e extremamente dolorosa.

Rolamos pelos degraus de madeira, embolados no espaço apertado entre a parede e o corrimão. Tentei me desvencilhar dele da maneira que pude, sentindo minha nuca e minhas costas chocarem-se com violência, chacoalhando o mundo ao meu redor, até pararmos com um impacto pesado no chão de cimento. Meus ouvidos zumbiam e minha cabeça latejava, mas imediatamente chutei o sujeito para o lado e me afastei dele, esperando por um ataque que nunca veio.

Ao olhar melhor para o corpo aos meus pés, notei que ele vestia o uniforme preto do FBI. Mas o que me chamou a atenção não foi a sua indumentária, e sim o estranho ângulo em que seu pescoço se encontrava. O cabelo tinha corte militar, e os olhos, arregalados e imóveis, ainda conservavam a surpresa de alguém que, certamente, não esperava morrer daquela forma.

Com urgência, e sem nem saborear a sorte que tive por ainda estar com o pescoço intacto, explorei o cadáver à procura de qualquer coisa que eu pudesse usar para me defender. A pistola que achei no coldre preso em sua calça cargo me fez respirar aliviado. Retirei o pente e verifiquei a munição.

Carregada.

Tornei a olhar para a escada, com a arma em punho, e recapitulei o que eles tinham conversado. Amanda estava presa no segundo andar, e Jacob, desaparecido.

Mas eles ainda estavam vivos.

Subi os degraus sentindo a energia renovada, apesar do corpo machucado e dolorido. Os dedos dos quais Lincoln havia arrancado as unhas à força envolviam a pistola, pulsando ansiosos por apertarem o gatilho, e eu cuspi para tirar o gosto de sangue da boca. Cheguei à porta entreaberta e, cautelosamente, coloquei a cabeça para fora.

Quando enfim reconheci onde estava, minhas pernas bambearam, e eu quase despenquei escada abaixo pela segunda vez.

Não.

Caralho, de novo, não...

PARTE TRÊS
DE VOLTA PARA CASA

Nesta casa fomos criados
Neste mundo fomos jogados
Como um cão sem um osso
Um ator atuando sozinho.

Viajantes na tempestade.

— THE DOORS

E não adianta ligar sua luz, querida
A luz que eu nunca conheci
E não adianta ligar sua luz, querida
Estou do lado escuro da estrada.

— BOB DYLAN

EXTRAÍDO DO JORNAL THE BOSTON HERALD

BOSTON, MASSACHUSETTS
SÁBADO, 21 DE FEVEREIRO DE 2015

MONSTRO DA COLINA É MORTO APÓS ATAQUE BRUTAL A ORFANATO

da Redação

Autoridades federais confirmaram nesta sexta-feira (20) que o assassino Benjamin Francis Simons, mais conhecido como Monstro da Colina, foi morto a tiros após um covarde ataque ao orfanato St. Charles Children's Home, em Rochester, New Hampshire, onde cresceu.

Segundo os agentes do FBI, o orfanato vinha sendo vigiado desde a fuga de Benjamin do Sanatório Louise Martha, na última quarta-feira (18), por se tratar do único local de grande relevância para o passado do assassino. O Departamento Federal de Investigação acreditava que Benjamin procuraria sua antiga residência e que as intenções dificilmente seriam inocentes.

"Ele não tinha para onde ir", afirmou o diretor-adjunto Alastor Kingsman, consternado, em coletiva realizada na noite de ontem. "Simons já havia matado os últimos integrantes de sua família e, perturbado como era, capaz de todas aquelas atrocidades cometidas no passado, representava uma grande ameaça não só à população, mas também a todos do orfanato. Incluindo o reverendo John. Que Deus o tenha..."

Antes de ser flagrado e morto pelos agentes do FBI, Benjamin Simons (colocado na lista dos dez mais procurados da agência ainda na quinta-feira, tornando-se a 516ª pessoa a figurar no grupo desde que foi criado, em 1950) conseguiu se infiltrar nas instalações do orfanato e foi direto para o escritório do ex-diretor e reverendo John James Malloway. Com uma pistola calibre 9 mm, então, executou o religioso de 92 anos com um tiro na nuca.

Ao ouvir o disparo, a equipe que montava guarda na localidade agiu prontamente, neutralizando o assassino, que ainda trocou tiros com os agentes, e impedindo que ele fizesse mais vítimas.

"Esse, decerto, era o plano de Simons", disse Kingsman. "Ainda não sabemos se ele dispôs de algum tipo de ajuda, como quando escapou do sanatório, mas tudo indica que agiu sozinho. É um momento de sentimentos conflitantes", ele complementou. "Se por um lado estamos aliviados por finalmente termos colocado um fim nessa figura que nos assombrava havia tanto tempo, por outro precisamos ser fortes para lidar com o luto que permanece."

Diretor do St. Charles Children's Home desde a década de 1970, o reverendo John James Malloway era uma figura adorada por todos, dentro e fora da instituição. Uma vigília em sua memória foi anunciada para a noite de hoje no pátio do orfanato, que fica no número 19 da rua Grant, em Rochester.

"O reverendo John não merecia de modo algum o fim trágico que teve", afirmou um porta-voz do orfanato à nossa reportagem. "Um homem que dedicou sua longa vida à religião e ao próximo, incluindo o próprio Benjamin Simons, a quem ele tinha como um filho, ser morto dessa forma, debilitado e em uma cadeira de rodas, mostra que o mal existe e que precisamos urgentemente de mais amor no mundo. Um ser humano inigualável, que deixará muita saudade. Todos que puderem comparecer à vigília serão bem-vindos. Vamos rezar para que a alma de John chegue em paz aos céus e agradecer por tudo de bom que ele fez para as crianças necessitadas."

Acompanhe a repercussão da morte de Benjamin Francis Simons em tempo real no nosso site (www.bostonherald.com) e relembre o famoso caso "Horror na Colina de Darrington" nas páginas 4-6 desta edição.

DEMOREI ALGUNS SEGUNDOS PARA DIGERIR A REALI-
dade que se estendeu para além da porta de madeira encardida.

Aquele era o lugar onde muitos dos que um dia significaram alguma coisa para mim, e até aqueles que não puderam nem ao menos chegar a significar, encontraram destinos piores do que a morte.

A raiz de tudo de ruim que já me acontecera.

Uma casa arquitetada pelo mal, para o mal.

O lar de todos os meus medos.

O início...

O meio...

E o seu fim, a voz demoníaca sibilou em minha mente, complementando meus pensamentos sombrios. *Aqui, onde dois foram concebidos como um só, apenas um continuará de pé. Resista o quanto quiser, criança, mas daqui você não passa. Não desta vez.*

Ciente do perigo que existia em dialogar com *o outro cara*, mas incapaz de me conter diante da sensação ruim que me invadira, sussurrei:

— O que te garante que não posso pegar essa pistola e acabar com a festinha de vocês bem mais cedo que o previsto?

Você é fraco, ele disse, com sua fala arrastada. *Há onze anos, você teve uma arma em mãos, nesta mesma casa, e chegou até a apontá-la para a própria cabeça, mas não apertou o gatilho. Faltou coragem, criança. Eu vejo o seu interior e sei que você é um covarde.*

— Não sou o mesmo de onze anos atrás — afirmei, levemente consciente do chiado que surgira em meus ouvidos. — Acho que você sabe disso.

Mas você continua fraco... Sua mente se preenche de maldade e sentimentos de vingança, mas isso dura pouco tempo. E é justamente essa sua preocupação pela segurança dos outros que vai te levar diretamente para a morte, criança.

— Eu morri há muito tempo... — Apertei o cabo da pistola com força, de olhos fechados, lembrando do meu dedo pressionando o gatilho contra o Andrew, sem piedade. — Se nasci desta forma, com uma criatura feito você dividindo a alma comigo, então eu já nasci morto.

Eu vou destruir tudo o que você ama. O chiado em meus ouvidos aumentou de volume. *Todo o pouco que ainda lhe resta. Você será estuprado no inferno junto com a piranha da sua mãe.*

— Veremos. — falei em tom de quem encerra o assunto, e com uma olhada rápida para os dois lados, corri agachado até a cozinha.

Não valia a pena alimentar os pensamentos nefastos daquela criatura. Chegaria a hora em que eu o enfrentaria cara a cara. No momento, minha preocupação era outra.

Abaixado sob o balcão onde outrora a tia Julia fatiou vegetais e bateu massas de bolo, e que agora fora reduzido a uma precária estrutura de madeira e mármore rachada e completamente fora de esquadro, me concentrei nos sons ao meu redor, sentindo o coração martelar o meu peito. Os passos e as vozes que ecoavam por todos os cantos, anunciando o tipo de crueldade que fariam se Jacob não aparecesse logo, indicavam que a busca pelo garoto continuava. E se a minha contagem de nomes estivesse certa, ainda sobravam três deles por aí.

Quanto tempo levaria até que descobrissem os corpos no porão e a cadeira de metal vazia?

Ergui a cabeça e olhei para o hall de entrada. Não havia mais móveis de madeira rústica, nem quadros espalhados pelas paredes. Nem qualquer sinal de vida.

O frio pareceu ainda maior.

Nenhum lugar tinha um poder tão grande de me desestabilizar como aquele. Se já não bastassem as minhas próprias experiências dentro das paredes do antigo casarão, o local por si só parecia transpirar maldade. Respirei fundo, e o ar pesado, desconfortavelmente familiar, preencheu os meus pulmões.

No assoalho mais à frente, onde muito tempo atrás encontrei a Carlinha, nua, desacordada e deitada sobre a figura de um bizarro pentagrama invertido, um feio altar de pedra entalhado de símbolos da base ao topo fora colocado. Não demorei para identificar por que eu lembrava dele.

Foi em cima de um exatamente igual que minha mãe fora atacada por aqueles maníacos a mando de Kingsman. Naquela mesma estrutura, durante algum tipo de ritual maligno, minha vida se iniciou. Minha e do *outro cara*.

Mas nem fodendo seria em cima dela que tudo terminaria.

Jacob tinha conseguido escapar, e essa, por si só, já era uma excelente novidade. A Amanda, por outro lado, continuava em poder da Organização. Estalei o pescoço e coloquei a cabeça para funcionar. Por mais depredada que agora estivesse o casarão na Colina de Darrington, bem longe do que foi um dia, quando a família Johnson a chamava de lar, eu ainda a conhecia de olhos fechados.

No andar de cima havia três quartos. Eu não sabia qual tinham escolhido para aprisionar a Amanda, mas isso não faria a menor diferença. O problema estava justamente em chegar até eles. Pelo que eu conseguia ouvir, ao menos um dos lacaios de Kingsman perambulava acima de mim, falando em voz alta e abrindo portas de armários e gavetas com estrondo, na tentativa de assustar o Jacob para fora de seu possível esconderijo.

Torcendo para que não o encontrassem, tentei me concentrar em alguma forma de atraí-lo para o andar de baixo sem que percebessem que eu tinha escapado. A ideia era manter as atenções longe do porão.

Foi com um arrepio, daqueles que fazem a gente se sentir anestesiado, que vi o vulto atravessando o hall. Era uma sombra miúda, do tamanho de uma criança, e na mesma hora pensei em Jacob.

Quando abri a boca para chamar a sua atenção, a luz fraca que entrava pelas janelas iluminou melhor a pequena forma misteriosa. Jacob não tinha cabelos compridos e, definitivamente, não usava vestido. Foi então que meu coração amoleceu.

Carlinha sorriu para mim e deu dois tchauzinhos com a mão esquerda. Em seguida, levou o indicador aos lábios. A voz chegou aos meus ouvidos como se a boca da menina estivesse a centímetros dele, como costumava fazer quando me contava segredos.

Não faça barulhos, Benny..., a Carlinha sussurrou, e eu precisei me segurar para não desmaiar.

Lentamente, e como se deslizasse, ela foi até o primeiro degrau. Uma combinação feroz de sentimentos me paralisou. Da posição em que eu me encontrava, só consegui enxergá-la até seu pequenino pé descalço ter desaparecido escada acima.

Os sons que eu agora ouvia vinham unicamente da minha respiração descompassada. O ar gelado pareceu suspenso e eu me perguntei se tinha visto demais... Outra pegadinha de mau gosto do *outro cara*, talvez? Mas os gritos que vieram do segundo andar me confirmaram que eu não fui o único a vê-la.

— Ei! Quem é você? — um homem gritou, um tanto alterado. — Não dê mais nem um... ei, garotinha, fique onde está! O que você está fazendo aqui? O que é isso na sua testa?

Arrisquei alguns passos por trás do balcão, para a outra ponta da cozinha e em direção ao hall de entrada e levantei a cabeça para tentar enxergar melhor a escada.

— Caralho, q-que merda é essa?! — O terror que ele sentia era quase palpável. — F-fique aí! Não chegue perto! CHARLIE! — o homem gritou, procurando ajuda. — Caralho, m-minha arma! CHARLIE!

Mas Charlie não estava dentro da casa e, mesmo se estivesse, havia algo de estranho no ar... Nem sei se ele ouviria.

Os gritos que vieram em seguida — *Ahhh, foda-se essa merda!* — vieram acompanhados de um trotar de pernas desesperado, que desceu a escada em questão de segundos.

O homem que surgiu no hall, aterrorizado, não parecia tão corajoso quanto a vestimenta militar sugeria. Talvez tivesse sido o choque em descobrir o tipo de casa em que estava ou o tipo de situação em que havia se metido... Não, acho que não. Pelo modo como ele olhou por sobre o ombro antes de desaparecer porta afora, o que o abalou foi o medo de encarar uma ameaça que não seria contida pelas armas de fogo que ostentavam com tanta superioridade.

O colete podia até ser à prova de balas, mas não oferecia nenhuma resistência ao horror que existe em deparar-se com o desconhecido.

Ajuda a Amanda, Benny..., tornei a ouvir o sussurro em minha mente e me coloquei de pé de um salto.

Muito tempo atrás, salvei a alma da Carlinha pagando um preço absurdamente caro para isso. Agora, ela que nos ajudava a encontrar a salvação.

— Obrigado, pequenina... — respondi num murmúrio, e disparei até a escada.

Conforme subia, tentando evitar as lembranças que chegavam sem convite, escutei um ranger bem acima da minha cabeça que funcionou quase como um gatilho, me fazendo congelar no último degrau.

Nhec... Nheeec...

A ignorância, às vezes, pode ser uma virtude.

Cheguei a essa conclusão quando constatei que estava muito mais bem servido sem saber exatamente quem era a mulher enforcada na viga que corria paralela à escada. O medo, desta vez, misturou-se a um sentimento de tristeza avassalador. Continuei a andar e o som parou por completo.

Edward..., ela chamou atrás de mim. *Por favor, nos perdoe...*

Fechei os olhos.

Eu travava duas batalhas dentro daquela casa: uma contra a Organização e seu demônio; outra, contra o meu passado e contra os *meus* demônios. E esses, eu sabia, seriam bem mais difíceis de exorcizar.

Mesmo não tendo tempo a perder, abri os olhos com o coração batendo forte e virei, pronto para encará-la.

Mas ela não estava lá.

Desorientado, sacudi a cabeça, respirei fundo e voltei a caminhar pelo corredor. Eu não podia ceder às ilusões. Não podia enfraquecer ainda mais a minha mente.

Claro, na teoria tudo era muito mais fácil...

Abri a primeira porta. O quarto que antes pertencera à Carlinha agora era algo muito próximo a um depósito de lixo. Pedaços da antiga mobília, sacos e roupas velhas se amontoavam pelo pequeno cômodo, ocupando quase todo o espaço. O papel de parede, que outrora mostrou princesas e castelos, agora se assemelhava às ilustrações doentias de algum livro de terror, rasgado e vandalizado. As grandes janelas não passavam de enfeites, totalmente bloqueadas por tábuas de madeiras.

O cheiro, então, era insuportável. Uma mistura nauseante de mofo e morte.

Dei as costas ao cenário pós-apocalíptico do primeiro quarto e fui até a segunda porta. Os aposentos dos meus tios, que nunca foram da minha família, Romeo e Julia Marie Johnson. A maçaneta enferrujada ofereceu um pouco mais de resistência que a anterior e, por alguns segundos, achei que estivesse trancada. Mas foi só forçar um pouco a entrada com o ombro, que ela cedeu.

A cena que encontrei não foi muito mais agradável. Em vez de montes de lixo, uma velha e enferrujada cama hospitalar jazia solitária. Todos os equipamentos que um dia mantiveram tia Julia viva tinham sido retirados. E ainda nenhum sinal de Amanda.

Dirigi-me à última porta. Parecia um tanto sarcástico que a Amanda estivesse presa naquele...

Era o último quarto, no final do corredor, e pertencera a ela no passado. Vozes exaltadas discutiam a aparição do segundo andar em algum lugar do lado de fora.

Precisava agir rápido.

Coloquei a mão na maçaneta e a girei com vigor, apenas para descobrir que a porta estava trancada. Ainda forcei com o ombro, da mesma forma que a anterior, antes de desistir.

Aproximei o rosto do vão entre a porta e o caixonete.

— Amanda? — chamei, apreensivo.

O som que veio de dentro do quarto, gemidos femininos abafados e desesperados, serviu-me de resposta.

— Amanda, sou eu! — sussurrei, plenamente ciente de que as vozes que ainda restavam na casa agora soavam bem mais próximas. — Aguenta firme, vou te tirar daí.

Quando alguém no andar de baixo ordenou que um sujeito chamado Morton buscasse Oscar Lincoln no porão, entendi que nosso tempo se esgotara. Somando o que eu ainda tinha de força com a adrenalina que me invadira, chutei a porta violentamente abaixo da fechadura e ela se escancarou.

Amordaçada e contida por cordas que a envolviam do pescoço para baixo, a Amanda estava deitada em posição fetal no chão, ainda com as roupas de quando nos separamos em Derry, calça jeans escura e casaco cinza, ambos agora sujos e rasgados. Ela gemeu e se debateu quando me viu. O estado do quarto era quase tão caótico quanto o primeiro: atolado de lixo e mobília destruída, todas as janelas interditadas.

Corri em sua direção.

— Parece que desta vez invertemos os papéis — falei apressado, retirando sua mordaça e começando a livrá-la das cordas. — Temos que sair daqui agora.

— Jacob! — Amanda exclamou, sem fôlego, tão logo se viu capaz de falar. — Onde ele está?

— Não sei. Estão no encalço dele — respondi, fazendo força para desamarrar um nó particularmente apertado. — Mas ele deve estar bem, ainda não o pegaram.

— É tudo minha culpa... — ela falava, enquanto eu livrava suas pernas. — Tudo minha culpa. Concordei em irmos até Salem achando que era seguro, mas eles apareceram lá, Ben! Saíram do meio do nada e nos cercaram no Forest River Park, não tive tempo nem de sacar a pistola. Meu Deus... Se pegarem o Jacob...

— Nós o encontraremos primeiro — falei, meu excesso de confiança soando falso e exagerado.

— E o Andrew? — ela quis saber, já com os braços livres e me ajudando a soltar o restante dos nós. — Cadê ele?

Encarei seus olhos castanhos, arregalados e assustados, e senti um peso despencando dentro de mim.

— O que aconteceu, Ben? — Amanda estranhava o jeito como eu a fitava. — Onde ele está?

Eu não fazia ideia de como revelar o que tinha acontecido. Mas não houve tempo de pensar em algo: o caos tomou conta do andar de baixo.

— ELE FUGIU! — um dos homens gritou. — LINCOLN E HAMMOND ESTÃO MORTOS E O SIMONS FUGIU! CARALHO, ACHEM O DESGRAÇADO AGORA!

Amanda e eu nos pusemos de pé.

— Lincoln está morto? — Ela parecia confusa e impressionada. — Ben, o que... o que está acontecendo aqui?

— Depois eu explico. — Fui até a porta.

Os agentes ainda corriam pelo térreo, gritando uns com os outros, e pareceram deixar o interior da casa. Aquela seria a nossa única chance.

— Vem, Amanda, rápido! — Eu a segurei pelo braço, empunhei a pistola e a guiei para fora do quarto. Minha pulsação seguia acelerada e o chiado incômodo voltara aos meus ouvidos.

Jacob não estava dentro da casa. Caso contrário, já o teriam encontrado. O que precisávamos era sair daquele lugar antes que o Kingsman chegasse, e encontrar o filho de Amanda antes que eles o fizessem.

— Fique atrás de mim — orientei, caminhando pelo corredor com a Amanda em meus calcanhares, as duas mãos em meus ombros. O frio condensava a nossa respiração e a iluminação precária parecia aconselhar: cuidado.

Descemos os degraus, prestando atenção ao barulho que produzíamos e ao que acontecia na propriedade. O silêncio dentro da casa passava uma falsa sensação de segurança, mas eu sabia que não estávamos nem próximos dela. A qualquer momento eles voltariam e a minha arma, que eu apertava com a mão encharcada de suor frio, não bastaria para nos defender.

A realidade era como uma criança zombeteira, apontando dedos e rindo da nossa cara.

Vamos ver como o bom menino se sai hoje! Vai matar mais alguém ou só a si próprio agora?

Duas sombras, uma maior e uma menor, estavam paradas no meio do hall, entrecortadas pela luz que vinha do lado de fora. Amanda apertou meu braço e conteve um grito. Estaquei onde estávamos e reconheci o contorno no mesmo instante em que Amanda balbuciou:

— M-mãe...? — Ela parecia prestes a cair no choro. — Carlinha?

Pelo outro lado, a voz suave de tia Julia invadiu minha consciência, sobrepondo-se ao chiado. *Pela porta dos fundos.*

Ainda sentindo calafrios pelo corpo inteiro, virei-me com Amanda, cujas pernas falharam e quase a levaram ao chão, e fomos em direção à cozinha.

Só que outro vulto nos aguardava de pé, no meio do caminho.

Este é o fim, filho, disse Romeo Johnson sem que sua boca sequer se movesse. Sua aparência era bem diferente da filha caçula ou da esposa. Era como se ele fizesse questão de se mostrar asqueroso. *É aqui que termina.*

Meu coração batia como um tambor de guerra, mas aquela era uma voz que eu não temia nem um pouco. Amanda, em choque, ameaçou travar, mas eu envolvi seus ombros com o braço, baixei sua cabeça e a coloquei de volta a andar.

— Não olhe, Amanda — sugeri ao nos aproximarmos da assombração cadavérica de seu pai. — Ignore... não escute.

Sentiu saudade do papai, Amandinha?, ele indagou com ironia, abrindo os braços. *Por que não vem aqui me dar um abraço?*

Amanda chorava, mirando o chão. Virei o rosto e encarei os olhos negros de Romeo.

— Pode voltar pro inferno de onde saiu, seu merda — rosnei. — Você não mete medo em mais ninguém.

Romeo sustentou meu olhar com a mesma expressão de fúria que um dia me encheu de pânico. Agora, só o que restava era o ódio e o desejo de revivê-lo apenas para que eu pudesse matá-lo de novo.

Você é o inferno, Benny. Ele riu. *Não adianta fingir que não sabe.*

A porta dos fundos estava a alguns passos da gente. Romeo falava sem parar, Amanda chorava e eu tentava controlar minha mente para não deixá-la sucumbir.

Sem aviso, um disparo de arma de fogo iluminou a cozinha e estourou na parede bem ao lado de Amanda. O instinto de sobrevivência fez com que nos abaixássemos e protegêssemos a cabeça, e um segundo disparo passou zumbindo por nós, trazendo uma verdade indigesta consigo: eles não me matariam enquanto Kingsman não chegasse, mas Amanda não era tão importante assim.

Às cegas, virei o braço para trás e comecei a atirar, levando Amanda até a porta.

— Vai! — eu gritei, empurrando suas costas com as duas mãos e me escorando em um antigo e capenga armário de madeira. — Vai, corre! Ache o Jacob!

Amanda saiu correndo pela porta dos fundos direto para o quintal e para fora do meu campo de visão. Quando ela desapareceu, os tiros cessaram. Respirei fundo e saí de trás do móvel.

Os três agentes do FBI ergueram suas armas e as apontaram para mim. O cheiro de pólvora dominava o ar frio.

— Fique onde está, Simons! — ordenou um deles, já sem a touca ninja. Da careca reluzente de suor aos olhos azuis e arregalados, a expressão de quem sabia que estava fodido.

— Ou o quê? — perguntei, e abri um sorriso. — Vocês me matam?

— Cale a boca! — ele gritou. — Não se mexe, eu tô falando sério, Simons!

Arrisquei outro passo à frente, e eles levantaram ainda mais as armas, recuando.

— Não acham que já fizeram merda suficiente para um dia só? — Minha fala era arrastada e propositalmente debochada. — Kingsman já não vai gostar nada de saber que vocês deixaram os dois prisioneiros escaparem... Imagina se ele me encontra morto?

O homem careca, que devia ser o líder, me estudou com um olhar calculista.

— Morton, dê a volta na casa e procure a mulher e o garoto.

Essa era a deixa.

Ergui a pistola, sem nem ao menos saber quantas balas ainda me restavam, e a levei até a minha têmpora.

Os três agentes congelaram.

— Agora é a minha vez — falei, ainda sorrindo. — Mexam-se e *eu* atiro.

Minha intenção era ganhar tempo para Amanda encontrar o Jacob e fugir, mas foi impossível não aproveitar a sensação que o impasse entre os agentes me proporcionou. Eu sabia perfeitamente bem que as ordens de Kingsman incluíam me manter em segurança. Eles até podiam ser altamente treinados, mas ali, naquela casa, o treinamento não serviria de muita coisa.

— Kingsman já está chegando, Simons — o agente falou depois de um tempo, com um sorriso desafiador. — Seu tempo acabou.

— Que bom. O que eu mais quero é...

Foi só o que deu tempo de falar.

O disparo ensurdecedor que veio das minhas costas me calou na hora. A dor que varou minha panturrilha foi tanta que senti como se ela estivesse em brasas, e o impacto na minha perna, tão forte que me desequilibrou, fazendo o mundo girar e levando consigo a força que me mantinha em pé.

Não sei nem se cheguei a gritar.

Quando minhas costas bateram sem jeito no chão, eu já não sentia mais nada além da dor excruciante que se espalhava do meu joelho para baixo.

Desorientado e com os ouvidos abafados, totalmente privado de reflexos, notei que a minha pistola deslizou para trás, longe do meu alcance. Virei o corpo e me arrastei até ela.

Lento demais.

Quando estiquei a mão para o seu punho de metal, minha visão embaçada captou um lustroso sapato social marrom, que a chutou para o lado. Levantei a cabeça com dificuldade, ainda sentindo a panturrilha pegar fogo, e vi o meu maior medo tomar forma bem diante dos meus olhos.

— Já chega, Benjamin. — Alastor Kingsman segurava uma pistola prateada encostada na cabeça da Amanda. — Acabou.

Se já não fosse aterrorizante o suficiente ver a Amanda sendo ameaçada por aquele maníaco, com horror em seus olhos banhados de lágrimas, uma pessoa misteriosa de túnica negra ao lado de Kingsman segurava um garoto com as roupa rasgadas e sujas de terra.

Jacob.

— Peço que me perdoe pela indelicadeza com a sua perna — Kingsman falou num fingido tom cortês —, mas, sabe, eu precisava avisar que nós tínhamos chegado.

Várias outras figuras encapuzadas surgiram pela porta dos fundos. Eram pelo menos sete deles.

Kingsman abriu um sorriso amarelo.

— Hora de batermos um papinho.

PRIMEIRA PARTE DO ARQUIVO DE TEXTO "KINGSMAN.
DOC", EXTRAÍDO DO COMPUTADOR PESSOAL DE LIAM
JONES, CONHECIDO COMO COFRE, POR JACOB E
AMANDA EM FEVEREIRO DE 2015.

C:/Users/Liam/Documents/Private/ORG/KINGSMAN.doc
(Última atualização: Fev/2015)

ATENÇÃO

Se você está lendo isso (e não sou eu), já estou morto.

O texto que segue foi construído com base em dados confidenciais adquiridos ao longo dos anos. Todo o conteúdo é verdadeiro e as provas estão reunidas neste mesmo computador.

A Organização é real, está espalhada pelos Estados Unidos, e seus propósitos são ambiciosos e doentios. Eles devem ser desmascarados e detidos o quanto antes.

Agora, se em vez disso você for da Organização...

FODAM-SE TODOS VOCÊS!

Eu tentei.

Espero que tenham, ao menos, me concedido uma morte decente.

Liam Jones

Alastor Harris Kingsman nasceu em outubro de 1947 na cidade de Nova Orleans, na Luisiana, com o nome Alastor Harris Mildred.

Filho de Caroline Mildred, que o teve aos dezessete anos no Hospital Geral de Nova Orleans sem reconhecimento do pai, ainda criança, Alastor deu sinais de inteligência acima da média e senso de liderança. Dedicado e disposto a mudar a realidade pobre de sua pequena família, sonhava desde muito novo em ingressar na polícia. Pelo que entendi,

Kingsman criança vivia o preconceito e a violência da desigualdade na pele e ser da polícia significava, para ele, justamente lutar contra isso.

Mas a pobreza quase o tirou do caminho "bem-sucedido" que trilharia no futuro. Antes tivesse tirado...

Aos quinze anos, em um ato desesperado para conseguir os remédios que sua mãe (gravemente doente e sem nenhuma assistência do estado) precisava, roubou uma mercearia no bairro vizinho ao que morava. Mas suas muitas qualidades não contemplavam habilidades físicas; então, ele foi pego enquanto fugia e mandado para um reformatório juvenil.

Foi aos dezoito anos (dois anos antes de ingressar para a polícia) que conheceu o vodu, em uma tentativa de devolver a vida ao corpo de sua mãe. E assim o estudo da antiga religião acabou levando-o a conhecimentos ocultos, como a Alta Magia e a prática de Magia Goética, isto é, a conjuração de demônios. Após o falecimento de sua mãe, em 1966, Alastor Kingsman, sozinho no mundo e muito abalado, decidiu que honraria a memória de Caroline Mildred e se tornaria um homem bem-sucedido, custasse o que custasse. E acabou deixando os estudos do ocultismo de lado.

Tornou-se policial em 1967, já com vinte anos, e em dois anos conquistou o cargo de detetive, sobrepondo-se a todo tipo de preconceito pela sua cor. Conheceu Suzanne Kingsman em 1969, e nesse mesmo ano casou-se com ela, adotando o seu sobrenome e deixando os dias de Mildred para trás. Um ano depois, após uma proposta do Departamento de Polícia de New Hampshire, o casal se mudou para a cidade de Derry, onde Suzanne engravidou. Kingsman já estava cotado para o cargo de sargento quando um assassino, alegando ouvir vozes divinas, acabou com a vida de sua mulher, grávida de oito meses de sua filha, em nome do Senhor. O bebê não resistiu e também morreu.

Depois dessa tragédia, Kingsman enfrentou um período depressivo que quase o levou a tirar a própria vida. Aqui, repito: antes tivesse tirado.

Foi então que ele conheceu Oscar Lincoln, renomado médico psiquiatra, que o ajudou a absorver as dores do luto e transformá-las em combustível para os seus objetivos. Em 1971, retomou os estudos do ocultismo com mais afinco do que nunca, inicialmente na busca por algo que o levasse até sua esposa e fiha e, depois de algum tempo, visando apenas lucros pessoais. Ainda, se jogou de cabeça em seu trabalho na polícia, e muitos diziam que Kingsman estava mudado, mais ambicioso e centrado, o que o fez avançar em sua carreira policial com incrível rapidez.

Em 1974, já versado nos mais diferentes ramos da Alta Magia, e com os laços de amizade com Oscar Lincoln ainda mais fortalecidos, formou uma comunidade alternativa em South Hampton. Kingsman tinha ideias grandiosas e um grupo de amigos e admiradores; homens e mulheres de famílias ricas e influentes que compartilhavam da mesma visão ambiciosa e almejavam poderes e riquezas ainda maiores do que já possuíam. Com preceitos baseados nos antigos Illuminati, nascia assim a Organização.

Talvez tenha sido o desejo de vingança pelo Servo do Senhor, como Kingsman se referia ao assassino de sua família, que permaneceu aceso em seu coração, mas foi em 1975 que ele teve A Ideia. Colocar a ideia em prática, como eles costumam dizer. Redundante, não? Acontece que todas as nomenclaturas e comunicação usadas por eles sempre foram genéricas, sem maiores detalhes justamente para não chamarem atenção em conversas que, porventura, viessem a ser interceptadas.

A Ideia de Kingsman começou a tomar forma ainda no final de 1975, quando a Organização adquiriu centenas de hectares de terra em uma colina no condado de Rockingham, em South Hampton, chamada Darrington. O local, relativamente afastado de outras residências, seria o palco principal de todas as atrocidades que a Organização cometeria ao longo dos anos.

Utilizando seus conhecimentos avançados em Geometria Arcana (para mais detalhes, ver arquivo GEOMETRIA_ARCANA.doc), Kingsman preparou todo o terreno e projetou um casarão de ares vitorianos, cuja estrutura foi concebida, desde a primeira tábua de madeira, com base em cálculos ancestrais, o que a tornou a locação perfeita para a abertura de portais para o submundo. Bizarro, não?

Kingsman descobriu uma maneira de contatar entidades dos mais variados planos através de rituais de magia negra e realizar acordos com esses demônios em troca de ganhos pessoais. Uma promoção de emprego para um aqui, um prêmio para o ator amigo ali, um novo cargo político para alguém influente... De favor em favor, Kingsman arrebanhava mais seguidores, dentre eles, políticos, empresários, artistas. No início da década de 1980, sua influência já se estendia para além da polícia, onde exercia o cargo de tenente. Kingsman e Lincoln sempre foram homens respeitados, portanto, muitos se deixaram levar pela sua aparência.

Em 1986, totalmente consolidado como chefe da Organização, Kingsman tomou ciência de que estava envelhecendo. Ele realizava favores para muitos, e quase nunca para si próprio. Decidiu, então, que o tempo era o seu maior inimigo.

Ele viu que, se quisesse continuar usufruindo de todo o poder que conquistara para si, precisaria de um excelente acordo. (...)

NÃO HOUVE CADEIRA DESTA VEZ.

Nem cordas. Nem correntes.

Alastor Kingsman simplesmente ordenou que levassem todos nós para a sala onde estava o altar de pedra. A dor em minha panturrilha atingiu um nível crítico conforme um dos agentes do FBI, visivelmente apreciando cada segundo, segurou meu antebraço e me arrastou com violência e descaso pelo assoalho, fazendo com que minha perna desenhasse um trajeto sinuoso de sangue por onde passava. Quando chegamos, ele escorou minhas costas no altar como se atirasse um saco de lixo.

Os servos encapuzados de Kingsman posaram pelos cantos da sala como sombras.

— Charlie, arrume alguma coisa para enfaixar a perna de Simons — pediu ele, impaciente, enquanto vestia a túnica negra por cima do seu terno. — Não quero que ele sangre até a morte.

— Sim, senhor.

Enquanto o agente enrolava minha perna de qualquer jeito com um trapo imundo que encontrou no banheiro, pressionando com força além do necessário, segurei os gemidos de dor. Eu não daria esse prazer a ele.

Procurei o olhar de Amanda, que agora tremia, contida com os dois braços para trás por um dos lacaios de túnica, e mantinha a expressão aterrorizada e descrente.

Virei o rosto para Jacob, também contido por um dos homens de Kingsman, mas não vi terror em seu olhar. O garoto, na verdade, parecia imerso em pensamentos, contemplando a janela na outra extremidade da sala, e eu me peguei torcendo para que o pequeno gênio tivesse uma carta na manga.

Qualquer coisa que tirasse, pelo menos, ele e a mãe dali.

— Benjamin... — Kingsman respirou fundo. — Você tem alguma ideia da quantidade de trabalho que tem me dado nesses últimos anos?

Não respondi. Entrar em um diálogo com Alastor Kingsman sempre significava perder a cabeça, e naquele momento eu precisava de todas as minhas faculdades mentais.

— Só eu sei a quantidade de favores que tive de prometer para encobrir as merdas que você nos obrigou a fazer todo esse tempo. — Ele se aproximou de mim. — Se tivesse simplesmente desistido da primeira vez, tudo teria sido tão mais fácil. Quero dizer, olhe só pra vocês. No final das contas, vocês saíram perdendo... Adiantou alguma coisa?

O ódio surgiu em mim como lava em ebulição. Kingsman fechou os olhos.

— Oscar Lincoln era meu amigo há mais de quarenta anos, Simons. — Ele ergueu as pálpebras e perguntou, entredentes. — Diga-me: a morte dele foi prazerosa pra você?

Minha vontade era responder que sim, mas o silêncio pareceu mais adequado. Ele queria que eu me alterasse e eu só queria manter o cérebro funcionando como devia.

— Você não é o bom menino que eles pensam que é. — Kingsman indicou Amanda e Jacob com a cabeça. — O mal que mora em você já o transformou. Não há mais volta.

Pensar que ele muito provavelmente estava coberto de razão não ajudou em nada a acalmar a minha pulsação... Mas ainda assim eu permaneci de boca fechada.

— Amanda Johnson — Kingsman falou abruptamente, e eu me aprumei no altar. — Tomemos você como exemplo. Você não estaria nessa situação se não fosse o Benjamin. Nem você, nem o seu filho. Nem o seu marido. Ele, então, talvez ainda estivesse vivo...

— O que... — Amanda começou, com a voz embargada. — O que você...

Olhei dela para Jacob, e ambos miravam Kingsman estarrecidos, incapazes de acreditar no que ele insinuava.

— Ah, vocês ainda não sabem? — Ele olhou para mim com um leve sorriso que fez meu coração bater ainda mais forte. — Seu marido, Andrew Myers, ou Victor Walls, como preferir, está morto. Seu pai, Jacob. Morreu.

— Ben... Não... É mentira... — Amanda balbuciava, olhando para mim, prestes a cair no choro. — É mentira, não é, Ben? Onde ele está?

— Não, não é mentira, Amanda — Kingsman continuou, com crueldade. — E o assassino, para sua informação, é o mesmo homem que vocês ajudaram a tirar do sanatório.

Não era daquele jeito que eu pretendia contar o que tinha acontecido, nem perto disso. Da forma como o Kingsman colocava, manipulador como sempre, fazia parecer que eu o matara por simples e espontânea vontade. Amanda e Jacob agora choravam e me fitavam com expressões de dor e surpresa.

— Por favor, escutem — eu tentei, ajeitando-me no chão e sentindo uma dor absurda na panturrilha. — Não é bem assim que...

— Benjamin... meu pai...? — Jacob perguntou, as lágrimas escorrendo pelo seu rosto, sua postura bem diferente daquela do pequeno adulto que eu conhecera. — O que você fez?!

Ao ver-se diante de mais uma morte, desta vez de alguém que amava e significava muito para ele, não houve genialidade que o segurasse. O menino não passava de uma criança indefesa...

— Eu nunca me canso de desmascará-lo, Simons. — Kingsman sorria triunfante ao ver a situação que criara. — Arrancar essa máscara de inocente que você teima em vestir... E então? Vai continuar mentindo na cara deles?

— Amanda, não fui eu. Eu juro. — insisti, e então me voltei para o menino. — Jacob, olhe para mim... Por favor, olhe para mim!

O garoto chorava com a cabeça baixa. Relutante, ele me encarou.

— Foi ele, Jacob. Foi o *outro cara*!

Jacob olhou para o meu ombro e tornou a baixar a cabeça. Não sei se ele chegou a ver alguma coisa, nem se acreditava em mim. Meu tom não convencia nem a mim mesmo...

— Bom, vejam, ao menos existe um ponto positivo nisso tudo. — Kingsman foi até a Amanda. — Andrew não morreu em vão. Por sorte, tive uma ideia excelente para me livrar de dois problemas de uma só vez. — Ele olhou para mim. — Já que sua família, Amanda, é praticamente fantasma nos Estados Unidos, como Liam Jones teve a bondade de me informar, dei uma nova identidade para o seu marido ontem em meio à bagunça que o Benjamin aqui nos obrigou a causar no orfanato.

Eu tentava entender o que ele queria dizer com aquilo e Amanda parecia tão confusa quanto eu. A bizarra situação impedia que os sentimentos de luto viessem da forma correta. Tudo era surreal demais para que sentíssemos as coisas da maneira que deveriam ser sentidas.

— Eu precisava apagar todos os holofotes de cima do Simons. Desde que vocês o ajudaram a escapar do sanatório, o interesse da população pelo destino do Monstro da Colina reacendeu. — Kingsman se pôs a caminhar pela sala. — Eu não poderia simplesmente desaparecer com ele da face da terra sem dar um desfecho para sua história. A sociedade precisava desse desfecho para poder voltar a dormir em paz. E ele aconteceu ontem, quando, para todos os efeitos, Benjamin invadiu o orfanato St. Charles Children's Home com uma chacina em mente, matou o reverendo John a sangue-frio e acabou alvejado pelos heróis do FBI. O corpo que seguiu para o necrotério com dezessete perfurações de arma de fogo foi entregue como sendo de Benjamin Francis Simons, e ninguém fez mais perguntas. — Ele deu de ombros. — O jornal adorou divulgar que o pesadelo da Colina de Darrington finalmente terminou.

E lá estava.

Como imaginei, mais uma vez eu levava a culpa por algo terrível em benefício dos interesses de Alastor Kingsman. Mais mortes para a conta de Ben Simons, o Monstro da Colina, que agora estava morto, eliminado pelos *heróis do FBI*. E ainda havia sobrado para Andrew, que desaparecia da face da Terra sem direito a um funeral decente e nenhum respeito pela sua memória, levando consigo para o túmulo duas identidades: a minha e a dele.

Kingsman prosseguiu com o seu monólogo:

— Agora, estamos livres para fazer o que quisermos com o senhor Simons, sem que ninguém pense que ele ainda está à solta pelos Estados Unidos. E Andrew continuou com sua verdadeira identidade, digamos, protegida. Genial, não?

Amanda e Jacob continuavam com a cabeça baixa, a primeira sacudindo-se levemente enquanto as lágrimas escorriam sem parar. A sala fria e sombria mergulhou no silêncio mais uma vez e eu não não consegui mais me conter:

— Impressionante, Kingsman. — Olhei para ele. — Chega a ser tocante o seu esforço em foder com a minha vida todos esses anos.

— Bom, em minha defesa, não era para ter levado todo esse tempo...

— Ah, é? — perguntei, alterando a voz. — Então, aqui estou eu. Por que não me mata de uma vez e acaba logo com isso?

— Acredite, Simons, se eu apenas o quisesse morto, você já estaria enterrado em algum buraco há muito tempo... — ele falou, displicente, retirando a poeira de suas vestes.

— O que mais você quer de mim então?

Alastor Kingsman me encarou, e seu olhar faiscava. Sustentá-lo chegava a arder...

— Não estou aqui para discutir minhas razões com você. Chega de conversa. — Então ele se virou para os agentes do FBI, que estavam a postos na entrada da sala como seguranças em uma festa privada. — Charlie, por favor, recolha todas as armas, suas e dos seus colegas, e coloque-as naquele canto. — Kingsman ordenou, apontando para o final da sala.

— Como, senhor? — O agente careca e de olhos azuis que atendia pelo nome de Charlie chegou mais perto dele, parecendo confuso com o pedido inusitado e repentino.

— É uma ordem, agente Charlie. Recolha todas as armas. Agora.

Os outros policiais também não entenderam o porquê, mas se havia algo que o treinamento militar certamente lhes ensinara era nunca negar uma ordem de seu superior. Ainda mais quando o seu superior era um homem sombrio e bem relacionado como aquele. Eu, por outro lado, já familiarizado com o *modus operandi* de Alastor Kingsman, senti que algo estava errado.

Charlie, hesitante, foi até os outros dois companheiros e recolheu os seus fuzis de assalto, levando-os, junto com o seu, até o local indicado. Em seguida, pegou as pistolas e todos os pentes de munição, e os colocou no mesmo lugar.

— Perfeito. Obrigado, agente Charlie. — Kingsman agradeceu, com um sorriso, e estendeu para ele a arma que segurava. — Agora, por gentileza, mate-os.

O ar na sala pareceu suspenso e os agentes encararam uns aos outros, incrédulos. Quando fizeram menção de recuar, as figuras de túnica negra os cercaram. Algumas ergueram punhais; outras, armas de fogo.

— Se não o fizer, nós o faremos. E você morrerá também.

Meu coração batia com a mesma intensidade da dor em minha panturrilha. Amanda e Jacob não choravam mais. O terror suplantara a tristeza.

— Senhor, o que...? — A voz de Charlie estava trêmula, e ele olhava para a arma em suas mãos.

Os outros dois apenas viravam a cabeça de Kingsman para Charlie. A capacidade da fala parecia tê-los abandonado.

— Vocês falharam, Charlie. Miseravelmente — Kingsman explicou com a voz serena, como um professor explicando a um aluno por que o avaliara com uma nota tão baixa. — Oscar Lincoln está morto e os nossos convidados quase escaparam. Acham que fizeram um trabalho bem feito? Acham que serei capaz de contar com vocês de novo no futuro? Difícil, né? Preciso saber se ainda posso confiar, pelo menos, em você.

— Mas... eles...

— Decida, Charlie. Você tem dez segundos.

Armas foram erguidas ao redor dos agentes e Charlie percebeu que não restava escolha. Houve protestos por parte dos dois condenados, que, aterrorizados, ergueram as mãos, suplicando para que Charlie não fizesse o que estava prestes a fazer. Mas ele sabia que não poderia hesitar. As letras amarelas do FBI pareceram reluzir quando Charlie levantou sua pistola. Ele tremia da cabeça aos pés.

— Cinco segundos, agente Charlie.

O que era apelo virou gritaria. Então Charlie tomou uma decisão.

Virou o corpo para o outro lado e apontou o cano de sua pistola prateada para o seu superior com uma expressão de ódio no rosto.

— Vá se foder, seu monstro — o agente falou, sublinhando cada palavra.

E, então, apertou o gatilho.

Clic.

Perplexo, Charlie olhou para a arma. Em seguida, para o homem que tentara matar.

— Sim, imaginei que você fosse fazer isso. É mesmo uma pena. — Kingsman disse, com um leve sorriso, e fez um aceno com a cabeça.

Por todos os lados, disparos foram efetuados contra os agentes. O barulho foi ensurdecedor, e a cena, nauseante. Fechei os olhos e protegi o rosto enquanto eles gritavam, num bobo instinto de sobrevivência, como se aquilo pudesse me proteger de alguma bala errante. Mas nenhuma me acertou e quando enfim pararam de atirar, ergui a cabeça e vi os três corpos amontoados no assoalho, com perfurações em todas as partes que o *Kevlar* de seus coletes à prova de bala não protegia. Havia sangue por todos os lados.

Meus músculos se contraíram e o chiado voltou aos meus ouvidos.

— Está vendo, Simons? Está vendo o que me obrigaram a fazer? Olhe só pra eles. — Kingsman apontava para os cadáveres. — Esses eram os meus melhores agentes. Todos mortos.

A sala entrava e saia de foco conforme ele falava.

— Você nem imagina o trabalho que terei quando retornar ao FBI... Felizmente, ainda me restam alguns bons amigos. — ele abriu os braços, indicando as figuras que o rodeavam. — E, depois de hoje, tempo não será mais um problema.

Amanda parecia prestes a desmaiar, e Jacob mantinha a expressão de alguém que acabara de sofrer um trauma.

— É chegada a hora, meus irmãos — Kingsman proclamou. — Aproximem-se. E coloquem, por favor, o senhor Simons no altar.

Dois dos lacaios me ergueram do chão sem dificuldade nem delicadeza, e em questão de segundos eu já estava com as costas sobre a pedra fria. Um deles segurava meus braços, e o outro, meus calcanhares. Minha cabeça pesava e o chiado se tornara ainda mais alto. A dor em minha perna, agora, parecia ter se espalhado por todo o meu corpo. Kingsman se aproximou e abriu um sorriso.

— Tragam os nossos convidados.

Eu não queria acreditar que tudo estava perdido. O desespero em ver as esperanças desmoronando ao nosso redor era forte demais, e pensar que Amanda e Jacob morreriam por minha culpa comprometeu ainda mais os meus sentidos.

Está confortável, bom menino?

As figuras misteriosas que os mantinham reféns arrastaram-nos até Kingsman. Tentei virar o rosto para enxergá-los melhor e vi quando tentaram resistir aos puxões.

Eles estavam ali por minha culpa.

O remorso era avassalador...

— Pensando melhor, senhor Simons, acho que você merece saber pelo menos o que vai acontecer contigo... — Kingsman falou serenamente, mexendo em um embrulho de pano. — Então vamos lá.

Ele pigarreou teatralmente.

— Tudo o que você viveu deixará de existir quando terminarmos. Não que isso signifique muita coisa, claro — ele complementou, com sarcasmo, e retirou um punhal ornamentado do tecido negro em sua mão. — Mas quero que saiba, Benny, que estou muito agradecido pela sua participação. Eu te daria uma recompensa se a ocasião fosse outra mas... você nunca foi um bom menino para merecê-la...

— Ainda não terminamos, Kingsman — eu falei, plenamente consciente de que a realidade me abandonava pouco a pouco. — Não comemore ainda.

Kingsman segurou Amanda pelo braço e a puxou para si. As lágrimas ainda escorriam de seus olhos, agora completamente vermelhos, e o medo parecia tê-la paralisado. Quando Kingsman levou o punhal até o seu pescoço, tentei livrar meus braços e pernas em total desespero.

Com uma última olhada para a lâmina que pressionava a garganta de Amanda, senti o ambiente ao meu redor se dissolver como areia jogada ao vento.

— Apenas relaxe, Benny... — ele disse, e uma gotícula de sangue escorreu pelo pescoço de Amanda.

Diante de tudo o que estava acontecendo, era inevitável sucumbir ao demônio que buscava assumir o controle. Meus pensamentos, já maculados e desorganizados, preocupados com o destino de Amanda e Jacob, tentaram pegar um caminho tortuoso até as boas memórias que ainda restavam em meu cérebro e eu vi a Carlinha, viva e saudável, bem na minha frente. Ao seu lado, apareceram a tia Julia, o dr. Jones, o Andrew e um casal bonito que logo reconheci como os meus pais. Todos sorriam para mim e por um instante achei que estivesse sendo bem-sucedido, como Jacob me ensinara, e que era só uma questão de tempo até que as rédeas voltassem às minhas mãos.

Só que eu estava muito enganado.

De lugar nenhum, e sem nenhum aviso, surgiu uma sombra descomunal. A coisa monstruosa e desconhecida flutuou como uma espessa fumaça negra, tornando o ar à minha volta venenoso feito Gás Mostarda. A expressão dos que me olhavam mudou drasticamente.

E, então, eu entendi o que iria acontecer.

Com agressividade, a escuridão investiu contra todos à minha frente, e eu me dei conta de que gritava sem que nenhum som fosse proferido. Sangue e pedaços de corpos voaram para todos os lados e o demônio falou em minha cabeça com a sua voz arrastada:

É aqui que tudo termina, criança.

Eu tentava me situar no caos que se instaurara ao meu redor. O cheiro de enxofre dominava minhas narinas e os lamentos das muitas vozes emanavam por todos os cantos, suplicando para que eu os ajudasse. Mas eu estava fraco demais para o que quer que fosse. Era melhor simplesmente deixar para lá... Aquela era uma batalha perdida, afinal de contas. Uma guerra na qual eu já nasci em desvantagem.

Enquanto eu condicionava minha mente a desistir de lutar de uma vez por todas, porém, uma intensa luz branca explodiu diante dos meus olhos, cegando-me de imediato. O demônio berrou de maneira tão furiosa que minhas entranhas estremeceram.

E, então, eu ouvi:

Benjamin, não desista, a voz de Jacob era alta e clara. *Vamos acabar com isso agora.*

Como?, eu gritei, os olhos abertos inúteis diante de toda aquela claridade. *Como, Jacob?*

SAIA!, um berro gutural invadiu minha consciência. *NÃO SE META, SEU IMUNDO, DESGRAÇADO, FILHO DA PUTA! NÃO SE META!*

EU SEI QUEM VOCÊ É, ABBAZEL!, Jacob gritou, sua voz ressoando como um trovão.

Foi como se meu peito explodisse, tão forte o tremor que senti dentro de mim. À simples menção daquele nome, fui possuído por um ódio e um desejo de matar tão intensos que minhas veias arderam. Um rosnado sobre-humano rasgou minha garganta e se prolongou com intensidade até o último sopro de fôlego que meu corpo foi capaz de fornecer. Senti um solavanco nas costas e despenquei rumo ao nada. Uma sensação que terminou de bagunçar com a sanidade que ainda restava em mim e me arremessou em direção à escuridão.

No que pareceu o segundo seguinte, ouvi Jacob chamando o meu nome.

— Benjamin...? — ele sussurrava, e eu me dei conta de que o silêncio voltara aos meus ouvidos. — Benjamin, acorde.

Desorientado, abri os olhos. O rosto do menino me encarava bem acima do meu.

— Levante — ele disse. — Temos pouco tempo.

16

SEGUNDA PARTE DO ARQUIVO DE TEXTO "KINGSMAN.DOC", EXTRAÍDO DO COMPUTADOR PESSOAL DE LIAM JONES, CONHECIDO COMO COFRE, POR JACOB E AMANDA EM FEVEREIRO DE 2015.

C:/Users/Liam/Documents/Private/ORG/KINGSMAN.doc
(Última atualização: Fev/2015)

(...)

Novamente mergulhado em livros e escritos obscuros, Kingsman descobriu uma entidade que talvez pudesse ajudá-lo: o demônio Abbazel, pouco conhecido até por demonologistas renomados, praticamente um coadjuvante na Ars Goetia.

Braço direito do "príncipe das terras das lágrimas", como é comumente conhecido o lendário Moloch, Abbazel é um dos demônios mais inescrupulosos do inferno. Suas habilidades incluem a capacidade de manipular a mente dos seres humanos com extrema facilidade, levando-os a cometer atos terríveis contra si próprios e contra quaisquer pessoas que o demônio tenha como alvo, simplesmente para o seu bel-prazer. Pais matam filhos, irmãos matam irmãos, esposas matam maridos... Para Abbazel, não existe alvo difícil. Quanto mais próximo o vínculo entre os envolvidos, melhor.

Kingsman fez contato com o demônio e, em troca de sua imortalidade, prometeu que o traria para caminhar sobre a terra. Abbazel, sedento por toda a maldade que conseguiria realizar se vivesse entre os seres humanos, aceitou.

E é nesse ponto que a história de Kingsman cruza com a de Edward Bowell, ou Benjamin Francis Simons.

Para que o acordo fosse possível, Abbazel precisaria "nascer" em um hospedeiro humano através de um complexo e cruel ritual. Assim que o hospedeiro compartilhasse a alma com o demônio, ele permaneceria quase totalmente adormecido até que sua influência sobre a vítima se tornasse simbiótica. Por conta disso, Lincoln e Kingsman decidiram que recrutariam um seguidor sem importância para gerar a criança. E esse seguidor acabou sendo Brad Bowell, um professor de inglês que passava por graves problemas financeiros. (Este é um resumo geral sobre a trajetória de Alastor Kingsman. Para mais detalhes sobre a história da família Bowell, ver arquivo BOWELLS.doc.)

Brad foi atraído sem dificuldade e, pouco tempo depois, o horrível ritual foi consumado. Em 1987, Abbazel nascia com Edward Bowell. Mas o arrependimento chegou a Brad, e ele, junto com sua esposa, Linda, decidiu esconder o filho dos olhos da Organização, alegando que o bebê nascera morto, e o deixou às portas do orfanato St. Charles, em Rochester. Mesmo desconfiando do casal, Kingsman não os perdoou. Ambos foram levados para a casa na Colina de Darrington e obrigados a gerar outro filho no mesmo ritual por outras duas vezes. Só que não adiantava mais. Abbazel já estava no corpo de Edward. Brad e Linda Bowell tiraram suas próprias vidas em 1990 e, nesse mesmo ano, a Organização, seguindo a suspeita de que o garoto talvez estivesse vivo, começou a procurá-lo.

Em 1995, a Organização o encontrou. Um caipira chamado Romeo Johnson, recém-atraído, recebeu a missão de buscar Edward, agora Benjamin Francis Simons, e mantê-lo sob seus cuidados, fingindo ser o irmão de seu falecido pai até que decidissem os próximos passos. Romeo ainda recebeu a missão de gerar um filho, ciente de que esse também seria sacrificado quando chegasse a hora. Em 1997, nascia Carla Johnson, e se iniciava o processo de destruição da família Johnson.

Alguns anos depois, Kingsman recebeu um sinal do inferno informando que Abbazel já estava pronto vir à terra. Entretanto, para que Moloch permitisse a sua vinda ao nosso mundo, Kingsman precisaria sacrificar uma criança em um ritual para ele. Jack McNamara, ilustre empresário e candidato a governador do estado de New Hampshire, recebeu a importante missão de conduzir esse ritual em troca de seu novo cargo político. Isso foi em 2003, o mesmo ano em que Kingsman ordenou que Romeo fosse para a casa na Colina de Darrington. Em 2004, a energia negativa, acumulada após anos e anos de rituais e mortes, destruiu a sanidade de Julia Marie, esposa de Romeo. Sob o pretexto de ajudar a cuidar de sua filha mais nova, Romeo pediu para que Ben passasse alguns dias com eles.

Nesse meio-tempo, Amanda e Andrew já desvendavam muitas coisas por conta própria. Quando Romeo suspeitou das atividades de sua filha mais velha, avisou a Organização. É nesse ponto que a minha história cruza com a de Amanda e Andrew. (Para mais detalhes, ver WALLS.doc.) (...)

LEVANTEI-ME TÃO RÁPIDO E NUM MOVIMENTO TÃO ÁGIL

que nem tive tempo de lembrar que havia levado um tiro na panturrilha.

Quando me dei conta de que muito provavelmente sentiria uma dor insuportável ao pisar no chão, ela não veio. As feridas por onde a bala entrou e saiu estavam lá, feias, escancaradas e envoltas em sangue vermelho-vivo, mas o funcionamento da minha perna parecia tão normal quanto antes.

— Jacob, onde...? — comecei, assustado, dobrando o joelho sem acreditar que a dor tinha desaparecido. — O que é isso? Estamos mortos? — arrisquei.

— Não temos tempo, Benjamin. — O menino, aflito e apressado, andava ao meu redor, parecendo tão perdido quanto eu. — Precisamos encontrar a saída. Sabe onde estamos? Este lugar significa alguma coisa pra você?

Virei o rosto para o garoto e pisquei, confuso. Ele que tinha me despertado daquela maneira urgente e agora esperava que eu dissesse onde estávamos? Só lembrava de apagar em cima do altar e acordar ali. Eu sabia tanto quanto ele.

— Achei que você teria essa resposta. — falei, olhando ao redor. Estávamos em um cômodo escuro e desconhecido, completamente vazio à exceção de uma cama no canto. — Ainda agora estávamos...

— Estamos na sua consciência, Benjamin — ele me interrompeu. — No que ainda resta dela. A transformação está acontecendo.

— Na minha... consciência?

Senti o coração acelerar.

— Isso mesmo.

Aturdido, continuei olhando para o garoto.

— E o que você está fazendo aqui?

— Descobri que as minhas habilidades vão além do que imaginei. Aproveitei a brecha na sua mente pra tentar te ajudar e acabei ficando preso quando você apagou. Mas isso não vem ao caso agora — Jacob falava rápido, sua voz nervosa e agitada. — Está vendo que este quarto não tem porta? Tudo isso está sendo construído por você, Benjamin. Estamos presos dentro de sua própria mente e só você pode nos tirar daqui.

Aquilo era bizarro demais para ser verdade, mas se eu olhasse para trás, veria que o meu histórico não me permitia duvidar de mais nada. Estudei o ambiente mergulhado na escuridão e forcei meu cérebro a trabalhar.

A cama, de tamanho infantil e encostada em um lado do quarto, pareceu familiar quando a fitei pela segunda vez. A falta de luz prejudicava imensamente qualquer análise mais aprofundada, então cheguei mais perto dela. O lençol azul-claro trouxe consigo a lembrança que faltava quando eu passei a mão por ele.

— Minha cama era exatamente igual a esta no orfanato... — informei ao Jacob. — Este poderia ser o quarto que eu dormia, se houvesse outras dessa e uma estante daquele lado. — Eu me virei e apontei para trás.

E, para minha surpresa, lá estavam elas. Cinco outras camas de estrutura metálica, igualmente arrumadas com o mesmo lençol, achavam-se enfileiradas pelas paredes. No outro extremo do quarto, a velha estante de madeira gasta, desorganizada como sempre fora, no exato lugar que eu indiquei.

— Excelente, Benjamin! — Jacob comemorou, olhando para todos os lados. — Excelente! É isso! Continue! O que mais?

O local foi se montando feito um quebra-cabeças, conforme meu cérebro costurava os retalhos de memórias.

Cada aspecto do quarto que fora meu lar durante dezessete anos foi surgindo ao meu redor, nas exatas posições em que deveriam estar, compreendendo todas as várias fases da minha vida. Mesmo no escuro, reconheci todos os detalhes. A cama do Lucas, com o grande rasgo na fronha do travesseiro, fruto de sua obsessão por bombinhas; a estante de livros, atulhada e com a aparência de que desmoronaria caso acrescentássemos mais uma revista em quadrinhos que fosse...

Quando pisquei, a escrivaninha de madeira antiga deu lugar à velha mesa de metal que apoiara nossos deveres em muitas madrugadas. Na parede ao lado da minha cama, as fotos de personagens de desenhos animados japoneses foram sendo pouco a pouco substituídas por pôsteres de bandas. Conforme minha infância se transformava em adolescência diante dos meus olhos, um desenho infantil chamou minha atenção. Foi o último de autoria da Carlinha que eu colei ali, um dia antes de viajar para a Colina de Darrington.

Um dia antes do que aconteceu.

A excitação em rever todo aquele passado deu lugar a um sentimento ruim quando lembranças indesejáveis dominaram meus pensamentos. O quarto, de repente, mergulhou na escuridão absoluta, e eu senti o Jacob encostar em mim. Pude ouvir a respiração tensa do garoto ao meu lado, e a minha própria vacilou.

Quando meus olhos voltaram a enxergar, meus joelhos falharam.

Estávamos no corredor da casa na Colina de Darrington, que se estendia de maneira surreal, como se não tivesse fim, e uma mulher, que não devia ter mais que trinta anos, passava uma corda por sobre a viga que corria no teto, em pé de qualquer jeito em um banco de madeira.

— Mãe! — gritei, e fiz menção de correr até ela, mas Jacob segurou a minha mão.

— Não, Benjamin...

Linda Bowell me olhou com tristeza em seus olhos azuis.

— Mãe, não! — tornei a gritar.

— Perdoe-me, Edward... — Ela envolveu o pescoço com a corda. — Por favor... perdoe-me...

Lágrimas escorreram involuntariamente dos meus olhos. Eu não sabia por que via aquela cena, muito menos como agir diante dela. Não era algo simples como encontrar a saída de um quarto. Minha mãe se preparava para pôr um fim em sua vida, exatamente como fizera no passado, e eu sabia que não havia nada que pudesse fazer para evitar.

— É isso o que ele quer, Benjamin — Jacob sussurrou ao meu lado. — Ele quer te desestabilizar...

E estava bem perto de conseguir.

Fechei os olhos, mas aquilo não adiantava. Não quando eu ainda podia ouvir os sussurros de lamento e os pedidos de perdão da mulher que me trouxe ao mundo e que estava prestes a se matar. Se ela realmente estivesse ali... se pudesse me ouvir... Agora que o fim parecia mais próximo para mim também, independente de tudo o que fizemos até então, eu pensei que talvez seria bom colocar um ponto final em alguns trechos abertos da minha vida antes de experimentar qualquer destino obscuro que o futuro ou o *outro cara* me reservasse.

Abri os olhos, ciente de que tudo poderia não passar de ilusões, e encarei a mulher que se debatia, enforcada por uma corda trançada que pendia do teto.

Se aquela era a minha consciência, se aqueles eram os meus pensamentos, então eu acertaria as coisas, pelo menos, comigo mesmo.

— Eu te perdoo, mãe... — falei com sinceridade, olhando direto para as suas feições em desespero, e ela parou de se debater. — Eu te perdoo.

É claro que eu perdoava. Por que não perdoaria?

Linda Bowell era tão vítima naquela história quanto eu, e, por mais que eu tivesse vivido uma vida inteira sem ligar ou me preocupar com meus pais e sua história, o reverendo John tinha razão quando disse que não podemos fugir do nosso passado para sempre. Ninguém pode.

— E a mim, Edward? — ouvi uma voz masculina embargada.

Da escuridão que se estendia pelo corredor sem fim, uma sombra caminhou lentamente. Ele trazia um revólver consigo. Senti a mão de Jacob apertando a minha com mais força. A sombra parou, então, embaixo do único foco de luz que iluminava precariamente o lugar em que estávamos.

— Foi minha culpa — ele afirmou, levando a arma até sua têmpora. — Eu vendi sua mãe para eles. Você e sua mãe... Eu sou o culpado.

— Você já apertou esse gatilho uma vez, pai — falei, também encarando a assombração de Brad Bowell sem uma gota de medo ou raiva no coração, e sentindo a cabeça mais lúcida do que nunca.

Parecia que aquela separação passageira do *outro cara* me fizera voltar a raciocinar e sentir as coisas como antigamente.

— E eu sei que você se arrependeu — continuei. — Você cometeu um erro no passado e lutou até o fim para remediá-lo. Exatamente como um bom amigo que fiz nestes últimos dias, e que é um dos responsáveis por eu ter chegado até aqui.

Era como retirar um peso imenso que comprimira meu coração durante anos e que só agora eu me dava conta do quão doloroso tinha sido. Fosse uma ilusão maldosa do *outro cara* ou não, o que eu sentia era de verdade. E o que eu falava também. A ideia de que talvez fosse a minha última oportunidade de dizer aquelas palavras me fez aproveitar cada segundo.

Não percebi quando a cena à minha frente começou a se dissolver. Estava ocupado demais imaginando ter visto um pequeno sorriso se formar nos lábios ressecados do antigo professor de inglês. Um nevoeiro sinistro tomou conta de todo o ambiente, e meus pais desapareceram.

— Continue assim, Benjamin — Jacob disse. — Abbazel conhece sua aversão ao passado e espera que isso o tire do controle de vez. Não deixe seu pensamento ser atraído para o lugar errado.

Só que eu não possuía as habilidades dele.

O controle que eu tinha sobre a minha mente nunca fora exatamente um dom. Naqueles últimos anos, então, tinha se tornado praticamente inexistente. Por isso, estar naquele corredor, ver todas aquelas cenas, foi como abrir uma torneira em minha consciência e sentir o fluxo de memórias correr livremente.

A névoa se dissipou e eu me vi em uma floresta mal iluminada pela luz da lua que conseguia ultrapassar as copas das árvores. A chuva fustigou minhas roupas. Eu sabia onde estávamos.

— Não adianta, Abbazel! — gritei para a escuridão, sobrepondo minha voz ao barulho da água que caía com ferocidade do céu escuro. — Não vou mais me esconder do meu passado, nem fugir dele!

— Essa é... aqui foi... — o garoto ao meu lado começou.

— É — respondi antes que ele terminasse. — Foi aqui.

Um vulto passou mancando alguns metros a nossa frente. Ele carregava um grande embrulho em seus braços. Pude ver quando o Ben Simons adolescente não aguentou o peso de sua prima sobre o calcanhar machucado e tombou para a frente.

— Aquele é você? — Jacob quis saber, apreensivo.

— Sim... — Respirei fundo. — Sim, sou eu. Vem, vamos até lá.

Contrariando o desejo inicial que tive de me manter afastado, me aproximei das duas figuras na grama. Apesar de não ter levado muito tempo para tomar aquela decisão, foi com o coração apertado que vi o meu eu mais jovem empunhando um revólver, de frente para o corpo desfalecido da Carlinha.

Aquele fora, de longe, o pior momento da minha vida, e até hoje não sei como reuni a coragem necessária. Acabar com a vida de uma menina indefesa, uma menina que eu amava com todas as minhas forças, me marcou para sempre. E eu nunca consegui me perdoar pelo que fizera. As intenções foram as melhores do mundo, e a situação não me deixava outra escolha... mas não existe maneira fácil de tirar a vida de quem você ama.

Simplesmente não existe.

Contudo, estar de pé mais uma vez na floresta da Colina de Darrington na noite em que tudo aconteceu, assistindo ao episódio fatídico pelos mesmos olhos, mas com uma cabeça diferente, deu um sentido totalmente novo a ele. Foi bom constatar que eu ainda conseguia raciocinar e sabia exatamente o que deveria fazer.

— Não tenha medo — falei, aproximando-me ainda mais do Benjamin adolescente, trêmulo e ensanguentado, que virou um rosto assustado na minha direção. — É a única chance da pequenina...

— Eu... eu não vou conseguir... — ele balbuciou, segurando o revólver. — Eu sou fraco...

— Você não é fraco — meu tom era firme. — Nós não somos fracos. Se você não puxar esse gatilho, a alma da Carlinha será possuída por um demônio que jamais lhe dará paz. Tem que ser feito.

— Mas... como eu vou...?

— Viver depois disso? — arrisquei. — É, vai ser foda... sua vida irá virar um mar de merda quando você puxar esse gatilho... um verdadeiro inferno. Você vai apanhar, sofrer, e apodrecer durante onze anos em um lugar pior que uma prisão, apenas para acordar em seguida e sofrer um pouco mais. Morrerá muita gente ao seu redor e você irá descobrir muita coisa que não gostaria. Mas isso, hoje, não é sobre você. Não é sobre nós. Estamos condenados desde o dia em que nascemos. — Olhei bem fundo nos meus olhos azuis. — Mas ela ainda tem uma chance.

Pela primeira vez em muitos anos, senti que seria capaz de me perdoar por tudo o que acontecera na Colina de Darrington. E assim eu o fazia, aproveitando o espetáculo bizarro que a minha mente apresentava. Eu livrara a menina de uma eternidade de sofrimento. Um ato misericordioso travestido de atrocidade. No fundo, eu sabia que as verdadeiras atrocidades tinham sido cometidas muitos anos antes...

O Benjamin de dezessete anos me encarou de uma maneira estranha. A tristeza e sensação de impotência que seus olhos mostravam deram lugar a uma expressão de ódio que eu conhecia muito bem. Então sua boca se escancarou.

— Você é fraco! — ele gritou, ajoelhado no chão, e apontou para mim o revólver que segurava. — FRACO!

Coloquei a mão no peito de Jacob e recuei alguns passos. Eu não tinha dançado conforme a música, e agora o demônio estava irritado.

— Você sabe que eu não sou — eu o desafiei. — E isso está começando a te assustar, *Abbazel*.

Um rugido sinistro, tal qual um trovão, saiu de sua garganta e cortou a noite chuvosa, varrendo a floresta que nos cercava e trazendo apenas a escuridão. O ar, então, tornou-se puro gelo, como se a nevasca dos dias anteriores tivesse voltado com tudo.

— É agora, Benjamin... — a voz de Jacob soou fraca.

A criatura que surgiu diante de nós, emergida das sombras como se fosse parte delas, trouxe consigo, além de um frio ainda mais intenso, o cheiro acre da podridão. Sua aparência era tão bizarra que é até difícil colocá-la em palavras. Jacob estremeceu e estacou ao meu lado, em choque.

Abbazel lembrava um homem nu com mais de dois metros de altura, mas sua pele, tracejada por grossas veias, era cinza e ressecada, feito couro de elefante. Listras vermelhas adornavam toda a extensão de seu corpo esquelético como uma feia pintura tribal, e um braço igualmente esquelético brotava de cada lado dele. Seus olhos, amarelos e com fendas horizontais, eram desprovidos de pálpebras, e sua boca, desprovida de lábios, o que fazia com que os dentes amarelados e pontiagudos ficassem sempre à mostra, vertendo baba em grandes quantidades e conferindo-lhe uma expressão medonha e assassina. Em sua cabeça enrugada, um par de chifres retorcidos apontavam para cima.

O demônio deu um passo à frente.

— Chega de brincadeiras, criança... chega de jogos... — sua voz, agora, já não lembrava mais a minha. Ainda era lenta e arrastada, mas o tom era diferente de tudo o que já ouvira na vida. E chegava a incomodar. — Cansei.

— Então somos dois. — respondi, tentando ignorar a aparência monstruosa do ser diabólico diante de mim.

Ele simplesmente sorriu, um sorriso que arrepiou todos os pelos do meu corpo.

— O que essa outra criança faz aqui? Você me trouxe um presente?

Com o braço, empurrei o Jacob para trás de mim.

— Isso é entre você e eu, Abbazel. O acordo é pela minha alma. Meu corpo.

— O acordo foi firmado com o Alastor Harris Kingsman, criança, não com você — ele sibilou. — Você não tem nenhum poder de barganha aqui.

Os olhos amarelos da criatura demoníaca quase perfuravam os meus, mas ainda assim eu mantive contato visual.

— E o que você prometeu para o Kingsman? — eu quis saber. — Mais poder?

Não, não poderia significar aquilo... Era uma motivação besta demais para justificar tudo o que aconteceu durante todos esses anos, e o quanto mais aquele homem poderia desejar?

— Tempo, criança. — O demônio chegou mais perto e eu recuei com o Jacob. — Ele tem tudo, sim, todo o poder que precisa entre os humanos, todo o ouro que alguém pode desejar... mas não tem tempo. Vai envelhecer. Adoecer. Morrer.

— Então ele quer viver para sempre? — perguntei, assustado. — É isso?

— É, algo parecido com isso... — Abbazel sorriu e passou a língua ofídica pelos dentes. — Agora vamos, deixe-me dar uma boa olhada nessa criança que você esconde aí... Ela tem algo a mais, não? Sinto o cheiro daqui...

Recuei mais dois passos, ainda mantendo o Jacob, encolhido, atrás de mim. Olhando ao redor, nada havia além da mais profunda escuridão.

— Você não vai encostar nele — garanti, entredentes. — Nós vamos resolver isso aqui, agora. Você e eu.

— Ah, entre nós já está resolvido, criança. — Abbazel riu-se. — Ou acha mesmo que ainda tem alguma chance de sair vivo daqui? Sua consciência é minha... Sua alma deixará pra trás essa casca, que eu usarei de bom grado, e depois seguirá pro inferno, onde uma eternidade de sofrimento te espera.

Encarei a criatura, sentindo meu corpo sofrer espasmos involuntários de repulsa diante daquele sorriso doentio e tentando pensar em algo para dizer. Por mais que a coragem parecesse ter finalmente voltado para mim, eu não fazia ideia de quais seriam minhas chances. Só o que sabia era que tudo aquilo estava acontecendo dentro da minha cabeça.

E, se já chegara àquele nível dentro dela, ficava difícil enxergar algum caminho de volta.

— Jacob, você precisa acordar e sair daqui — sussurrei para ele, ainda protegendo-o do demônio. — Não vejo muitas esperanças para mim... Concentre-se e deixe este lugar.

— Estou bem curioso com esse daí. — Abbazel espichou seu pescoço cinza para tentar olhar o garoto. — Saia da frente, Edward, ou serei obrigado a matá-lo de uma vez, e não gostaria de me despedir ainda. Afinal, foram quase trinta anos juntos. Fico até meio sentimental...

Permaneci à frente de Jacob, impassível, mas a conclusão se formou de uma só vez. Então aquele seria o fim? Quando me vi diante do desfecho inevitável, os sentimentos chegaram todos ao mesmo tempo.

O ódio pela Organização por ela ter destruído a vida dos meus pais e, como consequência, a minha, misturou-se à tristeza desconhecida que a saudade deles me trouxe. Essa sensação, por sua vez, veio acompanhado da saudade de todos aqueles que fizeram parte de mim no decorrer daqueles anos e que partiram por minha causa. A Carlinha, a tia Julia, o Liam Jones, o Andrew... Minha cabeça rodopiou quando o remorso pegou carona e imaginei que o meu fim significaria também o fim de Jacob.

E da mãe dele...

— O que você está fazendo? — soou a voz arrastada de Abbazel, mas eu já estava de olhos fechados.

O sorriso de Amanda dominou minha mente e eu lembrei da primeira vez em que nos vimos. Na porta de entrada do antigo apartamento de seus pais, em Portsmouth, tanto tempo atrás.

— Oi, Benjamin, meu nome é Amanda! — ela me cumprimentou, seus olhos castanhos lindos e risonhos. — Papai disse que nós somos primos! Não é incrível?

Se era incrível eu não soube dizer, mas ali mesmo eu já sabia que ela, pelo menos, era.

— SEU FILHO DA PUTA, PARE COM ISSO! — Abbazel rugiu. — PARE AGORA!

O cheiro doce que seus cabelos castanhos exalavam quando ela me abraçou pela primeira vez... a música que vinha do pequeno aparelho de som em seu quarto, onde um cantor falava sobre alguma garota bonita e pedia que ela ficasse com ele...

— Chama-se INXS, e é a melhor banda do mundo! — Amanda disse, lendo meus pensamentos também pela primeira vez.

O que será que ela tinha lido a mais?

— Jacob, se tiver alguma chance — eu disse, indiferente ao inferno que acontecia à minha volta —, diga à sua mãe que a amo.

Ao abrir os olhos, vi que Abbazel lutava contra uma ventania que parecia vir de onde estávamos, repelindo-o para longe. O demônio arrastava os pés sujos e descalços, tentando se aproximar de nós, e rugia com ferocidade:

— FILHO DA PUTA! VOCÊ VAI MORRER, CRIANÇA, SUA ALMA SERÁ ESTUPRADA NO INFERNO PARA SEMPRE E...

— Ah, cala a porra da boca! — gritei de volta e olhei para trás.

Jacob já não estava mais ali.

Uma sensação de alívio invadiu o meu coração e a ventania cessou. Pela primeira vez em muitos anos, me senti em paz comigo mesmo. Todos os meus demônios haviam sido exorcizados.

Faltava só aquele que me olhava com ódio em suas pupilas amarelas, rosnando.

— Pode vir, seu merda — sussurrei.

Com um guincho assustador, a criatura cinza e grotesca disparou na minha direção, correndo bizarra e desengonçadamente, e eu entendi que seria daquele jeito que terminaria.

Foda-se.

Fosse onde fosse, eu estava preparado para voltar para casa.

Assim, também corri em sua direção, gritando e assistindo as imagens dos vários dias felizes com aqueles que amei passando diante dos meus olhos. Será que eu os encontraria do outro lado? O impacto com Abbazel era iminente.

A esperança já me bastava.

Mas, então, outra coisa aconteceu.

Jacob materializou-se entre nós e ergueu seus dois pequenos braços na direção do demônio. Um clarão de proporções cataclísmicas explodiu a nossa frente e Abbazel rugiu com uma voz que parecia a junção de milhares de outras.

Desorientado, notei que o garoto ainda mantinha os dois braços para a frente e a luz que emanava dele impedia o demônio de se aproximar.

— NÃO VOU AGUENTAR POR MUITO TEMPO, BENJAMIN! — Ele gritou, olhando para trás. — CONCENTRE-SE E ACORDE. VOCÊ AINDA TEM UMA CHANCE! ACABE COM O KINGSMAN!

— JACOB, NÃO! — eu berrei em resposta, o coração quase estourando.

Não podia ser verdade que o garoto iria se sacrificar por mim... Não, mesmo.

Mirei seus olhos castanhos, idênticos aos de Amanda, e ele inesperadamente sorriu.

— Seja esperto, Benjamin.

Tive apenas um último lampejo de consciência, o qual usei para continuar gritando para que Jacob não fizesse aquilo, antes que a minha visão fosse consumida pela claridade que vinha dele.

Ainda pude ver o demônio investindo contra o garoto, e então o mundo apagou.

17

TERCEIRA E ÚLTIMA PARTE DO ARQUIVO DE TEXTO "KINGSMAN.DOC", EXTRAÍDO DO COMPUTADOR PESSOAL DE LIAM JONES, CONHECIDO COMO COFRE, POR JACOB E AMANDA EM FEVEREIRO DE 2015.

C:/Users/Liam/Documents/Private/ORG/KINGSMAN.doc
(Última atualização: Fev/2015)

(...)

Em junho de 2004, Benjamin, demonstrando uma coragem acima do normal, frustrou os planos da Organização pela primeira vez ao tirar a vida da pequena Carla Johnson, antes que sua alma fosse absorvida por Moloch, e Abbazel não pôde assumir o controle de seu corpo. (Para mais detalhes, ver arquivo DARRINGTON.doc.)

Muitos anos se passaram desde o episódio na Colina de Darrington e Kingsman manteve Ben sob vigilância constante todo esse tempo. Ao longo dos onze anos em que Ben passou internado no sanatório Louise Martha, a Organização sacrificou não menos do que quatro crianças para Moloch como forma de redenção pelos erros do passado, e o demônio enfim deu carta branca. Só que Kingsman teria que se virar e enfraquecer a mente de Ben o suficiente para que Abbazel assumisse o controle. Moloch não interferiria em mais nada.

O que nos traz aos dias atuais.

ABBAZEL NÃO PODE VIR PARA A TERRA.
Isso significará caos e destruição para toda a humanidade. Kingsman e a Organização têm que ser detidos, e o demônio, exterminado.

E eu pensei em algo que pode ajudar... ou melhor, alguém. Somente ele pode nos ajudar.

Para isso, precisamos salvar o Ben das garras da Organização e retirá-lo do sanatório.

E é para lá que estamos indo agora.

Diretamente para Tewksbury, Massachussets.

Que Deus nos ajude.

— L. Jones

MEU DESPERTAR FOI VIOLENTO E EU BUSQUEI O AR COMO se não respirasse havia muito tempo, erguendo o corpo de uma só vez em cima do altar.

Opa! Vejam só quem voltou pra casa! O bom menino!

Assim que abri os olhos, entendi o que Jacob quis dizer com suas últimas palavras. Recuperando o fôlego, continuei com o rosto virado para a frente, mirando a parede descascada do outro lado, mas percebi que todos ao redor mantinham a atenção em mim.

— Abbazel? — Alastor Kingsman indagou ao meu lado, com cautela.

Respirei fundo e reuni todo o ódio que eu sentia por ele antes de fechar a expressão e virar o rosto. Eu praticamente nem sentia mais a dor em minha perna. Na verdade, a dormência que se estendia do meu joelho para baixo indicava que, caso eu saísse daquela vivo, mancaria para sempre.

Kingsman me estudou com o mesmo ar vitorioso como no escritório do reverendo John, mas segurava uma arma apontada para minha testa. Devia estar tão ansioso para ter sua imortalidade que nem percebeu que a criatura à sua frente não passava de um simples ser humano, e então baixou sua pistola.

Virei-me por completo, coloquei as duas pernas para fora do altar, as mãos sobre as coxas. De relance, vi Amanda jogada no chão, com o rosto lavado de lágrimas, e o corpo de Jacob em seu colo. Tive que me segurar para não reagir.

Não poderia colocar tudo a perder agora.

— Bem-vindo — Kingsman disse, com um sorriso.

Encarei os seus olhos negros em silêncio.

— Desta vez... é pra ficar?

Tentando imaginar como Abbazel reagiria se fosse realmente ele ali, em meu corpo, confirmei com um lento aceno de cabeça e com o que julguei ser uma boa expressão assassina.

— Ben! Não! — Amanda gritou.

— Edward não existe mais, criança — falei, em uma imitação convincente do tom arrastado com o qual o demônio se comunicava comigo. — Sua alma apodrecerá no inferno e eu caminharei pela terra.

Alastor Kingsman parecia em júbilo.

Que babaca...

Minha vontade, além de matá-lo, era rir na cara dele.

Mas a situação parecia sob meu controle. Eu só precisava ser esperto, como Jacob aconselhara, e talvez eu e Amanda vivêssemos para ver o nascer do sol outra vez. E a primeira ideia que me ocorreu foi reduzir a desvantagem em que nos encontrávamos.

— Quero todos os seus escravos fora daqui, Alastor Kingsman — ordenei. — Seremos só eu e você.

— Eles não são meus escravos — Kingsman falou, mas seu tom ainda era diferente da conhecida confiança serena. — São pessoas altamente influentes que...

— Não me interessa — interrompi, encarando sua expressão duvidosa com agressividade e tentando me lembrar de tudo o que Abbazel dissera. — O acordo é apenas entre você e eu. Ainda nem terminamos e você já quer barganhar? Quem pensa que é?!

Kingsman pareceu assustado. Com certeza, perder aquela oportunidade depois de todos os anos que pelejou em busca da imortalidade não estava em seus planos.

Assim, virou-se para os sete asseclas que o cercavam. Não lhe restava outra escolha.

— Vocês o ouviram. Eu entro em contato quando tudo terminar e vocês receberão o que lhes é de direito.

Eu não sabia quem eram as pessoas escondidas por debaixo dos capuzes e túnicas negros, mas algo me dizia que elas eram bem mais conhecidas do que poderia parecer à primeira vista. Levando em consideração todo o poder e influência que Kingsman exercia nos Estados Unidos, naquela noite eu não duvidaria se um daqueles fosse, por exemplo, o presidente.

E os lacaios nem precisaram ouvir duas vezes. Kingsman era um homem que sempre cumpria com o prometido, e sempre tinha todas as cartas na manga. Então não havia motivos para duvidarem.

Em pouco tempo, os roncos de motores indicaram que estávamos a sós na sala gelada e sombria. Meu coração batia forte. Alastor Kingsman estava de frente para mim, sozinho e, ainda que armado, completamente vulnerável. A primeira ideia tinha sido um sucesso. Ele acreditava tão cegamente que era Abbazel ali, diante de seus olhos, que despachara toda e qualquer ajuda de que pudesse vir a precisar.

Foi então que eu tive a segunda.

— Vou matá-la — falei lentamente, e virei o rosto para Amanda, que mantinha a cabeça baixa, encostada no corpo do filho. — Vou acabar com a vida daquela piranha do jeito que fiz com seu filho e com seu marido.

Amanda ergueu a cabeça e me encarou, aterrorizada. Doía mais do que qualquer coisa pronunciar aquelas palavras e fazê-la acreditar que estava prestes a morrer pelas minhas mãos. Mas, como eu descobrira muito tempo atrás, em certas ocasiões, simplesmente, não há outra alternativa.

Kingsman pareceu aprovar a resolução. Abrindo um sorriso que fez meu desejo de acabar com sua vida aumentar exponencialmente, estendeu a pistola prateada que segurava. Pude sentir o metal gelado entre os dedos quando a recebi em minhas mãos. Minha mente funcionava livre de interferências, graças ao pequeno herói que jazia entre os braços de sua mãe.

— Ela é toda sua.

Ansioso, mas tentando controlar cada movimento para não deixar transparecer, estudei a arma da mesma forma que o demônio fizera da última vez. Deixei que Kingsman visse que eu apreciava o momento, e que ansiava por tirar uma vida naquela sala.

Ele só não precisava saber, ainda, que vida era essa.

Com dificuldade, desci do altar, pisando no chão com todo o peso sobre a perna boa. O homem à minha frente saiu do caminho. Manquei, um passo depois do outro, na direção de Amanda e Jacob. A cena era triste, mas eu mantive a expressão feroz. Kingsman observava e eu deveria parecer convincente até a hora certa.

Mirei os olhos castanhos de Amanda, e tudo o que quis foi abraçá-la. No entanto, ergui a arma e coloquei sua cabeça na alça de mira. Kingsman parecia ter prendido a respiração. Eu prendi a minha.

— Ben... — ela disse, a voz trêmula. — Esse... esse não é você.

Era agora.

— Você está errada — eu falei, e virei a arma na direção de Alastor Kingsman. — Sou eu, sim.

O sorriso desapareceu de seu rosto e ele arregalou os olhos para mim, confuso, olhando-me de cima a baixo.

— Esta aqui está carregada, não está? — perguntei, balançando a pistola. — Consigo ver em seus olhos.

Kingsman não respondeu. A fala o abandonara. Sua boca entreaberta tremia à procura de palavras, mas aos poucos ele parecia descobrir que nenhuma seria capaz de tirá-lo daquela situação.

— Como? — foi só o que ele conseguiu perguntar.

Fiquei em silêncio por um breve instante, apreciando a inversão de papéis e o olhar assustado do homem a minha frente.

— Graças a ele. — Indiquei Jacob com a cabeça, ainda mantendo-o na minha mira. — Agradeça a ele.

Kingsman não conseguia entender, e foi com extremo prazer que notei o medo em sua expressão ao olhar de Jacob para mim.

— Você não vai viver para sempre, Kingsman. Não vai sequer ver o dia nascer de novo. Seu tempo se esgota agora.

— Você... você não teria coragem. — Toda a sua imponência parecia simplesmente ter desaparecido. — Você é fraco. Sem Abbazel em seu corpo você não passa de um garoto...

— Não preciso ser muito forte, agora. Não vou apertar este gatilho sozinho — disse. — Acabou, Kingsman.

Lembrar de todos que já haviam sucumbido à Organização doía profundamente, mas o passado agora já não me assustava mais. Haveria tempo para o luto, eu sabia, e para digerir todos os acontecimentos recentes. Juntar os cacos e tentar reconstruir o que sobrar. A morte já não era mais uma opção para mim.

Agora, o que eu queria era viver e honrar todos aqueles que deram as suas vidas pela minha e pelo fim do homem aterrorizado a minha frente, que tentava recuar já sem nenhuma dignidade.

— Benjamin, você... Você não tem nada... Você está morto para a sociedade, nunca conseguirá levar uma vida decente — Kingsman, gaguejando, resolveu tentar barganhar. — Mas eu posso te ajudar com isso. Posso te dar uma vida nova. Posso...

— Você ainda não entendeu? — Eu sorri. — Acabou, Kingsman. Sem você, a Organização se extingue. E quando isso acontecer, aí, sim, a sociedade poderá dormir em paz. A ameaça nunca foi o Monstro da Colina que vocês criaram. A ameaça sempre foi você.

Kingsman batalhava em um conflito interno. Nada do que ele tivesse a oferecer me interessaria, nem mesmo uma vida nova. Eu já começara a me acertar com a que tinha, então a proposta dele era inútil. E o meu dedo coçava sobre o gatilho.

— Adeus, seu maníaco filho de uma puta — rosnei.

Num último surto de sobrevivência, percebendo que não havia mais alternativa, Kingsman ergueu o punhal adornado de rubis e correu na minha direção.

Lento demais...

Na madrugada do dia 22 de fevereiro de 2015, na sala escura e decrépita da casa da Colina de Darrington em South Hampton, New Hampshire, cerrei os dentes enquanto empunhava a pistola apontada para Alastor Kingsman. Ao meu redor, vultos começaram a surgir e logo me vi rodeado por figuras familiares, todas desejando participar daquele momento. Meus pais de um lado; Julia, Carlinha, Andrew e o reverendo John do outro... O peso da arma agora era quase insignificante.

E, então, assim nós o fizemos. Puxei o gatilho em um disparo certeiro que o atingiu entre os olhos e o fez tombar para a frente com um baque surdo no chão. O punhal se desprendeu de sua mão assim que a vida deixou o seu corpo e deslizou pelo assoalho até os meus pés.

E aquele foi o fim.

Chutei o punhal para longe e então me vi sozinho mais uma vez, ainda segurando a pistola apontada para frente, sem saber se tinha imaginado a companhia ou se eles realmente estiveram ali comigo... Na verdade, não fazia diferença.

Dentro de mim eu sabia que eles estavam.

Olhei para o cadáver de Alastor Kingsman. Quase trinta anos depois de ter a vida condenada pelo homem que jazia de bruços à minha frente, eu colocava uma bala em sua cabeça e o deixava longe da imortalidade de uma vez por todas.

— Forja essa notícia agora, seu merda.

Sentindo a descarga de adrenalina formigar por todo o meu corpo, virei para Amanda, que me olhava boquiaberta. Fui até ela e me joguei ao seu lado. E então, sem falar mais nada, a abracei.

Ela ainda demorou um pouco para entender o que estava acontecendo, mas, logo que a ficha caiu, correspondeu ao meu abraço com força e se debulhou em lágrimas.

— Acabou, Amanda... — afirmei, afagando seus cabelos e sentindo o choro acumulado chegando como uma avalanche. — Acabou.

Foi com extrema dificuldade que ela falou, o rosto afundado em meu peito:

— Eles morreram, Ben! — ela sofria. — Eles estão mortos...

— E eu tentei avisar... — A tristeza pela perda de Andrew, Jacob e dos outros veio com tudo. — Eu sabia que era arriscado, eu não queria que nada disso tivesse acontecido...

— Eu... eu sei que você não tem culpa... — Ela balbuciou. — Eu sei que você jamais faria algo de ruim... É só que... — Amanda olhava para o filho, que mantinha uma expressão tranquila, como se dormisse. — Ele era tudo pra mim, sabe?

Claro que eu sabia...

— Andrew me fez prometer que eu cuidaria de vocês caso algo acontecesse a ele — murmurei. — E eu falhei... Falhei com o Jacob e falhei com o Andrew. Amanda, seu filho... seu filho era uma criança extraordinária, capaz de coisas impressionantes, inacreditáveis. Ele não era apenas inteligente. — Enxuguei as lágrimas. — Jacob tinha um... dom, não sei como chamar, mas ele conseguia entrar nos sonhos, nas mentes das pessoas. E eu vivenciei isso. Foi exatamente o que nos salvou.

Para minha surpresa, Amanda sorriu, entre as lágrimas, e olhou com orgulho para o filho.

— Ele me contou sobre essas habilidades quando acessamos o computador de Liam... — Ela fazia carinho no cabelo do menino. — Contou tudo, inclusive como preferiu esconder de nós, com medo do que pensaríamos... Jake não soube explicar de onde esse dom surgiu, mas disse que aprendeu a aceitar que nem tudo na vida tem uma explicação lógica... — Amanda respirou fundo. — E então me contou sobre como acreditava que só ele poderia ser capaz de te salvar.

— O quê? — perguntei, confuso. — Como assim?

— Os arquivos no *cofre* indicavam que só uma pessoa seria capaz de nos ajudar. Liam não teve tempo de compartilhar suas descobertas com a gente, mas a inteligência de Jake fez o trabalho dela, e ele chegou à conclusão de que, muito provavelmente, esse alguém era ele próprio. Liam conhecia bem o seu dom... — Amanda fungou. — E eu ainda insisti, mas Jacob não quis me contar como, exatamente, ajudaria...

Sentados no assoalho frio da casa adormecida na mais profunda escuridão, cercados por cadáveres e respirando o ar impregnado com todos os sinistros episódios passados, era difícil ter muita tranquilidade para raciocinar. Mas, de qualquer forma, o que ela falava fazia sentido.

O garoto que nascera difente como eu, mas cuja diferença ao menos significava uma coisa boa, tinha nos dado uma chance de lutar. Uma chance que se transformou em realidade.

— Ele foi tão corajoso... — Amanda ajeitou a roupa rasgada no corpo do filho, deixando o pranto escorrer pelo seu rosto mais uma vez.

— Puxou a mãe. — comentei, limpando as lágrimas de suas bochechas. — Forte e corajoso como você.

— Ele não merece passar a eternidade em sofrimento, Ben...

Não, ele não merecia.

Abracei a Amanda sem falar mais nada. Nenhuma palavra de consolo ajudaria naquele momento. Certas feridas só se curam com o tempo, e algumas, como aquelas, mesmo depois de vários anos, ainda permaneciam abertas.

Eu tinha bastante experiência nisso...

— M-mãe...? — uma voz fraca, quase inaudível, chegou aos meus ouvidos segundos depois.

— JAKE! — Amanda gritou antes que eu pudesse olhar para baixo.

Foi com o coração quase derretido que vi os olhos de Jacob abertos, então Amanda o envolveu em um abraço tão apertado que fez o seu rosto desaparecer.

— Você está vivo! — ela berrava, mal se contendo com a alegria que a invadira sem aviso, as lágrimas molhando a camiseta do garoto.

— Estou — ele disse, a voz abafada em meio aos abraços da mãe. — Só não sei por quanto tempo...

O sorriso chegou ao meu rosto sem que eu notasse. Quando Amanda deu uma brecha e Jacob se levantou de seu colo, amarrotado, olhei para ele. O menino fitou os meus ombros e depois devolveu meu olhar, também sorrindo.

— Tudo certo por aqui? — perguntei.

— Tudo certo — ele respondeu, e piscou.

E era só o que eu precisava ouvir.

Puxei o garoto e a Amanda para um abraço, e foi como se eu abraçasse todo o passado que ignorei por todos esses anos. Houve mais lágrimas pelos que ficaram para trás, dentre eles, Andrew, a quem eles se referiram como um grande homem, e eu não tive como não assinar embaixo. Houve muitos pedidos de desculpa, da minha parte, e também muitas outras promessas de que tudo ficaria bem, mesmo que o futuro não passasse de um mar inexplorado de dúvidas.

Afinal, eu não sabia o que aconteceria dali em diante. Nenhum de nós sabia.

Mas a convicção de que eu faria o possível e o impossível para cumprir a promessa que fiz ao Andrew servia como um farol que indicava o caminho. Independente do que acontecesse, jurei a mim mesmo que jamais me separararia de Jacob e de Amanda de novo. Nunca mais. E acabei sentindo, usando o coração da forma correta pela primeira vez em muito tempo, que não precisaria.

Sem o Kingsman e seus conhecimentos ocultos, a Organização não teria quem fizesse os tais acordos, e nenhum dos seus asseclas jamais ousaria revelar esse tipo de vínculo com ele. Tudo o que o bizarro e misterioso grupo fora um dia simplesmente desapareceria como se nunca tivesse existido. E isso incluia os eventos mais recentes, que com certeza seriam varridos para baixo do tapete.

Um tapete já abarrotado de tanta sujeira, mas um tapete que já não era mais problema meu.

* * *

Vários minutos depois, quando caminhávamos pela noite fria e escura até o luxuoso sedã preto de Alastor Kingsman, o único carro que ainda restava no gramado mal cuidado e coberto de neve, deixando a casa da Colina de Darrington para trás e para sempre, uma dúvida me ocorreu.

— Afinal, como você conseguiu escapar de Abbazel, Jacob? — perguntei, apoiado na Amanda.

— Ah, foi... simples — o garoto respondeu displicentemente, abrindo a porta do veículo, e eu vi que Amanda também olhou para ele, intrigada.

— Simples? — perguntamos quase ao mesmo tempo.

— Sim. — Ele esboçou um leve sorriso e se acomodou no banco de trás, limpando algumas lágrimas que ainda escorriam pelas suas bochechas. — Só precisei fazer algo que ele já está bem acostumado a fazer. — Jacob colocou o cinto de segurança. — Um acordo.

— O que? Um acordo? — Amanda parecia assustada quando me ajudou a sentar no banco do carona e foi até o lado do motorista. — Como assim, Jake?!

— Bom, assim que consegui fazer com que o Benjamin acordasse, aproveitei o caos e atraí Abbazel direto para dentro da minha mente — ele se pôs a explicar. — Quando o demônio se deu conta do nível de controle que eu tinha já era tarde demais: ele era meu prisioneiro.

Virei o rosto para trás, os olhos arregalados. Amanda fez o mesmo.

Jacob continuou:

— Então, aproveitei para lhe mostrar o quão impotente ele era lá dentro, e aí todo o medo que eu sentia quando ele habitava o corpo de Benjamin simplesmente evaporou...

— E depois? — Amanda perguntou, visivelmente impressionada.

— Depois eu falei que só o deixaria sair se ele prometesse voltar para o inferno e nunca mais pensar em visitar você, Benjamin. — Jacob sorriu, olhando para mim. — É um demônio bem cabeça-dura o Abbazel... mas no fim acabou aceitando. Era isso ou passar a eternidade trancado comigo, então ele me xingou, ameaçou, amaldiçoou, mas escolheu ir embora. E você sabe como os demônios são com seus acordos... eles os levam bem a sério.

Isso eu sabia mais do que ninguém.

— Papai ficaria orgulhoso de mim... — o garoto concluiu, e virou para olhar pela janela do carro.

Eu e Amanda nos entreolhamos, depois ela olhou para Jacob. O sorriso que apareceu em seu rosto lavado de lágrimas foi o suficiente para que seu filho entendesse que ela concordava com ele.

E eu também.

Eu prometi, Andrew. E vou cumprir.

Amanda deu a partida no carro e eu voltei a olhar para a frente, cansado, abalado, e ainda sem acreditar que tínhamos conseguido acabar com Kingsman. Meus pensamentos viajaram pelo passado e, quando pegamos a estradinha de terra que saía da colina, fiquei observando a casa antiga e recheada de cadáveres diminuir de tamanho pelo retrovisor. Me distraí durante alguns minutos pensando no trabalho que a polícia de verdade teria pela frente para juntar todas aquelas peças sem o Monstro da Colina para jogar a culpa. Será que chegarão perto da verdade um dia? Será que finalmente colocarão a casa abaixo?

Bom, boa sorte para eles.

Eu sei que *eu* nunca mais coloco nem os pés lá dentro...

Fechei os olhos e deixei as visões que queriam chegar, chegarem. E eles vieram, um de cada vez.

Os fantasmas do meu passado, que já não me assustavam mais.

O bom menino agora é um menino chato...

— Ei, Benjamin — a voz de Jacob, ao pé do meu ouvido, me trouxe de volta para o carro. — O que foi mesmo que você pediu para eu dizer a minha mãe? Não consegui ouvir direito...

Abri um sorriso que veio sem dificuldade, apesar de todas as dores que se espalhavam pelo meu corpo e pelo meu interior, e olhei para a Amanda, absorta em suas próprias lembranças, talvez digerindo aquelas que não desejava compartilhar com mais ninguém e fitando a estrada à frente com lágrimas nos olhos.

— Deixa pra lá, Jacob... — respondi, num sussurro, e Amanda virou o rosto para ver sobre o que cochichávamos. — Vamos ter bastante tempo pra isso.

Há uma sabedoria imensa em saber esperar...

O homem que buscara a imortalidade durante quase trinta anos, sem medir esforços nem pesar consequências, marcando nossas vidas para sempre e deixando inúmeras vítimas pelo caminho, chamava-se Alastor Harris Kingsman.

Mas naquele momento, o glorioso momento que vivíamos dentro do carro, embarcando em uma jornada imprevisível e equilibrando o luto que nos machucava com a euforia de estarmos vivos, me permiti acreditar que o Kingsman fizera o acordo, mas, no final das contas, eu é que a conquistara.

E, olhando para a Amanda, preferi pensar, ignorando por um breve instante todas as incertezas sobre a nossa segurança dali para frente e aproveitando os conselhos de Jacob sobre a força dos bons pensamentos, que nós ainda tínhamos todo o tempo do mundo.

AGRADECIMENTOS

Algumas pessoas fizeram a diferença na conclusão desse romance, e a elas eu deixo aqui o meu singelo agradecimento.

Aos meus pais, Aredes e Eliane, agradeço pelo incentivo incondicional com a minha carreira, e pelo amor de sempre. Sei que deve ser assustador pensar no futuro de um filho escritor, mas, acreditem: vocês tiram de letra. Amo vocês.

Ao meu irmão, Felipe, mais uma vez agradeço a amizade e a paciência durante todos esses anos aturando meus escritos. Eu te amo, cara. Sei que você não é o maior fã de livros que existe no mundo, então seu apoio realmente significa bastante pra mim.

À minha avó, Ivone, agradeço pelo carinho e por me mimar como só as melhores avós são capazes de fazer. E por ter casado com um cara incrível que foi o melhor avô do mundo, meu finado vô Oscar. Eu sei, e nós sabemos, que mesmo ele não estando mais em corpo por aqui, continua sempre presente. E eu amo muito vocês dois.

Agradeço também a uma mulher especial que entrou na minha vida quando tudo era escuridão, e trouxe consigo uma luz tão forte, tão maravilhosa, que me cega de amor diariamente: Bianca Arnold, minha namorada. Saiba que além de linda, inteligente e engraçada, você é uma das minhas maiores fontes de apoio. Eu te amo, gatinha.

Raphinha, cara, você leu esse aqui primeiro que muita gente, e foi muito bom contar com a sua opinião no desenvolvimento. Nem sei como agradecer. Você é um primo e um amigo da melhor qualidade.

Inclusive, foi quem me apresentou o talento da Milena Gaspar, que sempre dá a primeira pincelada na finalização dos meus trabalhos. A você, eu também agradeço: obrigado, Milena!

Pedro Almeida, sócio-diretor da Faro Editorial e meu editor, você se transformou num grande amigo com o passar dos tempos e, além de agradecer pela sua sabedoria, seus conselhos e sua amizade, agradeço também pela sua imensa paciência. Imensa, mesmo. Eu posso ser bem chato durante a edição de um livro, e sei bem disso, e você — quase — nunca perde a calma. Você tem que ser estudado, cara.

Thomaz Magno, suas ilustrações também são parte do que fez este e o primeiro livro especiais, e seu talento nunca cansa de me impressionar. Obrigado, amigo! Espero que ainda façamos muita arte juntos.

Antonio e Leonardo, nossa amizade é pra sempre. Marquinho, a nossa também. Vocês sempre têm bons conselhos, sempre estão ali quando eu preciso e sempre proporcionam os melhores papos. O Marquinho, inclusive, também é escritor e parece sempre ter aquela ideia que falta. Obrigado, cara.

Alguns escritores se transformaram em algo além de colegas de trabalho, e a eles eu também agradeço: Gabriel Tennyson, Tarsis Magellan, Marcos DeBrito, Tiago Toy, Rodrigo de Oliveira, Victor Bonini, Vinicius Grossos, Raphael Montes, Glau Kemp, Vitor Abdala, Duda Falcão, Aislan Coulter, Andre Gordirro, Julio Hermann, Cesar Bravo, Rô Mierling, Rodrigo Ramos, Felipe Sali e Paul Richard Ugo. O talento e a amizade de vocês me inspiram.

Não posso terminar sem agradecer também, é claro, a você, leitor ou leitora. Achou que eu ia esquecer?

Obrigado por ter me acompanhado em mais esta viagem, e obrigado por todo o carinho com meu trabalho e com tudo que já realizei até aqui. Seu apoio é tão importante quanto todos os que citei acima, e se eu puder continuar contando com ele no futuro, então eu serei um escritor muito privilegiado.

Até a próxima!

Marcus Barcelos
Rio de Janeiro, março de 2018.

ASSINE NOSSA NEWSLETTER E RECEBA INFORMAÇÕES DE TODOS OS LANÇAMENTOS

www.faroeditorial.com.br

ESTA OBRA FOI IMPRESSA EM
OUTUBRO DE 2021